Reading odyssey

책바다
무작정
헤엄치기

Reading odyssey

책바다 무작정 헤엄치기

이동식 지음

**책바다
무작정
헤엄치기**

책바다
무작정
헤엄치기

출발,

책바다를 만나다

나는 네 살 때 처음으로 나도 글을 읽을 수 있다는 사실을 깨달았다. 그때 나는 누런 종이에 시꺼먼 잉크인지 먹물인지, 아무튼 그런 것으로 찍혀진, 무언가 그림 혹은 글씨를 보며 아버지가 읽어주시는 대로 따라 읽었다. 그 검은 것들은 무엇인가를 표시하고 있었다. 말하자면 어떤 식으로 읽으라는 기호인 것 같았다. 그 기호가 어떤 뜻인가는 점차 조금씩 이해되기 시작했는데 처음 옆으로 막대기처럼 한 개를 그어놓은 것을 아버지는 '일'이라 읽으면서 오른손 둘째 손가락을 위로 들어 보여주시며 다시 '하나'라고 말해주신 것 같았다. 말하자면 그것은 '일'이라고 읽는 것이고 그 뜻은 '하나'라는 것이겠지. 그게 내가 처음 글자라는 것을 만난 아물아물한 기억이다.

그리고는 어머니의 표현으로라면 "그 애는 책만 찾아 줘여주면 아무 소리도 않고 구석에 앉아서 그걸 들여다보고만 있었어."라는 것이다. "뭐야 이거 책을 대단히 좋아하는 공붓벌레가 나왔다는 이야기야? 안 그런 어린이가 누가 있냐?"라고 시비를 받을 만한 말이지만 어머니는 3남 2녀나 되는 자식 가운데 제일 자주 책을 찾아보려 한 큰아들을 마음에 들어 하셨다. 나는 그것이 왜 그랬는지를 어릴 때는 몰랐지만 커서 보니 그것은 바로 그처럼 책을 좋아하셨지만, 당시 산골 동네 여자아이라고 해서 공부할 기회를 마련해주지 못한 집안 사정 때문에 마음 놓고 책을 보고 공부를 하지 못한 어머니의 한이 거기에 담겨 있었다는 것, 즉 그 아들이 그런 당신의 이루지 못한 꿈을 대신해 주겠구나 하는 일종의 안심이랄까 기대가 있었던 것으로 추측된다.

그런데 책을 좋아하는 것은 나만의 일이나 우리 어머니만의 일이 아니었다. 그것은 내가 두 아들을 키우면서가 아니라 첫아들네 손주가 우리 집에 올 때였다. 큰 손자가 머리가 커서 잘 가누지도 못하면서도 책을 끼고 한쪽 구석에 오랫동안 앉아 있는 모습에서, 또 그 밑의 여동생, 곧 손녀가 내 서재에 와서 알지도 못하는 영어책을 펴놓고는 영어를 읽는 것처럼 중얼중얼하면서 한참을 앉아 있는 모습을 통해서 비로소 책에 관한 관심은, 정도의 차이는 있겠지만, 애들이면 다 있는 것임을 알게 되었다. 그리고 어머니는 나보다 더 어릴 때 벌써 책을 좋아하셨고, 그것은 아버지도 또 마찬가지였음을 알게 된 것은 내가 훨씬 더 커서 이제 사람들의 삶의 길을 조금은 이해할 때가 된 고등학생쯤의 일이었다.

"할아버지, 할아버지는 왜 책이 이렇게 많아요?"라고 집에 온 큰 손자가 묻는다. 그 애의 눈에는 이것이야말로 바로 책의 바다일 것이다. 그 질문에 어떻게 답을 해야 하나 잠시 고민하다가 "공부하고 배울 것이 많아서 그렇지."라고 말해주면서 속으로는 "아, 네놈이 커서 이 책들을 읽고 싶어 하고 이 책들을 읽어보겠다고 덤비면 얼마나 좋을까."라고 한숨을 내쉬는 것이었다. 왜냐하면, 내가 보고 싶어 산 책들이지만 다 보지 못하고 책장이나 책더미 속에 갇혀 있는, 즉 책을 펼쳐보지도 못한 것들이 너무도 많이 있어서 기왕에 누군가가 보라고 쓴 이 책들이, 나는 이제 어렵지만, 우리 자손들이라도 보고 공부하게 되면 얼마나 좋겠는가 하는 염원이 불쑥 솟아나고 있었던 것이다.

나는 우리 집 서재의 책들이, 권수는 몇천 권은 되겠지만, 그 속에 들어있는 내용을 생각하면 이거야말로 책의 바다라는 생각을 지울 수 없다. 직장생활하면서 회사의 업무상 필요에 의해 샀던 책도 있고 나 자신의 취미를 위해 사 모은 책도 있고 남에게서 선물로 받은 시집이나 수필록 등도 있다. 그것 말고도 역사, 고고학, 철학, 민속, 미술, 음악, 문학에 관한 책들이 주류를 이룬다. 말하자면 인문 관련 책들이다. 중국에 있을 때 거금을 들여 산 중국대백과전서, 그 전에 삼각지 헌책방에서 산 브리태니커 대백과사전 등 전집류도 있고 뭐 이것저것 있는데 그 속에 가끔 들어가 보면 참 별별 사람들이 별별 생각을 다 하고 살고 있구나 하는 생각이 절로 든다. 우리 집의 책의 바다는 그리 넓지 않아도 깊고, 또 화려하지 않아도 다양하고, 조금 나이를 먹을수록 책 냄새(芸香, 운향)도 난다.

그런데 우리는 어쩌면 자기 집에 있는 책의 바닷물을 다 빼버려야 할지도 모르겠다. 책을 좋아하는 사람들은 대학 강단에 가서 연구를 하거나 아니면 나같이 언론사의 기자 피디를 하는 분들이 많은데 그런 사람들이 큰 집을 짓고 그 안에서 넓은 서재를 두고 살거나 그 집을 책과 함께 자손들에게 물려줄 수가 없고 작은 아파트에 사는 것이 고작이니, 이제 그 책들과 이별해야 할 운명이 가까워지고 있을 것이기 때문이다. 문제는 빼버리려고 해도 뺄 데가 없다는 것이다. 일반 도서관도 자리가 좁다며 책을 마구 폐기하는데 나같이 잡종류의 책을 모은 사람들 것을 받아줄 이유가 만무다. 내가 바로 그런 사정에 처해 있다. 그런데 집에 있는 책의 바닷물을 빼버리면 그 속에 살던 물고기나 수초들이 다 말라죽을 운명이 된다. 그 바닷물이 빠지기 전에 할아버지가 어떤 바다를 어떻게 구경했는지, 수영도 못하는 할아버지가 어떤 바닷물에 빠져 어떻게 허우적거렸는지, 그런 이야기라도 남겨놓고 싶은 것이다. 이름하여 '책 바다 무작정 헤엄치기'다. 원래 수영을 못해 두 번이나 빠져 죽을뻔하다가 살아난 나지만 책 바다에 빠지는 것은, 그래서 그 속에서 헤어나지 못하는 것에 대해서는 아쉬움이 없다. 무작정 헤엄치는 이야기를 무작정 두서없이 하려고 한다. 누가 이런 이야기를 좋아할까마는…

제1부

책바다 찾아가기

"편도 승차권으로 한번 여행이 끝나면 다시는 삶이라는 마차에 오를 수 없다. 그러나 책을 들고 있다면 얘기가 다르다. 그 책이 아무리 어렵고 복잡해도 언제든 처음으로 돌아가 다시 읽음으로써 어려운 부분을 이해하고 그것으로 인생을 이해하게 된다."
…오르한 파묵『하얀 성』

첫 발자국

요즘에는 도시의 큰 책방들이 어마어마하게 해놓아 그 속에 들어가면 여름엔 시원하고 겨울엔 포근해서 그야말로 최고의 시간 죽이기(Time-killing)이다. 그런데 나는 새 책방은 잘 안 간다. 이상하게도 옛 책방이 좋다.

새 책방이야 대부분 사람이 자주 가는 것이니 굳이 거기에 재미를 붙였다고 하기는 그렇고 내 얘기의 대상은 옛 책방 쪽이다. 도서관을 찾아가는 재미는 없느냐고 되묻는 사람도 있겠지만 도서관은 책방만큼 재미가 없다. 도서관이 생기가 없는 책들로 차 있는 곳이라면 책방은 일단 돈을 받고 독자에게 팔려야 한다는 시장의 원리가 적용되는 곳이기에 그곳에서 만나는 책들은 일종의 긴장감이 있다. 도서관은 직접 손으로 만지고 내용을 보고 고를 수가 없고 목록카드나 이런 것을 보고 찾아야 하고 그것도 자기가 소장하고 싶어도 소장할 수 없기에 정말로 재미가 없다. 그렇다면 "옛 책방은 책의 시체만 남은 곳이 아닌가?" 하는 의문을 제기하는 분들이 계시겠지만, 천만에! 옛 책방은 주인 잘못 만난 책들이 새 주인을 만나려고 기다리는 곳이기에 거기에는 제2의 삶을 살려고 하는 책들의 소리 없는 아우성으로 죽은 듯이 가만히 있는 곳이 아니라 훨씬 싱싱하고 활기가 있는 동네이다. 먼지를 뒤집어쓰며 삭아가는 것 같지만 거기에는 새 주인을 기다리는 말똥말똥한 책의 눈동자들이 있다.

이런 책방에서 책을 잘 찾으면 평소에 시간과 공간의 제약으로 도저히 만날 수 없는 사람들과 만날 수 있다. 다만 진정한 만남은 이 책을 집으로 가져가서 읽을 때 이뤄진다. 살아있는 사람들뿐만 아니라 예전에 살던 분들과도 만나고 그리해서 남모르는 기쁨을 맛보기도 한다. 그러한 기쁨을 처음으로 알게 해준 곳이 인사동 입구에 있는 몽문관이다. 새 책방이 아니라 옛 책방이다.

아주 옛날 책은 아니지만, 출판인이자 서지학자로서 평생 고서를 수집하고 정리하고 이를 알려주신 고 안춘근(1926-1993) 교수가 지난 1986년에 펴낸 『한국고서평석(評釋)』이란 책이 나에게

한국고서평석

는 옛 책의 즐거움을 가르쳐준 첫 책이다. 인사동의 옛 책방에서 우연히 눈에 띄어 사 들고 집으로 왔다. 사 들고 와서 금방 읽은 것은 아니고 며칠 있다가 읽어보니 우리나라의 고서의 실태와 우리 서책의 특징, 유통과정, 그리고 책값의 변천 등 고서에 관한 많은 정보를 담고 있는데, 그중에『혼계선생언행록』이란 책을 설명한 부분이 있었다. 이 책은 세종대왕의 4대손인 이관(李瑠)의 전기인데, 뛰어난 효자였던 이관 선생의 효행담을 기록한 것이다. 그런데 안춘근 교수는 이 책을 보다가 따로 붙어있는「훈도방 주자동 입지전(薰陶坊鑄字洞立志傳)」이란 기록을 보며 마음이 설렜다고 한다. 서지학을 하신 분이니 이런 오랜 책을 좋아하시겠지 하면서 별생각 없이 장을 넘기다가 갑자기 눈에 번쩍 띄는 이름이 있었다. 이해(李瀣), 우리 직계 할아버지의 휘(諱)다. 어른들의 이름은 휘(諱)라고 한다고 한다. 해(瀣) 할아버지는 연산군 2년인 1496에 태어나 명종 5년인 1550년에 돌아가신 조선 중기의 문신으로, 퇴계(退溪) 이황(李滉)의 친형이며, 호를 온계(溫溪)라고 했다. 그런데 어떻게 이 책에 우리 할아버지의 이름이 나오는가?

「훈도…」는 참찬 벼슬을 지낸 권남악(權南岳)이란 사람이 조선 중기 서울의 36坊(방), 즉 현재의 동에 해당하는 36방의 자랑을 적어 놓으면서, 특별히 훈도방 주자동(薰陶坊鑄字洞)에 살았던 어진 사람 37명과 부인 1명, 천한 사람 3명을 소개하고 있는 책이다. 훈도방 주자동은 오늘날 우리가 남산골이라고 부르는, 필동 일대를 지칭한다. 조선 초기부터 있던 한성부 남부 11방 중의 하나로서, 훈도(薰陶)는 덕의로 사람을 교화한다는 뜻이니 개국 초기에 덕으로서 백성이 교화되기를 바란 데서 방 이름이 유래하였다고 한다. 여기에 해(瀣) 할아버지와 좌의정 권람(權擥), 농암(農巖) 이현보(李賢輔), 문성공 안유(安裕)의 6대손인 안종약(安從約), 안호(安瑚), 영의정을 지낸 이산해(李山海), 영의정으로 추서된 권협(權悏) 등이 모두 남산골 일대에 살았음을 이 책은 알려주고 있다. 따라서 이 책을 통해 우리 할아버지가 16세기 중엽에 서울 필동에 살았으며, 그러면서 주위로부터 어질다는 칭송을 들었음을 알게 된 것이다. 단순히 우리 할아버지가 살았다는 것만이 아니라 당시 이 동네에 같이 살던 분들의 면모를 함께 확인할 수 있다는 것이 즐거움이다. 과연 이름에 걸맞은 역사이다.

서울 남산의 북쪽 기슭에 해당하는 남산골은 산수가 수려해서 삼청동, 백운동과 더불어 한양의 명승지로 손꼽혔던 청학동이라 일컬었단다. 이곳에는 유명인들이 지은 귀록정(歸鹿亭), 녹천정(鹿川亭), 노인정(老人亭) 등 사슴을 뜻하는 글자가 들어간 정자가 있어서, 이곳에서 시회(詩會)를 열어 남산을 비롯한 한양의 풍경을 노래하기도 했다. 돌아가시기 전까지 한성부 우윤, 곧 서울시 부시장을 지내신 우리 온계 할아버지는 이곳에 취미헌(翠微軒)이라는 집을 짓고 거기에서 강직하고도 청렴한 공직을 지내셨지만, 당시 권신들의 편에 서지 않아 그 전 충청감사로 있을 때의 사건처리를 빌미로 치죄를 당해 결국은 혹독한 고문 끝에 유배길에 돌아가셨다.

옛 서울을 묘사한 도성도(都城圖)라는 지도를 보면 훈도방과 주자동(鑄字洞)은 떨어져 있다. 그 가운데에 큰 저택이 하나 보이는데, 지도가 접혀 있어 이름이 잘 보이지 않지만, 그 밑에 주자동

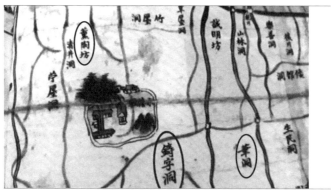

옛 지도 도성도(都城圖)에 보이는 필동 일대.

이 있으니 한 동네임을 알겠다. 주자동 옆에 필동(筆洞)이 있다. 이런 몇 개 동(洞)을 합친 구역이 훈도방이다. 이렇게 옛 책을 통해 옛 지명과 그 위치를 다시 보게 된다. 지도를 다시 들여다보면 주자동이 있고 그 오른쪽에 필동, 왼쪽에는 교서관동(校書館洞)이 있다. 즉 이 일대는 책의 원고를 붓으로 쓰고(筆) 활자를 만들어(鑄字) 책으로 펴내는(校書) 곳이었다. 즉 조선 시대 서적문화의 산지가 아니던가? 실제로 그 전통 때문인 듯 현재 이 일대인 을지로와 충무로에는 인쇄 골목이 형성돼 우리나라 출판문화의 중요한 역할을 담당해오고 있다. 내친김에 조금 더 찾아보니 1621년 광해군 13년에 이 훈도방주자동의 역사를 목판에 새겨 인출한 『훈도방주자동지(薰陶坊鑄字洞誌)』라는 책이 있었고, 그 책은 동네의 역사를 전하는 아주 귀한 책으로서 서울특별시 유형문화재 제300호로 지정, 보호되고 있다고 한다. 옛 지명과 그 유래까지도 함께 공부하게 된다.

이 동네에 대해서는 일찍이 이희승 선생의 〈딸각발이〉라는 글을 통해서 '남산골샌님'들이 많이 사는 곳으로 알려져 있다. 인생으로서 한고비가 겨워서 머리가 희끗희끗할 지경에 이르기까지, 변변하지 못한 벼슬이나마 한자리 얻지 못하고, 다른 일, 특히 생업에는 아주 손방이어서 아예 손을 댈 생각조차 아니 하였기 때문에, 경제적으로는 극도로 궁핍한 사람들의 꼬락서니를 비꼬아서 말하는 표현이었다.

"이런 샌님들은 그다지 출입하는 일이 없다. 사랑이 있든지 없든지 방 하나를 따로 차지하고 들어앉아서, 폐포파립(弊袍破笠 해진 두루마기와 찌그러진 갓)이나마 의관(衣冠)을 정제(整齊)하고, 대개는 꿇어앉아서 사서오경(四書五經)을 비롯한 수많은 유교 전적(儒敎典籍)을 얼음에 박밀듯이 백 번이고 천 번이고 내리외는 것이 날마다 그의 과업이다. 이런 친구들은 집안 살림살이와는 아랑곳없다. 게다가 굴뚝에 연기를 내는 것도, 안으로서 그 부인이 전당을 잡히든지 빚을 내든지, 이웃에서 꾸어 오든지 하여 겨우 연명이나 하는 것이다. 그러노라니 새털같이 허구한 날 그 실내(室內)의 고심이야 형용할 말이 없을 것이다. 이런 샌님의 생각으로는 청렴 개결(淸廉介潔)을 생명으로 삼는 선비로서 재물을 알아서는 안 된다. 어찌 감히 이해를 따지고 가릴 것이냐. 오직 예의, 염치(廉恥)가 있을 뿐이다. 인(仁)과 의(義) 속에 살다가 인과 의를 위하여 죽는 것이 떳떳하다. 백이(伯夷)와 숙제(叔齊)[1]를 배울 것이요, 악비(岳飛)와 문천상

---

1 중국 주(周)나라의 전설적인 형제성인(兄弟聖人). 주나라 무왕이 은나라 주왕을 멸하자 신하가 천자를 토벌한다고 반대하며 주나라의 곡식을 먹기를 거부하고 수양산에서 굶어 죽었다.

(文天祥)[2]을 본받을 것이다. 이리하여 마음에 음사(淫邪:음란하고 나쁜 짓)를 생각하지 않고, 입으로 재물을 말하지 않는다. 어디 가서 취대(取貸:돈을 빌려옴)하여 올 주변도 못 되지마는, 애초에 그럴 생각을 염두에 두는 일도 없다."

라고 이희승 선생은 묘사하고 있는데 가난한 선비들이 '에헴' 하면서 폼만 잡고 살았던 정황을 일부러 고발한 것으로 보인다. 그러나 실제 이 동네에는 딸깍발이나 샌님만이 아니라 동네 이름에 담긴 염원처럼 어질고 훌륭한 사람들이 많이 살았고 그들이 평소에도 검소하게 글을 읽으며 옳은 행실을 하려 애썼음을 알 수 있다.

안춘근 선생은 말한다.

"이 책은 어디까지나 이관(李琯)의 효도를 후세 사람들에게 알리려고 엮은 것이다. 그러나 우리는 비단 이관의 효도만 배울 것이 아니라, 이 책에 수록되어 있는, 같은 동리에 살다가 간 여러 명현이나 천민들에 관한 기록을 통해 예나 지금이나 이웃에 훌륭한 사람들이 많이 살았던 동리에서 역시 훌륭한 사람들이 많이 나올 수 있었다는 데 크게 주목해 볼 필요가 있다."

그야말로 옛 책의 효용과 가치를 한마디로 정리해준 것이라 하겠다. 현재 필동 일대는 예전에 주둔해 있던 수도방위사령부가

---

2 중국의 송 왕조가 북방에서 밀고 내려오는 몽골의 원(元)나라에 밀리는데 그때 몽골과의 전쟁에서 활약한 장군이 악비(岳飛)이고, 더 밀려 내려가 지금의 항저우(杭州)에 도읍을 옮기고(남송) 저항을 하다가 몽골에 패망하는데, 패망을 끝까지 막아보려 했던 인물이 문천상(文天祥)이다. 중국에서는 악비와 문천상을 최고의 애국자로 여긴다.

이전해 나긴 뒤 남산 제모습찾기 사업의 일환으로 남산골한옥마을로 다시 태어나 많은 시민의 휴식처 겸 관광객들의 명소가 되었다. 거기에서 우리의 전통음악이나 민속 공연을 활발히 하고 있어 우리의 옛것을 배우는 데는 그만이다. 현재의 남산골한옥마을에는 전국에서 유명했던 멋진 한옥들이 몇 채 옮겨와 있고, 산비탈을 따라 역사적인 분위기와 남산의 지형을 살려 물길을 만들고 나무와 돌을 놓았다. 다만 옛 선인들의 행적에 대해서는 달리 보여줄 수가 없었던 모양인지 언급이 없는 것이 유감이기는 하다.

그런데 이렇게라도 남산골 속의 우리 할아버지의 역사가 되살아날 수 있는 것은 옛 책을 모아서 파는 책방을 찾은 후손이 있었기 때문이다. 만약 이 책을 후손 중의 누군가가 보지 않고 그냥 지나쳤다면 할아버지 행적의 한 부분이 묻혀버렸을지도 모를 일이다. 그렇게 말한다면 이것은 후손의 공이라기보다도 안춘근 선생의 공이라고 해야 정확할 것이다. 참으로 안 선생 같으신 분이 옛 책을 광범위하게 수집하고 그것을 다시 책으로 펴내시니 독자 중 하나가 그것을 알게 된 것이리라. 어쨌든 이것도 책을 통해서만 가능한 비밀통신이다.

책을 통해서 만난 다른 분 중의 하나가 인천에 사시던 최승렬 씨이다. 한참 전에 사무실로 우송되어 온 얇은 책이 있었는데 이름이 묘하게『말출』이었다. 최승렬 씨가 이런 책을 내고 평소에 텔레비전 뉴스를 보다가 관련된 뉴스들을 다루고 보도한 이름을 알게 되자 이것을 보내온 것 같았다.『말출』이란 제목의 이 책의 내용은 우리말의 뿌리를 찾아 그 속에 담긴 뜻과 철학까지 밝혀

내는 것이었다. 1990년대 초에 일흔이 넘으셨는데, 일찍 제물포 고등학교 국어 선생을 하시면서 오로지 이 연구에 전념하시고 잡지도 자비로 내신 분으로 알려져 있었다. 인사동에 나갔다가 우연히 이분의 이름이 보이기에 한 권을 샀다. 평생의 연구결과를 책으로 내신 것이다. 「한국어의 어원과 한국인의 사상」이란 부분을 차례로 살펴보니 언어를 통해 그 민족의 원형을 찾아오신 선생의 노력이 역력히 엿보인다. 책머리에 밝혔듯이 이만한 책 한 권 나오는 데 20년이 걸렸다는 저자의 술회가 결코 거짓이 아니겠음을 알겠다. 물, 불, 해, 나, 갈, 깃, 옷… 등등 가장 기본적인 일상어휘에 담겨 있는 우리 민족의 심성과 사상을 조목조목 차분히 풀어나가고 있다.

이 책 가운데 '싫다' 항목을 보면 우리가 흔히 남편 집안을 뜻하는 시집, 남편의 부모를 시부모라고 하고 이를 한자로 媤로 쓰는데, 이 媤는 단순히 글자의 차용일 뿐 남편의 뜻은 아니라는 것이다. 옛날 중국인들이 뜻을 한 글자로 표기하려니까 딱 들어맞는 글자가 없어서 그냥 갖다 붙인 글자라는 것이다. 왜냐하면, 媤 자는 여자라는 뜻일 뿐이어서, (원래 '시'는 우리말에서는 남편이란 뜻이기에) 우리말의 원뜻과는 다르다는 것이다. 그러므로 우리말의 '싫다'라는 말은 '시(남편)+잃다'의 뜻이며, '시앗'은 남편을 빼앗은 여자라는 뜻이며, 남편을 잃었을 때 '싫〉+브다', 곧 슬프다가 된다는 설명이다. "샘낸다."라고 할 때의 샘도 '시(남편)+앗음(빼앗기)'으로 풀이하고 있다. 이를 통해 최승렬 씨는 한국어의 정감이 표현된 말은 거의 여성어였음을 밝히고 있다.

책은 책방에서 사는 것만이 아니라 가끔 얻기도 하는데, 그럴 때의 기분도 괜찮다. 특히 주머니에 돈이 없을 때는 좋은 책을 얻고 무척 많이 번듯한 착각에 혼자 즐거워도 한다.

젊은 기자 시절이던 1991년 연말 미야자와(宮澤) 일본 수상의 방한에 맞추어 일본 대중문화 문제를 9시 뉴스에 보도하기 위해 고려대학교 민족문화연구소 정재호 소장께 인터뷰를 요청한 적이 있다. 평소에 뉴스 인터뷰를 잘 안 하신다는 정 소장께서 큰마음을 먹고 인터뷰를 해주셨다. 인터뷰를 마치고 카메라 기자가 정리하는 사이에 연구실 한쪽 책상에 놓여있는 책을 보니까 수록된 내용이 관심을 끄는 것이 있었다. 마침 이 눈치를 채신 정 소장님이 그 책이 두 권 있으니 가져가란다. 돌아오는 길에 내내 기분이 좋아 회사에 와서도 옆자리에 자랑했다. 이 책은 비교민속학회에서 그 전해 6월에 펴낸 것으로 특별히 원로 민속학자인 임석재 선생님의 미수를 기념해서 만들어졌다. 이 책 속에 그 전해 2월 비교민속학회 회원인 대학교수 아홉 명이 중국의 쌀 주산지인 운남성을 찾아 이른바 라이스 로드(Rice road), 곧 쌀 문화의 전파경로를 조사한 기록이 수록돼 있어 언젠가 중국의 문화를 취재할 기회가 있을 때 큰 도움이 될 것으로 생각했다. 그런데 책 앞부분에 임석재 선생님의 업적을 기리는 제자들의 글이 많이 수록돼 있어, 그걸 보니, 나도 한 번 안암동 선생님 댁을 찾아가 뵌 적이 있지만, 자상하고 마음이 어린아이처럼 맑은 선생님의 모습을 다시 눈으로 보는 듯하다. 임 선생님은 1930년대에『조선민속』이란 책에 진목림(眞木琳)이란 괴상한(?) 이름으로 글을 발표하셨던 모양이다. 나중에 그 글을 읽은 제자들이 궁금해하니까 진목림을 일본어식으로 읽으면 '마끼림', 즉 맡길 任(임) 자가 된다면서 자신의 이름을 파자(破字)한 것이었다고 설명해 주셨단다. 이처럼 어른들은 일제 강점시대 그 어려운 상황에서도 해학이 있었다. 그러한 사실을 알게 된 것도 정 소장님이 주신 책 덕택이었다.

후기)

　안춘근 교수는 내가 이 책을 발견하고 열심히 읽어본 그다음 해인 1993년에 돌아가셨다. 참으로 그것도 인연이라면 인연이다. 그때 그 책을 보지 않았으면 그냥 서지학자 안춘근 교수가 돌아가셨다는 한 줄짜리 뉴스로 나에게는 끝날 뻔했었다. 안춘근 선생님, 좋은 책들을 모아서 정리해주신 데 대해 다시 감사를 드립니다. 그런데 선생님 댁에 있던 그 많은 책은 다 어디에 갔을까요?

옛 책

오래된 책은 헌책인가? 고서(古書)인가? 혹은 옛 책인가? 이런 책들을 파는 곳은 헌책방인가, 고서점인가? 옛 책방이란 말은 없으니 일단 헌책과 고서라는 말을 가지고 생각해 보자. 이런 질문을 하면 실제로 책방을 경영하는 분들은 '고서'란 말을 택할 것 같다. 헌책이란 말은 공연히 헐어서 못쓰게 된 책을 뜻하는 것 같고, 새로 나온 책은 아니지만, 쓸모가 있고 귀한 책은 고서(古書)라고 해야 하지 않겠냐는 뜻일 게다.

　그런데 나는 헌책이나 고서보다는 옛 책이란 말이 더 끌린다. 고서라고 하면 옛날 조선 시대나 그 이전에 만들어진 한자(漢字), 한문(漢文)이 가득한 책이라는 이미지가 강해서, 차라리 우리가 쓰던 책들 가운데 시간이 지나서 주인을 잃고 나온 것들, 그것이 중국 책이건 일본 책이건 영어책이건 간에, 그런 책들은 옛 책이란 말이 더 어울리는 것 아닌가? 한동안 우리는 무슨 말이던 우리말을 놔두고서 군이 한자 말을 찾아서 쓰던 때가 있었는데, 고서라는 말도 군이 한자를 찾아 쓰는 것이 뭔가 더 있어 보이는 것 아니냐는 우리의 인식의 맹점을 드러내 보이는 것이란 생각이 드는 것이다.

아무튼, 고서 아니 옛 책은 그 속에 많은 사람과 역사와 이야기와 정이 있는 것은 사실이다. 어느 책이든 다 사연이 있다는 뜻이고, 그 사연이 인연으로 되살아나면 새로운 주인과 함께 또 긴 숨을 쉬며 살아갈 것이다. 그런 책방이 어디에 어떤 것이 좋은 게 있는지 하는 것은 옛 책을 취미로 찾는 사람들은 잘 아는 것이지만 그렇지 않은 분들에게는 잘 몰라 헤매게 되는 일이다. 그리고 기왕이면 어느 방면으로 얼마나 전문적인 것들을 살 수 있는가를 아는 것도 큰 정보이자 지식이라 하지 않을 수 없다.

방송 기자였고 특별히 문화부 쪽에서 학술이나 고고학 등을 담당했던 나는 아무래도 좀 학설이 담긴 분석서, 비평서, 길라잡이 이런 것들을 찾게 되어, 시간이 나면 인사동의 터줏대감인 통문관에 가곤 하지만 꼭 거기만이 아니라 서울이나 지방에도 옛 책방들은 제법 있다. 다만 그것을 일본의 고서 거리 유명한 간다(神田) 진보초(神保町)와 비교할 수는 없지만…

서울에는 청계천 옛 책방 거리가 있다. 청계천을 따라 남아 있는 책방 거리이다. '남아 있다'라는 표현이 시대의 서글픔을 대변한다. 그 전에 광화문과 종로, 대학로 등에 있었던 책방들이 서울의 현대화, 청계천의 개발 등으로 점차 변두리로 밀려 청계천 평화시장 근처, 동대문구 동묘 근처, 더 멀리는 장한평 근처로 점차 빠져나가서 그저 옛 책방이라는 명맥만을 유지하고 있기 때문이다. 60-70년대에 대학서적이나 이념적인 서적을 살 수 있었던 대학로 주변의 책방들은 금서 등의 탄압으로 쫓겨나게 되어 당시 소외지역이었던 청계천 쪽으로 점점 몰리게 되었다고 한다.

청계천 옛 책방 골목은 종로와도 가깝고 1호선, 2호선, 4호선, 5호선, 6호선 등 5개 노선의 지하철이 인근으로 지나가는 등 접근성이 매우 좋아 작은 책방들이 줄을 지어 서 있다. 이곳에는 디자인 서적/외국 잡지/아동서적 등 각 서점 사이의 분담에 따른 전문화가 이루어져 있다고 한다. 본래는 청계 5가부터 8가까지 청계천 남쪽 변으로 죽 이어지면서 70년대 전성기에는 200개 이상의 옛 책방이 있었고 2000년 무렵만 해도 50개는 족히 남아 있었으나 지금은 나날이 줄어들어 스무 개도 안 된다는 것이 현실이다. 감소의 원인 중 가장 큰 것은 책방도 집세 등의 비용을 절약하기 위해 온라인화하고 있다는 것이고 점점 독서를 안 하는 시대가 되어 방문객들이 엄청나게 줄어들고 있기 때문인데, 청계천 재개발에 따라 롯데캐슬이 들어오는 등 새 건물을 지으면서 블록 몇 개가 통째로 밀려 나가고, 남은 구역의 책방들도 경영 곤란 등으로 꾸준히 수가 줄면서 다른 점포로 대치되고 있는 것 같다.

최근의 나, 이제 어디 출근할 필요가 없는 완전 백수의 시대를 맞은 나는, 좀 시간이 비면 동묘 옆길을 찾는다. 거기가 내가 헤엄치는 책의 바다다. 동묘도 청계천을 끼고 있는데 여기에는 큰 서점이 4개 정도, 그리고 작은 서점이나 다른 골동품과 끼어서 운영되는 옛 책방들이 5개 정도 있다. 그중에서 가장 큰 곳이 청계서점이다.

하루는 이 서점의 길거리에 늘어놓은 책 가운데서 일본 책이 하나 눈에 들어왔다. 저자는 이어령이고 책 제목은 『ジャンケン文明論』이다. 이어령 전 문화부 장관이야 워낙 유명하신 분이고

그분의 책은 수도 없이 많은데 청계천에서 그의 일본어로 된 책을 만나다니… 해서 집어 들고 표지를 넘기니 거기에 저자이신 이 장관이 누구에게 준 사인이 있다. 권영@사장에게 2005년 4월 29일에 증정한다는 사인이다.

책 제목『ジャンケン文明論』의 일본어 카다카나는 쟝껨이라고 읽을 수 있으니 아마도 가위바위보를 의미하는 일본어일 것이다. 이른바 '가위바위보 문명론'이다. 검색을 해 보니 이 책은 이어령 장관이 국제 일본문화연구센터의 초청을 받아 일본 교토에 머무르며 일 년간 직접 일본어로 쓴 책이고 2005년 4월 일본의 유명 출판사 신조사(新潮社)에서 나온 것으로 되어있다. 그렇다면 이 책은 이어령 장관이 책을 낸 바로 그달에 일본으로부터 받은 책을 사인해서 증정한 것이 되고, 당시 책을 받은 권영@ 사장도 상당한 분이라는 것을 알 수 있다. 책이 나오자마자 증정을 한 것이 되니 말이다.

이 책이 어떻게 청계천 헌책방에 나와서 길거리에 앉아 있었을까? 이것이 우리나라 헌책(여기서는 헌책이란 표현이 맞을까?)의 현주소인 것 같아서 좀 우울해졌다. 아마도 이 책을 받으신 분은 일본어를 잘 아실 수도 있고 모르실 수도 있지만, 나이가 드시고 집안의 책들을 정리해야 하는 상황을 맞이했을 때 많은 책을 청계천의 이 책방으로 보냈을 것이다. 이 책을 발견한 곳은 예로부터 유명한 책방이고, 그 사장님은 나를 보고 명함을 주면서 필요한 책이 있으면 전화를 달라고 하는 것을 보면 좋은 책들을 많이 갖고 있고 또 받고 있다는 자신감의 표현을 한 것이리라. 그러니 그래도 그분의 책들이 이 책방으로 나온 것이 다행이라는 생각은 들었다. 그렇지 않고 더 허름한 곳으로 팔려갔으면 이름도 모르고 흩어져서 내가 만나기가 어려웠을 것이다. 동묘 앞 골목길 책방에서 만난 옛 책의 현대적인 유랑의 역사이다. 거기서 뭐 하나를 건진 것이다.

이 책방에서 기분이 좋았던 것은 『퇴계(退溪) 이황(李滉)』이란 이름의 두꺼운 서예집을 만난 것이다. 몇 년 전 여름에 우연히 그 서점 앞을 훑는데 이 서예집이 보인다. 이 서예집은 내가 비싸게 판매가를 다 주고 산 책이다. 예술의 전당 서예관에서 한국서예사를 정리하기 위해 2001년에 21번째 행사로 탄신 500주년을 맞은 퇴계 이황의 글씨만을 모아서 그의 글씨의 예술성과 정신성, 높은 품격 등을 조명하면서 낸 전시회 도록이다. 당시 퇴계의 서예집이 있다는 말을 듣고 예술의 전당에 일부러 가서 정가 7만 원을 그대로 주고 산 것인데 그 서예집이 서점에 있었다. 사장에게 여쭈었더니 2만 5천 원인데 여러 권을 사면 2만 원에 드리겠다고 한다. 아이구 이거 웬 횡재인가 싶어서 돈을 마련해서 다시 책방에 나왔다. 그날 저녁에 우리 집안사람들 모임이 있는데, 그 자리에 오는 분들에게 선물로 드리면 좋을 것 같았다. 여덟 명 임원들이 모이는데 혹시나 책이 부족하면 어쩌나 하며 마음을 졸였다가 일곱 권을 샀다. 서점 사장님은 여러 권을 사는 걸 보시더니 서예집의 도판 해설 수정판을 같이 주신다. 수정판은 나중에 해설집만을 새로 고치고 보완해 출판한 것인데 내용이 훨씬 구체적이고 좋다.

서예집의 첫 장에는 퇴계가 돌아가시면서 남긴 유계(遺戒)가 실려있다. 돌아가신 후 어떻게 초상을 치르고 무덤은 어떻게 조성할 것인지 등등을 세세하게 말씀하신 것인데 이 유계는 퇴계의 글씨는 아니고 병환으로 누워계시면서 하신 말씀을 받아 적은 이영(李甯, 1527-1588))이란 조카의 글씨다. 이영은 퇴계의 형님인 이해(李瀣)의 둘째 아들이고 말하자면 필자의 직계 조부다.

우리는 퇴계 이황을 성리학의 대가라고 알고 그가 율곡과 함께 주리론이니 주기론이니, 이기일원론이니 이기일원론이니 하는 것을 내세우고 그것으로 논쟁도 벌이고 했다는 식으로 알고 있는 것이 보통이어서 정말로 그분들의 생각과 삶이 무엇인지를 잘 모르고 있다고 할 수 있다. 더구나 서예가로서의 퇴계에 대해서는 더욱 잘 모르고 있다. 그런데 이 서예집의 인사말에도 나오지만 예로부터 '글씨는 그 사람이다'라고 말하고 있듯이 특히 도학자의 글씨는 학문과 수양의 결정체이기 때문에 그 사람과 따로 떼어서 생각하기가 어렵다. 특히 우리나라 도학의 종장(宗匠)으로서 퇴계 선생의 글씨는 온유(溫柔)하면서도 엄정단아(嚴整端雅)하여 선생의 평소 성품과 기상이 그대로 녹아나 있는 것이 가장 큰 특싱이고, 이러한 이유로 해서 퇴계 선생은 글씨에서도 당시부터 문인이나 학자들의 준거와 경모의 대상이 되었던 것이다.

호남의 큰 선비인 김인후(1510-1560)가 퇴계에 대해 '시문(詩文)은 이태백과 두보요, 필법(筆法)은 왕희지와 조맹부'라는 시를 보내어 선생의 문필을 격찬했던 것처럼 표현이 꾸밈이 없고 담담(枯淡)한 시풍과 바르게 글씨를 쓰는(楷正) 법은 일찍부터 선비나 학자들의 표준이 되어 왔다고 한다. 그런 선생의 글씨를 처음으로 한자리에 모았고 그것을 도록으로 만든 것이니 무척 귀한 책이기에 한 장 한 장 펼쳐보고 글씨를 읽을 때마다 선생의 마음가짐과 삶의 자세를 느낄 수 있다. 그것은 꼭 퇴계가 우리 집안 어른이라고 해서만이 아니다.

이야기가 옆길로 흘렀다. 앞에서 말하던 이어령 장관의 『가위바위보 문명론』으로 돌아가 보자. 이어령 장관에 대해서는 다 잘 아실 것이다. 스물둘의 젊은 나이에 〈우상의 파괴〉라는 글을 써서 문단 권력을 정면에서 신랄하게 비판했고, 시인 김수영과 '불온시' 논쟁이 맞붙어 몇 차례 격렬한 글 사위가 오고 간 것은 지금까지도 전설처럼 회자한다. 스물여섯 살에 신문사 논설위원 자리에 올라 국내 주요 일간지를 거쳤고, 1972년 『문학사상』 월간지를 만들었다. 88올림픽 개막식 행사를 주관해 텅 빈 운동장에 굴렁쇠 소년을 등장시켜 '정적'만으로 술렁거림을 만들 수 있단 걸 보여줬다. 초대 문화부 장관을 지냈으며 2000년대를 맞아 새천년준비위원장이 돼 전 세계에 즈믄둥이가 탄생하는 장면을 전 세계에 생중계하는 이벤트를 기획한다. '디지로그 선언', '축소 지향의 일본인' 등은 유명한 그의 작품이다. 그가 없었다면 뼈도

살도 없이 앙상했을 우리나라 문화사가 눈앞에 선하다. 최근에는 국제변호사로 활동하시던 따님을 잃은 후 기독교로 귀의하는 행보를 보이기도 했는데 최근에 당신이 암에 걸렸다는 사실을 밝히시면서 암을 억지로 죽이려 싸우지 않고 자연스럽게 암을 보며 자신의 삶을 되돌아본다는 말로 더욱 많은 분에게 감동을 주시던 분이다.

나는 문화부 기자로 있으면서 제법 고참이 될 무렵에 마침 그분이 초대 문화부 장관을 맡아 문화 중흥에의 꿈을 펴나가실 때 문화부 출입 기자가 되어 자연스레 뵐 기회가 많았고 1987년에 한국산 자동차를 타고 미국대륙을 취재한 〈세계를 달린다〉 프로그램을 위해 미국 뉴욕에서 만나 뵙고 인터뷰를 하기도 했으며, 최근에는 백남준 기념사업이나 문화 방면의 어려운 일이 생길 때마다 자문을 받기 위해 찾아가는 등 늘 가르침을 받는 관계로써, 이에 관해 늘 고마워하고 있다. 그런데 그런 이 장관님을 청계천 옛 책방에서 새롭게 만난 것이다.

1934년생이신 이어령 장관은 12살 해방되던 그 날이 돼서야 한국어 글쓰기를 배우고 한국말을 할 수 있게 된 사람으로서 세 살 때 어머니에게 배운 한국어, 한국 이름, 우리 문자까지 일본 식민통치 때문에 빼앗긴 채 어린 시절을 보냈고, 잠꼬대도 일본말로 할 정도로 훈련을 받은 사람인데 그때 배운 일본어로 일본에서 책을 내고 그 책이 베스트셀러가 되고 매년 일본에서는 그 책에서 국어시험문제가 나오고 있다고 한다. 2005년에 일본에서 나온 이 책은 2015년이 돼서야 우리말 번역본이 나왔다. 원래 일본말이건 우리말이건 능수능란하시지만, 이 책은 본인이 아니라 다든 분이 번역해서 나왔다. 말하자면 번역에 10년이 걸린 셈인데, 우리말 번역본이 나온 것을 계기로 한 언론과 인터뷰하면서 이런 말을 하셨다;

"이게 번역 안 되거든요. 전문 용어가 좀 많아요? 도끼찌껭이니. 기스네껭이니 쇼야니, 도저히 문화가 달라서 그런 용어들을 우리말로 번역을 못 해요. 그래서 원래는 우리 식으로 새로 쓸려고 한 거죠. 일본 거 어느 정도 빼고 한국 사람 알아듣게요. 그런데 내가 늙어서 80이 되니까 이 책이 죽을 때까지 못 나올 것 같았어요. 내가 이걸 바꿔 쓰려면 언제 다시 쓰겠어요? 그래서 한국어 번역본에 일본어 원본을 붙여서 내기로 했어요. 원본을 붙이면 증거가 나오니까."[3]

책 제목처럼 어린아이들의 단순한 놀이인 가위바위보로부터 그의 문명론이 시작되고 끝난다. 이어령은 이 책에서 세 가지 층위—'손의 이야기', '공작의 이야기', '아시아 삼국의 이야기'—에서 이야기를 끌어내고자 했다.

"기존 문명론, 특히 서양의 동전 던지기는 이것 아니면 저것이잖아요. 그런데 가위바위보는 내가 주먹을 냈을 때 상대방이 보자기를 내면 내가 지는 거고, 가위를 내면 내가 이기는 거예요. 서로 상대방이 무엇을 내놓느냐의 상호성에 의해서 승부가 결정돼요. 문화론으로 보면 저쪽은 운명결정론, 즉 이거 아니면 저거. 그러니까 서부 활극 같은데 보면 결투할 때

3. 주혜진 〈신간평 대담〉 '이어령의 가위바위보 문명론'

나, 축구 시합할 때 누가 먼저 공격할지를 결정할 때도 동전으로 하잖아요. 그런데 우리는 가위바위보로 하죠.

한중일이 언어도 문화도 달라도 중국은 '차이차이차이', 일본은 '쨩켄뽕', 우리는 '가위바위보'라 하잖아요. 핵 가지고 싸우고, 항공모함으로 싸우는 지금까지 유일하게 통하는 건 이거란 말이에요. 약자도 여자도 남자도, 어른도 애도 가위바위보 앞에서는 평등해요. 컴퓨터, 로봇도 못 이겨요. 심지어 전체 인류 운명을 좌지우지하는 하나님도 못 이겨요. 상대가 무엇을 낼지 어떻게 알겠어요. 이 놀라운 사실은 '윤관(輪關)'이라고 하는 도교 사상에서 시작해요. '뱀은 두꺼비를 잡아먹고, 두꺼비는 지네를 잡아먹고, 지네는 뱀을 이긴다.'라고 하는 옛날 사상이 있거든요. 그렇게 돌고 도는 거지, 금은동의 피라미드 계층이 아니지요."[4]

일본어 원래의 책 35페이지에는 이런 글이 나온다.

"사물로부터 사람으로, 실체로부터 관계로, 택일로부터 병존으로, 서열성으로부터 공시성(共時性)으로, 극단(極端)으로부터 양단불락(兩端不落)의 중간의 그레이 존으로 시선을 바꿀 수 있다면 어두운 문명의 동굴 속의 미로(迷路)로부터 무언가 희미한 빛이 보여진다. 엘리베이터의 이항대립코드가 승강기의 상호 융합의 코드로 바뀌어 가는 전조다. 글로벌과 로컬이 글로칼이 되고 교육의 에듀케이션과 오락의 엔터테인먼트가 하나가 되어 에듀테인먼트가 되는 새로운 문화 코드가 서양의 문명권에도 탄생하기 시작했다는 것이다."

---

4   주혜진 〈신간평 대담〉 '이어령의 가위바위보 문명론'

나는 흩어시고 멸실 되어 가는 우리들의 정신적인 유산인 옛 책에서도 그러한 문명의 전환과 새로운 탄생의 길을 찾을 수 있다고 생각한다. 아무나 수없이 책을 마구 찍어내는 세상이어서 그만큼 책이 덜 귀해졌지만, 그 생각들을 버리지 않고 잘 뒤지고 찾아서 보물을 만나는 것이다. 그것으로 우리들의 삶이 더욱 풍요롭게 재미있고 유의미할 수 있다. 청계천에서 도학을 배우고 글씨를 보고 동서 문명을 논한다. 이 책의 바다는 얼마나 신나는 놀이터인가.

노무현

노무현 대통령이 다시 살아났다. 노무현 대통령 때 청와대 비서실장을 한 문재인 대통령이 집권하면서부터. 기자 생활 30여 년을 하면서 나는 노무현 전 대통령을 가까이서 보거나 그의 생각, 사상을 접할 기회가 별로 없었다. 나는 주로 문화 역사 방면 취재나 제작을 많이 했기에 방송이나 신문에 나온 것들은 접했지만, 노 전 대통령을 가까이서 보거나 그의 글을 읽거나 그의 사상을 연구하는 것은 정치부 기자들, 후배들에게 맡기고 딴짓을 했다.

그런 내가 노무현 전 대통령과 잊을 수 없는 인연을 맺게 된 것은 젊은 국회의원 시절 청문회에서 회의장이 떠나가도록 전두환 전 대통령을 몰아가는 웅변을 하던 때도 아니요, 대통령이 되고 나서 가졌던 국민과의 대화나 기자들과의 일문일답도 아니요, 탄핵을 받고 임기를 마치기까지의 시간도 아니요, 노 전 대통령이 이 세상을 하직하는 중대한 결심을 결행한 때부터다. 즉, 2009년 5월 23일 토요일이다. KBS 부산방송 총국장이었던 필자는 당시 부산총국에 광고를 내주는 광고담당자들과의 간담회 겸 격려를 위해 그 전날 통영 앞바다에 있는 사량도에 가서 회식한 후 다음 날인 토요일 아침에 체육대회 행사로 옥녀봉을 오르고 있었다. 그런데 갑자기 부산총국의 뉴스 당직 책임자로부터 연락이 왔다. 노 전 대통령이 시신으로 발견됐다는 것이고 아마도 자살일 가능성이 크다는 것이었다. 나는 그 즉시 모든 일정을 취소하고 서둘러 교통편을 마련해 부산으로 돌아와 후속 취재와 조치를 지휘했다.

그 이후 사정은 상세히 보도되었고 이에 따른 여파가 우리 사회에 몰려왔다. 사실 노무현 전 대통령이 말년에 인기가 없어져 퇴임하고 봉하 마을로 내려가는 과정에서 나는 노 전 대통령이 추구하려 했던 청렴한 정치 노선, 그의 경제철학, 사회통합의 노력 등에 대해서는 후에 반드시 평가를 받을 것이라고 주위에 많이 이야기했었다. 그렇지만 구체적으로 노 전 대통령이 어떤 생각을 하고 있었는지는 알 도리가 없었고 그러다가 최근 박근혜 전 대통령의 탄핵, 그리고 문재인 대통령의 탄생으로 이어지면서 노무현 대통령의 정신이 화려하게 부활하고 있음을 보게 되면서 그의 정신이 우리 사회에 던져준 가치가 다시 조명되는구나 하는 생각을 더 하게 되었다.

그런데 얼마 전 요즘 나의 취미생활인 옛 책방 헤엄치기의 일환으로 동묘 옆 청계서점을 갔다가 거기서 노무현 대통령이 쓴 책 한 권을 발견한다. 『노무현이 만난 링컨』이란 제목으로 2001년에 도서출판 〈학고재〉에서 나온 책이다. 표지를 열어보니 저자가 이양구라는 분에게 증정한 책이고 '노무현 드림'이란 사인이

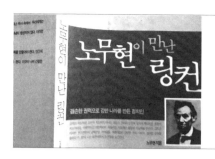

있다. 말하자면 대통령이 직접 사인한 책인 것이다. 여기서 노무현이란 분의 필적, 그 사인을 할 때의 심리상태 등 과거 18년 전의 노무현을 다시 만나게 되었다.

누구나 링컨 대통령을 안다. 교과서에도 나오고 위인전에도 나오면서 끊임없이 사람들의 입에 오르내리고 있기 때문이다. 그런데 일반적으로 우리가 링컨 대통령을 만나는 것은 위인전을 통해서이다. 그는 어릴 때부터 남다른 생각과 신념의 소유자로서 남북전쟁에서 북아메리카의 승리를 이끌고 노예를 해방한 사람, 그러다가 불의의 총탄에 쓰러진 대통령… 이런 정도이다. 그런데 노무현 씨(당시는 대통령이 되기 전이니 편의상 노무현 씨로

부르겠다)는 원래는 김구 선생을 좋아했는데 김구 선생을 생각하면서 "우리 근대사에서 존경할만한 사람은 왜 패배자밖에 없는가?" 하는 의문이 생겼고, 그렇다면 자신이 존경할만한 인물은 누군가 동서고금을 막론하고 인류가 부정할 수 없는 정의(正義) 개념을 내세워 승리하고 바른 역사를 이루어낸 사람이어야 하지 않겠느냐, 그런 사람을 통해 인류에게 '정의가 승리한다'는 희망을 제시한 사람이어야 한다, 그렇게 성공한 사람이 바로 링컨이라는 생각을 하게 됐다고 밝힌다.

그런데 노무현 전 대통령이 링컨을 제대로 만난 것은 공교롭게도 총선에서 국회의원에 나섰다가 낙방한 2000년 4월 13일이었다고 한다. 하필 그날 밤 링컨의 두 번째 취임연설을 읽고 크게 감동한다. 그것은 그야말로 극적인 재회였다고 이 책에서 말한다. 먼저 노 전 대통령이 감동한 연설은 이렇게 되어있다;

"어느 쪽도 남북갈등을 초래한 원인이 전쟁 종식의 순간에 혹은 전쟁 종식 이전에 제거될 수 있으리라 생각하지 않았습니다. 양측은 모두 승리를 기대했을 뿐 이처럼 근본적이고 놀라운 결과가 초래되리라고는 생각하지 않았습니다. 양측은 모두 같은 성경을 읽고 같은 하느님에게 기도하며 서로 상대방을 응징하는 데 신의 도움이 있기를 간청하고 있습니다. 그러나 남북 어느 쪽의 기도도 신의 응답을 받을 수 없습니다. 지금까지 어느 쪽도 신의 충분한 응답을 받지 못했습니다… 누구에게도 원한 갖지 말고, 모든 이를 사랑하는 마음으로, 신께서 우리에게 안겨진 일을 끝내기 위해, 이 나라의 상처를 꿰매기 위해, 이 싸움의 부담을 짊어져야 하는 사람과 그의 미망인과 고아가 된 그의 아이를 돌보고 우리 사이의, 그리고 모든 나라와의, 정의롭고 영원한 평화를 이루는 데 도움이 될 모든 일을 다 하기 위해 매진합시다."

이 글을 읽고 큰 감동한 노무현은 사흘 뒤 『시사저널』에 이런 낙선기고문을 보냈다.

"링컨은 남북전쟁의 승리를 목전에 둔 시점에서 한 취임사에서 승리니 패배니 하는 말을 쓰지 않으려 했습니다. 남부를 적으로 몰아세우지도 않았고, 정의니 불의니 하는 말이나, 선이니 악이니 하는 말로 남과 북을 갈라치지도 않았습니다. 화해와 사랑을 이야기했습니다. '같은 성경으로 같은 하느님을 섬기면서 제각기 상대방을 응징해달라고 기도하고 있습니다. 그러나 하느님은 어느 쪽의 기도도 들어주지 않았습니다'라는 구절에서는 참으로 미국의 역사가 부럽다는 생각이 들었습니다… 지난날 세계 여러 나라 역사에서 정치인들이 이런저런 이유를 내세워 집단 간의 불신과 적대감을 부추겨서 벌인 일치고 그 집단에 불행을 가져오지 않은 일이 없습니다. 그런데 저는 뒷날 역사가 오늘날 우리나라의 상황을 그런 역사의 하나로 쓰게 되지 않을까 걱정하고 있습니다. 정치인은 그런 역사 속에서 겪어야 할 우리 민족의 불행을 막아야 할 책임이 있습니다."

그런 시대적인 사명감으로 노무현은 약 300페이지에 이르는 이 책에서 유년기, 청소년기로부터 지방의원 시절과 워싱턴에 진출하는 과정을 추적하면서 그가 당면했던 정치 현실과 그것을 어떻게 풀어나갈 것인가, 남북이 분열하고 전쟁까지 하는 엄청난 시대의 소용돌이 속에서 그가 선택하고 추구했던 이상이 어떻게 현실에서 구현될 수 있있는지를 차분하고 냉정하게 분석하고 있다. 노무현은 왜 부산에서의 국회의원 선거에서 낙선하는 좌절 속에 링컨을 만나고 그를 알리려 했을까?

"'낮은 사람이, 겸손한 권력으로 강한 나라'를 만든 전형을 창출한 사람, 그가 곧 링컨이다. 그는 옳은 길을 갔다. 정직하고 성실하게 그 길을 가 성공했기에 우리에게 꿈과 희망을 준다. 지난 역사 속에서 우리에게는 '성공하기 위해서는 옳지 못한 길을 가야 하고, 정치에서는 정직해서는 성공할 수 없다'는 그릇된 관념이 형성되어 왔다. 이러한 의식, 이러한 문화를 바꾸지 않고서는 한 차원 높은 사회발전도, 역사발전도 불가능하다. 이제는 정직하고 성실하게 살아가는 사람, 정정당당하게 승부하는 사람이 성공하는 사회를 만들어야 한다."

고 그가 꿈꾸는 사회가 어떤 것인지, 그게 왜 우리에게 필요한 것인지를 역설하고 있다. 그것은 링컨이 처했던 당시나 이 책을 쓰던 당시, 아니 2019년 이 시점에서도 시대와 장소는 변했지만, 본질은 그대로이기 때문일 것이다.

"민족이 남북과 동서로 분열되어 쟁투가 끊이지 않는 오늘의 이 시대는 링컨이 직면했던 시대와도 유사하지 않은가? 링컨은 '만일 나라가 스스로 분쟁하면 그 나라가 설 수 없고, 만일 집이 스스로 분쟁하면 그 집이 설 수 없다'는 성경 구절을 즐겨 인용했다. 내가 '동서 간의 지역통합이 없이는 개혁도 통일도 모두 불가능하다. 통합의 문을 통과해야만 개혁도, 발전도 가능하다'고 한 주장도 그런 맥락으로 이해되길 바란다."

라고 노무현은 정리했다.

이 책에서 밝히는 이러한 심경과 생각, 이상이야말로 노무현이 대통령이 되도록 했고 재임 동안 구현하려 했던 큰 꿈이 아니었을까 생각해 본다. 대통령이 되기 훨씬 전에 노심초사해서 펴낸 이 책이야말로 정치인으로서만이 아니라 인간으로서 노무현이 얼마나 현실에서 멋진 꿈을 꾸었는지를 알게 해준다. 비록 그의 꿈과 개혁이 현실이라는 벽에 부딪혀 퇴임 후 인기를 잃었고 가족의 돈 문제 등으로 해서 세상을 스스로 떠나게 하는 결과가 되었지만, 그가 꿈꾸던 것을 우리가 다시 되새기고 그 꿈을 다시 이루도록 함께 노력해야 할 일이 아닌가?

링컨은 남북전쟁에서 승리했지만, 승리니 패배니 하는 말을 쓰지 않으려 했고 남부를 적으로 몰아세우지도 않았고, 정의니 불의니 하는 말이나, 선이니 악이니 하는 말로 남과 북을 갈라치지도 않았다. 오로지 화해와 사랑을 이야기했다고 노무현은 분석했다. 그런데 오늘날은 어떤가? 남북문제는 풀기 위해 애를 쓰지만 지난 정권의 많은 부분을 적폐로 규정하고 많은 사람을 조사하면서 지나치게 그것을 단죄하는 데만 몰두하는 것은 아닌가? 어떤 사람은 자신들의 정권이 50년 100년을 가도록 하겠다고 공공연하게 외친다. 거기에는 우리나라를 발전시키고 국민을 잘살게 하겠다는 다짐이 아니라 자기 진영만 이기고 남을 패배시키고 자기 진영만 승리를 지속하겠다는 발상이 들어가 있다. 대통령으로부터 집권층 모두가 거기에 올인하는 것은 링컨이 추구했던, 노무현이 링컨에게서 발견하고 이를 실현하려고 했던 정신과는 맞지 않는다고 말하지 않을 수 없다. 그래서 그런가, 최근 들어 현 정권에 대한 신뢰보다는 비판이 앞서는 상황이 되었고 경제가 너무 어려워져서 그 정책을 근본적으로 뜯어고쳐야 한다는 목소리가 과거 어느 때보다도 높아지고 있다. 최근의 한 장관 임명을 앞두고 터진 도덕성 문제는 굳이 여기에서까지 언급하고 싶지는 않다.

그런 면에서 청계천 고서점에서 발견한 2001년의 노무현의 한 저서에서 인간 노무현, 대통령 이전의 그의 사상의 바탕을 만나고 그것으로 세상을 다시 볼 수 있게 하는 것… 그것으로 또 옛 책방에 다녀온 보람이 영글어 졌다. 노무현의 정신을 다시 보고 그 정신을 다시 이어달라는 주문을 하게 된 것도 이 작은 책에서 비롯되었다. 이름하여 '내가 만난 노무현'이다. 청계천 책바다에는 별것이 다 있다.

심수관

여름의 무더위가 물러가고 아침저녁 서늘한 바람이 제법 옷깃을
여미게 하는 며칠 전 오후 2시간의 시간이 남아 있자 나는 나도
모르게 동묘 앞 옛 책 거리를 향했다. 잠깐이라도 훑고 싶어졌다.
곧 가게들이 문을 닫기 위해 정리를 시작해야 하는 시간이 다가
오는 오후 5시 동묘역으로 가는 골목길을 따라가다가 첫 번째로
보이는 고서점 앞을 보니 길가에 널려놓은 우리 책들(권당 천 원
에 판다) 뒤편 왼쪽 구석에 일본 책을 늘어놓는 자리에 책들이 수
북하게 보인다. 무슨 책들이 나와 있나 들여다보다가 나도 모르

게 몇 권의 책이 손에 잡혔다. 처음 잡힌
것이 일본 역사소설가인 시바 료타로(司
馬遼太郎)의 얇은 소설집이다.

책 이름인『故郷忘じがたく候』라는 일
본어가 쉽게 들어오지 않는데 가만히 보
니 "고향을 잊기가 힘들더이다" 정도로 풀
이된다. 候라는 한자는 そうろう(소로)라

고 읽는, 'あり(=있다)' 'をり(=있다)'의 겸손한 또는 공손한 말투라고 한다. 책을 펼쳐보면 길이가 약 60페이지 정도이니 아주 단편도 아니고 중편도 아닌 중단편이라 할 것인데, 1968년에 일본 〈문예춘추〉에서 나온 이 작품은 『고향을 어이 잊으리까』라는 제목으로 우리나라에서 〈문학사상사〉에 의해 1977에 번역본이 나올 정도로 우리에게는 유명한 소설이다. 그것은 이 소설이 임진왜란 당시 일본으로 끌려갔던 조선인 도공들의 이야기를 본격적으로 그린 작품이기 때문이다.

원래 1968년에 『별책문예춘추(別冊文藝春秋)』에 처음 발표된 이 소설은 사실 「고향을 어이 잊으리까」 「참살(斬殺)」 「호두에 술(胡桃に酒)」 등 세 편이 함께 실린 단편 소설집이다. 1976년에 문고판으로 다시 나왔는데, 내가 얻은 것은 1990년에 나온 25쇄 본이다. 그러니까 벌써 근 30년이 다 되어가며 인기가 계속되는 책인데 어떻게 동묘 앞 옛 책 가게에 나왔을까? 겉장을 넘기니 분홍색의 작은 메모가 붙어있는데 일본인의 필체로 보이는 그 메모는 2002년 8월 11일에 118쪽까지 읽고 이어서 8월 13일까지 나머지 206쪽까지를 다 읽었다고 쓰여 있다. 책 주인이 누구인지는 알 수 없되 이렇게 책을 언제 읽었는지를 알려주는 메모가 있어서 이 책의 역사와 직접 대하게 된다. 저자와 세 편의 소설 외에도 책의 주인이었던, 누군지도 모르는 일본인을 이 책을 통해서 만난 것이다.

작가 시바 료타로는 일본의 국민작가로 칭송을 받는 현대 일본의 대표적인 소설가이자 문필가이다. 1923년 오사카에서 태어나 초등학교와 중학교를 거기서 다녔는데 중학교 입학 무렵의 성

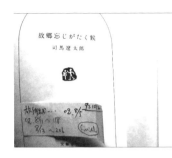

적은 300명 중에 꼴찌에 가까웠고 이에 대해 본인도 놀란 나머지 당황해 공부에 매진해 2학기부터 상위 20등 안으로 들었고 3학년부터는 동네 도서관에 드나들기 시작해 오사카 외국어학교(大阪外国語学校)를 졸업할 때까지 동서고금의 여러 분야에 걸치는 방대한 분량의 온갖 책을 닥치는 대로 읽었다고 한다. 고등학교 시험에는 불합격된 후 오사카 외국어학교(나중에 오사카 대학 외국어학부) 몽골어과(蒙古語学科)에 입학하였다가 이듬해 학도병으로 징집되어 전차 장교로서 만주 목단강(牡丹江, 무단장)의 전차부대 소대장을 하기도 했는데. 1945년에 시바 료타로는 "난 어쩌다 이딴 멍청한 전쟁이나 벌이는 나라에서 태어난 거지? 언제부터 일본인은 이렇게 멍청해져 버린 거지?"라는 의문을 품게 되었다고 한다. 여러 곳의 신문 기자로서 다양한 사람들과 사건을 만나 취재를 하면서 소설을 쓰기 시작했고 1961년 산케이 신문사를 퇴사하면서 본격적인 작가 생활에 들어갔는데 역사에 대한 깊은 이해를 바탕으로 수많은 소설을 써서, 일반인들에게 역사에 대한 이해를 한 단계 높여주었다고 평가받는다. 1959년 발표된『올빼미의 성』(梟の城, 강담사)을 필두로『료마가

산나』(竜馬がゆく, 1963-1966년, 문예춘추신사文藝春秋新社), 『마지막 쇼군』(最後の将軍, 1967년, 문예춘추) ― 도쿠가와 요시노부(德川慶喜) ※영문 번역판으로『The Last Shogun』(Juliette Winters Carpenter역),『언덕 위의 구름』(坂の上の雲, 1969-1972년, 문예춘추),『미야모토 무사시』(宮本武蔵, 1968년, 아사히신문사),『일본자객전』(日本剣客伝에 수록),『달단질풍록』(韃靼疾風録, 1987년, 중앙공론사) 등 수많은 저서로 일본 예술원 은사자상 수상, 국민훈장 수상 등 국민작가로 추앙받다가 1996년에 타계했는데 죽기 전까지 쓴 책이 장편소설 30편, 단편소설도 30여 편에 이른다. 특히 역사를 조망해 하나의 이야기로 보는 그의 관점은 이른바 시바사관(司馬史観)으로까지 불리며 독자적인 역사관을 쌓아 올렸다. 필자도 이 시바 료타로의 역사관에 흥미가 많아져『가도를 가다(街道をゆく)』시리즈 중에 제주도와 가라(韓, 가야지방)을 다니며 쓴 글을 따로 읽었고 그가 우에다 마사아키(上田正昭), 김달수(金達壽) 씨 등과 나눈 대담집 3권을 일찍 읽은 적이 있다. 그는 또『이 나라의 모습(この国のかたち)』시리즈 등으로 일본이란 무엇이며, 일본인이란 무엇인가를 묻는 문명비판을 했다. 그중의 하나가『메이지라고 하는 국가(明治という國家』라는 책(필자의 일본어 학습용 독본이었다)으로서, 여기에서는 일본이 메이지유신으로 세계적인 문명국가로 도약하게 된 역사적인 배경과 사실을 추적해 알리기도 했다.

그런 시바 료타로가 그의 많은 소설 가운데 살아있는 사람을 주인공으로 쓴 유일한 작품이 바로「고향을 어이 잊으리까」이다. (혼동을 피하기 위해 "고향 잊기가 힘이 듭니다" 대신에 번역본 제목으로 한다) 일본 큐슈의 남서단 가고시마(鹿兒島)의 나에시로가와(苗代川)에는 한국의 산하를 닮은 70호 정도의 가구로 된 작은 동네가 있다. 이 마을에는 한국식의 성을 그대로 쓰는 심(沈), 박(朴) 씨, 김(金) 씨 정(鄭) 씨, 이(李) 씨가 살고 있다. 이 마을은 370년 전(소설이 발표될 시점에서 볼 때이고. 지금으로부터 보면 420년 전이다) 임진왜란 때 전라도 남원 땅에서 살다가 끌려와 이곳에 살아온 사람들이 조선말과 조선식 생활습관, 그들의 원래의 성(姓)과 이름을 완고하게 지키며 살아온 곳이다. 모두 17개 성 씨가 여기에서 살았다. 이들의 후예는 해마다 음력 8월 보름, 달 밝은 밤이 되면 조상의 묘가 있는 산에 올라, 나무 사이로 빛나는 바다 너머로 '오늘'이란 노래를 우리 말로 부르며 고국의 산천을 향해 절을 했다. '오늘날이 오늘이라/ 매일이 또한 오늘이라/ 날은 저무는데…'

이 중에 시마즈 요시히로(島津義弘) 부대에 연행되어 온 박평의의 후손인 박수승(朴壽勝)은 도자기를 만들던 가업을 산업화하여 도자기를 외국에 수출하면서 1886년에 도고(東鄉) 라고 하는 일본 사무라이 가문의 족보를 사서 성을 도고로 바꾸었는데 그 아들이 제국주의 일본의 최후의 외무대신인 도고 시게노리(東鄉茂德)이다.

도고 시게노리의 어머니 박토메도 조선인의 후손이었다. 도고는 1882년에 태어났는데, 도쿄제국대학 재학 중 외교관 시험에 합격하여 1919년부터 1921년까지 베를린주재 외교관으로 일하였고 도쿄와 워싱턴 등의 근무, 1937년에 주 독일대사, 1938년에 소련 대사를 거쳐 1941년 도조 히데키(東條英機) 내각에 외무대신으로 입각하였으나, 미국과의 전쟁을 피하려고 노력하다가 사임한다. 그러다 1945년에 다시 외무대신이 되어 전쟁 후에 전범으로 20년 형을 복역하다가 1950년에 옥중에서 사망한다.[5]

시바 료타로는 남원에서 잡혀 온 심당길(沈當吉)의 후손으로서 가고시마의 한 동네에서 심수관(沈壽官)이란 집안 이름을 14대째 지켜온 조선인 후예 도예가를 만나 그의 인생과 예술을 조명함으로써 임진왜란 이후 일본에 정착한 조선인 도예가 후손들을 본격적으로 일본에 소개하는 큰 계기를 만들었다. 소설이라고는 하지만 사실은 다큐멘터리 르포 형식의 글이다, 그들이 남원성 전투 이후 일본으로 와서 이곳에 정착해 조선의 백자를 만들 수 있는 흙과 유약을 찾아내는 역사인 사실들을 상세하게 찾아내고 기록하였다.[6] 14대 심수관이 소년 시대에 할아버지로부터 은은한 금색 무늬가 있는 흑자 제조 기술을 찾으라는 명을 받고 처음에는 거부하다가 도자기 가업을 자신의 운명으로 여기게

5　도고 시게노리는 겉으로는 도공 박 씨의 후손이라는 것을 숨겼지만, 가보지 못한 조선을 그리워했다고 한다. 국장 시절 조선에서 최초로 외교관 시험에 합격, 일본 외무성 과장으로 부임했던 직원에게 자신도 조선의 피를 이어받았다고 토로하며 격려하기도 했다. 그는 경주시 출신인 이 외교관에게 독립된 한국을 위해 봉사하려면 열심히 배우라고 충고를 해주기도 했다는 것이다. 조선인 도공의 후손이라는 사실 때문에 한국에서 주목을 많이 받았으며, 다큐멘터리나 서적으로 출간되기도 했다.

6　이 지역에 도자기 가마를 연 박평의(朴平意)는 백자의 흙은 揖宿郡 成川村, 川辺郡 加世田村 京ノ峙에서, 유약을 만드는 데 쓰이는 楢木은 揖宿郡 鹿籠村에서 각각 발견하고 이를 통해 도자기를 만들어 당시 번주에게 진상한다. 司馬遼太郎『故郷忘じがたく候』1990년. 25쇄 본. 34쪽

된 과정[7], 알맞은 흙을 구할 수 있는 장소를 알아내기 위해 마을의 괴짜 노인을 찾아가서 좋은 흙을 구해 각고의 노력 끝에 금색 무늬가 있는 흑자 재현에 성공하는 과정을 소개한다.

　　팔십이 넘은 노인이라 걸음이 시원치 않았다. 노인을 등에 업자, 그는 등 뒤에서 일일이 방향을 지시했다. 뒷산은 덤불이 무성했다. 노인이 대나무를 하나 길게 자르라고 해서 세죽(細竹)을 잘라 손에 쥐어 주었더니 노인은 말이라도 탄 기분인지, 등 뒤에서 대 회초리로 이리저리 가리키면서 길을 지시했다. 골짜기에 닿자 노인은 등에서 내렸다. 노인은 나무등걸에 앉으면서,

『거길 파 보라구.』

하며 회초리로 한군데를 가리켰다. 심 씨는 노인이 이른 대로 괭이를 깊숙이 휘둘렀으나 거기서는 기대했던 흙은 나오지 않았다. 다른 곳도 몇 번이나 파 보았지만, 노인이 일러준 어느 곳에서도 화산지대 특유의 잿빛 모래흙만 나올 뿐 바라는 도토(陶土)는 구경할 수 없었다.

　　—산이 망령 났다.

　　노인은 산을 탓했다. 산도 변했다. 내 산이건만 오십 년 전의 기억이다.

7　가고시마 성읍 내의 중학교에 입학한 첫날, 한국인이라는 이유로 상급생들에게 집단구타를 당한다. 그동안 다른 일본인과 똑같은 교육을 받았고 당연히 자신은 일본인이리고 생각하고 있던 14내 심수관은 상급생들이 자신이 한국 이름을 가지고 있다는 이유만으로 일본인 취급을 해주지 않으니 혼란에 빠진다. 그의 아버지 13대 심수관은 학교에서 맞고 돌아온 아들에게 조상들의 내력을 들려준다. 아들은 학교에 가지 않고 집에서 공부하겠다고 하나 아버지는 싸워서 이기라고 말해준다. 그의 조상들은 번주(藩主)의 말이 곧 법이던 시절에 번주에게 항거하는 용기를 보여주었으니, 그분들의 후손으로서 부끄럽지 않게 행동하라고 한다.

대나무며 수목이 성장해서 골짜기 모습도 달리 졌다. 노인은 엉덩이가 시리다면서도 그대로 앉아 있다. 그런 노인보다 심 씨의 피로가 더 했다. 온종일 이리저리 파헤치자니 괭이가 천근만치나 무거웠다. 날이 어두워지기 시작했다. 노인은 마지막으로 젊은이, 골짜기 저쪽 언덕을 파보라구, 하며 회초리로 다시 가리켰다. 심 씨는 정강이까지 묻히는 낙엽토를 밟으면서 그곳까지 갔다. 언덕은 온통 양치식물에 뒤덮여 있었다. 거의 단념하다시피 하면서 심 씨는 낫으로 풀을 베고, 그 낫으로 언덕의 흙을 후벼 보았다. 축축한 물길이-잿빛 모래흙과는 전혀 다른, 짙은 갈색의 초콜릿 같은 질 좋은 흙이 낫 끝에 묻혀 나왔다. 서둘러 풀을 베고 표면을 벗겨보자, 수산화철이 침전된, 보기 드문 토층이 나타났다. 한 움큼 집어 핥아보았더니 철분을 함유한 진한 맛이다. 심 씨는 다짜고짜 가져왔던 전대둘에 담아서 노인 곁으로 가져갔다.

『글쎄, 이건가 보군.』

하면서 노인은 젊은 심 씨가 한 대로 자신도 그 흙을 핥았다. 그리고 조건을 말했다.

『영구무상이여.』

거저 준다는 것이다. 단 구워진 것을 하나씩 가져오라고 했다. 큰 것은 일 없어, 술잔만 하면 돼, 부엌에서 쓰는 그릇도 좋아. 난 이렇게 별난 늙은이지만 약속을 어긴 적은 한 번도 없어.[8]

이 소설이 나온 후에 그는 일본에서도, 한국에서도 유명해진

8   출전; 한국을 주제로 한 일본중단편선 『고향을 어이 잊으리까』(문학사상사. 1977)

다. 그 전에 일본에 조선의 백자 기술을 처음으로 전한 사람으로 이삼평(李三平)에 관한 이야기는 알려졌지만, 가고시마에 있는 이 마을과 그들의 예술을 일본의 저명한 작가가 제대로 소개함으로써 그들의 삶이 일약 한일 양국의 주목을 받게 된 것이다. 400여 년 동안 일본에 살면서 조선인이라는 민족혼을 잃지 않고 사는 것이 얼마나 대단한가? 한국의 언론들이 다투어 취재했고 KBS에서도 이태행 기자가 일본 현지를 방문 인터뷰해서 생생하게 사쓰마가마(薩摩窯)에 담긴 역사와 심수관 씨의 민족정신을 전해주었다. 70년대 후반 14대 심수관은 정부의 초청으로 우리나라를 방문해 서울대학교에서 강연하고 박정희 대통령도 만나게 된다. 그는 일본의 식민지 지배에 대해 집착하는 우리나라 사람들에 대해서 "한국이 36년 동안 일본의 식민 지배를 받은 건 사실이지만 언제까지 과거만 보고 살 거냐. 미래를 봐야 하지 않느냐, 여러분이 36년을 말한다면 저는 370년을 말해야 합니다."라는 요지의 말로 강연을 끝맺는다.

내가 지금으로부터 40년 이전의 역사를 다소 장황하게 더듬어 보는 것은 그때의 그 유명한 소설을 구한 몇 달 전인 올해 6월에 14대 심수관이 세상을 떴다는 보도가 생각나서이다.

(도쿄=연합뉴스) 2019.06.18

정유재란 때 끌려온 조선 도공 후손 14대 심수관 별세

한일 문화교류에 공헌… 한국 정부, 명예총영사 직함 수여

일본의 도자기 명가 심수관(沈壽官) 가의 제14대 심수관(본명 오사코 게이키치[大迫惠吉])이 16일 폐암으로 별세했다고 교도통신과 마이니치

신문 능이 17일 보도했다. 향년 92세.

심수관 가는 1598년 정유재란 당시 일본으로 끌려간 도공 중 한 명인 심당길(沈當吉)과 그 후손들이 가고시마(鹿兒島)현에서 만든 도자기 명가다. 후손들은 전대의 이름을 그대로 따르는 습명(襲名) 관습에 따라 본명 대신 심수관이라는 이름을 사용하고 있다.

고인은 1964년 14대 심수관이 돼 심수관 가를 이끌어왔다. 장남 가즈데루(一輝) 씨가 15대 심수관을 맡고 있다.

고인은 한일 간 문화교류에 힘을 쏟아 1989년 한국 정부로부터 명예총영사라는 직함을 얻었고, 1999년 은관문화훈장을 받았다. 지난 2008년에는 남원 명예시민이 되기도 했다.

일본에서는 심수관 가는 고인을 주인공으로 해서 쓴 시바 료타로(司馬遼太郎)의 1968년작 소설 「고향을 잊기 어렵습니다」를 통해 널리 알려졌다.

그리고 요미우리신문은 6월 20일에 그의 장례식을 담담하게 전한다.

十四代沈壽官さん告別式　鹿児島　参列者、冥福を祈る

2019/06/20 05:00

16일에 92세로 사망한 사쓰마 종가 14대 심수관 씨의 고별식이 19일 가고시마시(鹿児島市)의 장례식장에서 거행됐다. 사쓰마 가마 부흥의 초석을 쌓고 일본과 한국 문화교류에 진력한 고인의 명복을 빌었다. 고별식에는 약 330명이 참석했다. 일본과 한국의 정·재계 관계자로 구성된 한일협력위원회의 이대순 이사장은 조사(弔辭)에서 돌아가신 14대 심수

14대 심수관(1926-2019, 본명; 오사코 게이키치·大迫惠吉) · 사진=요미우리 신문

관 씨가 사쓰마 가마 400년 축제[9] 개최에 동분서주하던 점을 언급하며 "한국과 일본 두 나라에 큰 감명을 주고 양국민의 마음과 마음을 맺어준 다리가 되었습니다, 선생님 편안하게 주무십시오."라고 고인에게 말을 하였다… 상주인 장남 15대 심수관 一輝(59) 씨는 "고인은 '자신의 신념을 자기 혼자서라도 관철하라.'라고 가르쳐주셨다. 부친의 가르침을 가슴에 새기고 삶을 살아가겠다."라고 결의를 말했다.

아사히 신문은 그의 부음에서 한일 양국에서 문화의 가교로 활동한 사실을 추가했다.

14代沈壽官さん死去　薩摩焼宗家、司馬作品の主人公も

2019年 6月 16日 20時 54分.

---

9   1998년에 가고시마현(鹿児島県)에서 「薩摩焼400年祭」란 이름으로 열렸다. 심수관 씨는 실행위원회 멤버로서 기획, 입안단계서부터 활약했다.

와세다대학을 졸업하고 13대가 돌아가신 1964년에 14대 이름을 받았고, 1999년에 (아들에게) 15대를 물려주었다. 작품 활동에 더해서 1970년 오사카만국박람회 등 국내외 전람회에 출품했고, 도자기를 소개하는 저서를 통해 사쓰마 가마의 보급에 진력했다… 사쓰마 가마를 통해 일본과 한국문화의 교류에도 적극적으로 공헌했다. 1989년에 한국 명예총영사에 임명되었고 1999년에 일본인으로서는 최초로 한국의 은관문화훈장을 받았다. 2004년에 가고시마에서 한일수뇌회담이 열렸을 때에 당시 노무현 대통령을 가마에서 영접했다. 2010년에는 장기간의 한일문화교류 활동을 인정받아 (일본의) 욱일훈장(旭日小綬章)을 받았다.

최근 들어 한일관계는 지극히 나빠졌다. 1965년 수교 이후, 1994년 문세광의 육영수 여사 저격 사건과 김대중 전 대통령의 납치사건 같은 대형 사건보다도 더 나쁜 상태가 지속하고 있다. 그 시발은 징용자 배상에 대한 한국 대법원의 판결에 대한 일본의 반발과 양국 정부의 대응이었지만 이제는 한국과 일본 두 정권의 자존심 싸움으로 이어지면서 해결의 기미가 보이지 않는다. 이런 때에 일본과 한국이 공유한 문화적인 공통분모, 그 속에 꽃피웠던 좋은 추억들을 되살려야 하지 않을까? 동묘 앞 옛 책거리에서 발견한 일본어로 써진 작은 책 한 권에 담긴 한국과 일본 두 나라 사이를 산 사람들의 이야기는, 두 나라는 이제 더는 반목하지 말고 서로 이해하고 돕고 살아야 한다는 가르침을 우리에게 던져주고 있다고 하겠다. 그것이 먼지 속에서 다시 이 책을 구해서 읽는 이유이기도 하다.

옛 거울

사람이 살면서 진정으로 혼자 있는 시간은 별로 많지 않다. 집이
란 곳에는 가족이 있어 늘 무슨 일이든 걸리게 되고, 혹 길을 떠난
다고 해도 대개는 누구랑 같이 가고 목적지나 행선지도 정해져
있어서 그 시간표대로 움직이게 되므로 혼자 있는 시간은 별로
없다. 그렇기에 어떨 때 혼자서 떨어져 몇 시간을 보내야 하는 경
우가 생긴다면, 혼자 있는 데 대해 습관이 되어있지 않은 보통 사
람들에게는, 여간 괴로운 일이 아닐 수 없다. 나도 감히 보통 사람
에 속한다고 보면, 낯선 곳에서 아무도 없이 혼자서 몇 시간을 보
내는 일이 쉽지가 않다. 아니 실제로 그랬다. 쉽지가 않았다.

언젠가 부산에서 열리는 무슨 행사가 있어 참석하려고 부산을
내려갔다가 우연찮게 4~5시간의 여유(?)가 생겼다. 행사 시작보
다 4~5시간 먼저 도착한 것인데, 행사장에 미리 들어가면 주최
측에 짐이 될 것이어서 혼자서 시간을 때워 보자고 결심하게 됐
다. 그런데 그것이 보통 문제가 아니었다.

기껏 참아가며 점심시간을 늦추었는데, 혼자서 먹으려니 간단

히 먹자며 짜장면집에 들어갔는데, 일요일이라 사람이 없어서인지 불과 10여 분만에 나오고, 먹는데도 10분도 채 안 걸린다. 백화점이나 대형쇼핑센터를 찾아 구경하는 것도, 이제는 재미가 없다. 젊을 때는 뭐 그리 사고 싶은 것, 갖고 싶은 것이 많더니 이제는 그런 생각이 들지를 않으니 매장에 가서도 별 흥미가 없어 30분을 넘길 수가 없다. 그래서 "밖에 나가서 뭔가 예전에 문인들이 많이들 그랬을 것처럼 멋진 다방이라도 찾아서 창가를 내다보며 커피 한잔이라도 멋있게 먹다가, 혹시 누가 아나? 멋진 마담이라도 만나서 얘기라도 나누게 되면 몇 시간이야 금방 가겠지…." 이런 생각과 기대를 하고 있었지만, 그날따라 비가 줄창 내리고 있어서 어디 마땅한 다방을 찾아내기가 쉽지 않았다. 몇 번을 돌다가 다방을 발견해 들어가면 너무 침침하기만 하고 영 분위기가 아니어서 발길을 돌린다. 몇 번 그러다가 쇼핑센터의 휴게실을 찾았다. 의자도 푹신한 것이 아니라 딱딱한 데다 겨우 엉덩이만 걸칠 정도이고 분위기도 어수선하지만 그나마 어둡지 않고 밝아서 다행이다. 아메리칸 커피 한 잔을 시키니 이 동네는 묻지도 않고 시럽을 다 넣어주어 맛이 영 아니다. 그렇지만 어떻게 하랴. 그나마 이 커피라도 마시며 좀 쉬며 시간을 보내야지.

그런 나를 살려준 것이 책방이었다. 지하철에 내릴 때부터 보이던 책방 이름이 적힌 간판이 시야에 들어온다. 단독 건물인 데다 층수도 꽤 있어서 쉽지 않은 책방이다 싶었는데, 인문 학술서적을 판다는 4층으로 올라가 보니 뜻밖에도 전국 주요 대학에서 나온 책들이 모두 꽂혀 있다. 서울에서도 교보문고나 영등포서적 등 두세 군데 밖에는 이렇게 전국 대학출판부의 책을 갖다 놓지를 않는데, 이 국토의 한 귀퉁이라 할 부산의 서면에 웬 이런 좋은 서점이 있을까? 이런 생각을 하며 책장을 더듬어가 본다. 인문학에서부터 자연계에 이르기까지, 생활에 관한 정보까지 전국의 대학에서 나온 책들은, 일반 독자가 그렇게 많지 않아서인지, 모처럼 알아주는 독자가 오니 여간 반가워하는 눈치가 아니다. 모두 자기 얼굴을 잘 봐달라는 듯 제목이 윙크한다. 그 느낌과 표정은 어린아이의 눈처럼 영롱하고 반짝인다. 그것을 보다 보니 한 30분은 금방 간다. 대충 허리도 아파져 오고 해서 뭐 보는 것은 그만두고 한두 권이라도 사야지 하는 마음이 생길 즈음『고경중마방(古鏡重磨方)』이란 책이 눈에 띈다. '고경중마방(古鏡重磨方)'이라니… 옛 거울을 다시 닦는 방법이란 뜻일 텐데, 하고 들여다보니 퇴계 이황 선생이 편찬한 것이라고 한다. 전주대학교 문화총서 19번째 책으로 김성환 교수의 번역으로 1998년 3월에 출판

부산 서면 영광도서

退溪先生眞影

됐다.

"아니, 퇴계 선생이 이런 책도 편찬했나?"

이런 생각과 함께 책을 펴보니 이 책은 예로부터 선인들이 자신의 좌우명으로 삼고 행동과 사상의 거울로 삼은 명구들이 모여져 있다. 첫머리에는 하(夏)나라의 포악한 걸(桀)왕을 몰아내고 은(殷)이란 새 나라를 세운 성탕(成湯)의 그 유명한,

苟日新	참으로 어느 날 새로우면
日日新	날마다 새롭게 하고
又日新	또 날로 새롭게 하리라

라는 좌우명이 올라가 있다. 그다음에는 하(夏)나라의 폭정을 무찌르고 새 왕조를 연 은(殷)나라도 주(紂)왕 시대에 다시 온갖 학정으로 민심이 이반하자 이를 무찌르고 주(周)나라를 연 무왕(武王)이 자신이 앉는 의자의 네 귀퉁이에 새겨놓았다는 〈석사단명(席四端銘)〉이란 것이 나오는데,

安樂必敬	안락할 때 조심하면
無行可悔	후회할 일 없으니
一反一側	한 번 일어나면 또 뒤집히는 것을
亦不可不志	생각지 않을 수야
殷鑑不遠	은나라 거울이 멀지 않다
視爾所代	네가 그 대신 아닌가?

라고 한다. 무서운 일이다. 이제 막 은나라를 쓰러트리고 새 왕조의 창시자가 된 왕이 바로 자신에게 망한 왕조의 교훈을 강조하며 안락에 빠지지 말고 조심하라고 경고를 내린다. 은나라가 우리에게 제공하는 흥망의 거울이 그리 먼 옛날이야기가 아니라는 것이다.

이런 식으로 이 책에는 주로 중국사에서 취한 것이지만 70여 개의 주옥같은 좌우명들이 모여져 있다. 이 중에 가장 많은 것은 역시 퇴계의 정신적인 스승인 회암선생(晦庵先生), 곧 주자(朱子)의 좌우명이다. 모두 21개가 실려있다. 퇴계가 주자를 얼마나 연구하고 그를 본받으려 했는가를 여기서도 여실히 알 수 있다. 그중에는 주자가 마흔네 살이 되던 해에 남이 그려준 초상화를 보고 얼굴과 머리털이 벌써 초췌해진 데 놀라 지은 〈사조명(寫照銘)〉이라는 게 있는데,

端爾躬　　몸가짐은 단정하게

肅爾容　　용모는 엄숙하게

檢於外　　바깥 일 조심하고

一其中　　오로지 중심 잡아

方於始　　시작한 그대로 힘써

遂其終　　끝까지 밀고 가야지

操有要　　그 요령을 잘 잡고

保無窮　　무궁히 지켜가라

라는 것이다. 옛사람의 기준으로 보면 조금 이르다 하겠으나, 나

이 사십에 벌써 자신의 일생을 돌아보고 처음 먹은 그 마음 그대로 뜻을 세워 흔들리지 않고 나가자는 스스로 다짐이 새겨져 있다.

퇴계 선생의 연보를 뒤져보니까 선생이 이 모음집을 펴낸 것이 59살 때인 1559년이다. 그 전해에 왕의 부름을 받아 대사성과 공조참판을 하다가 사직하고 고향인 안동에 물러가 있을 때 쓴 것으로 보인다. 퇴계는 왜 이 교훈집을 편찬했을까? 회갑을 한 해 앞둔 시기에 그동안의 인생에 대한 반추와 함께 점점 노골화되어 가는 당쟁의 소용돌이에 휘말리지 말고 학문의 길을 묵묵히 가야겠다는 다짐이었을까?

'고경중마방(古鏡重磨方)'이란 책 이름도 주자의 시에서 따왔다고 한다. 주자가 임희지(林熙之)라는 사람을 전송하면서 쓴 시 가운데,

古鏡重磨要古方   옛 거울 다시 닦으려면 옛 방책이 필요한 것
眼明偏與日爭光   눈이 환해져 햇빛과 밝음을 경쟁한다네

란 시 구절에서 제목을 취하면서 답시를 썼다고 한다.

古鏡久埋沒   옛 거울 오래 묻혀 있으면
重磨未易光   거듭 닦아도 쉽게 빛나지 않으나
本明尙不昧   본래 밝음은 어둡지 않은 것
往哲有遺方   선철이 남긴 비방이 있다
人生無老少   사람은 늙으나 젊으나
此事貴自彊   이것은 결코 쉴 수 없는 것

衛公九十五　　위공도 아흔다섯 니이에

懿戒存圭璋　　계를 세워 행하지 않던가.

이제 그 뜻이 조금 보인다. 나이가 아무리 들어도 선인들이 남긴 삶의 좌우명의 가치는 조금도 변하지 않는 법이니 이를 잘 익히고 그대로 따라야 한다는 가르침이자 스스로 다짐이다.

바로 이런 연유로 조선왕조의 르네상스를 이끈 정조대왕도 태자를 가르칠 때 무더운 여름이면 반드시 이 책을 강학했다고 한다. 조선왕조 역대의 사적(事績)을 적은 역사책으로 고종 때에 완성한 『국조보감(國朝寶鑑)』에 따르면 정조대왕 때인 무오년(1798년), 우의정 이병모(李秉模)가 아뢰기를, "태자가 〈고경중마방〉을 강학한 이후 학문이 날로 발전하니 신은 참으로 기쁩니다."라고 말하니 정조는, "이 책은 퇴계 선생이 편집한 것이다. 열성조(列聖朝)에서 이 책을 높여오지 않은 바 없고 영조대왕 역시 이 책을 읽었고 경연(經筵)에서도 읽었고 성균관 유학자들은 달마다 세 차례씩 강론한 바 있다. 지금 날씨가 무덥기에 간단한 책을 찾고자 이 책을 강론한 것이다."라고 했다는 얘기가 전해온다. 정조의 할아버지인 영조 때에도 이 책은 간행된다. 제자인 한강 정구(鄭逑)가 1744년(영조20)에 책을 찍었고, 여기에는 김재로(金在魯)가 쓴 어제고경중마방편제(御製古鏡重磨方扁題)와 영조의 어제시(御製詩)가 실려있는데, 이 대학의 이희배 명예교수가 소장하다가 학교에 기증했다. 아마도 정조대왕도 이 책으로 공부를 한 것은 아닐까? 물론 도산서원에도 한 질이 전해오고 있다.

그런데 이 책이 귀해진 모양이다. 이 책을 다시 펴낸 노상직(盧

『고경중마방』 도산서원 소장

相稷)이란 사람은,

> "자신의 집에 영변에서 간행한 것이 하나 있었는데, 멀리서 친구가 찾아올 때마다 항상 먼저 이 책을 내놓았고 받은 자는 이 책을 베껴 간 지 벌써 수십 년이다. 그 어느 하루도 펼쳐보지 않은 적이 없어서 너덜너덜하여 볼 수가 없다. 이에 다시 간행하여 사방에서 이 책을 찾는 자에게 도움을 주고자 한다."

라고 다시 펴낸 경위를 밝히고 있다.

이제 마지막 무더위를 피해 집 안에 앉아 이 책을 펴보니 이 책을 펴낸 퇴계의 마음가짐과 정조대왕이 자식을 가르치며 가졌던 마음가짐이 느껴지며 삼가 마음이 바로 세워지는 느낌이다. 옛사람들이 나이가 들면 들수록 나태하지 않고 더욱 마음과 몸을 바로 세우기 위해 이처럼 조심을 했구나 하는 생각과 함께 이들이 남긴 좌우명 하나하나가 그냥 지나쳐 보이지 않는다. 동방의 주자라는 등 온갖 존경과 수식어가 따르는 퇴계 선생이고 그가 쓴 글이나 행적은 수없이 많지만, 우리가 그의 가르침을 아는 것이 무엇이 있는가? 우리가 학교 시간에 배운 주자학의 개론, 이 기일원론이니 이기이원론이니 주기설이니 주리설이니 하는 것 외에 배운 것이 무엇인가? 그런 주자학의 최고봉인 성리학이 우리에게 얼마나 어렵게 전달되고 있는지를 우리는 다 알고 있다. 고등학교를 나온 누구도 그 뜻을 제대로 알고 있지 못한 현실에서 대유학자의 가르침이 무슨 의미가 있는가? 오히려 이 잠언집에서 볼 수 있는 가르침들, 인생의 긴 여정에서 나이가 들어도 결코 자만하거나 게으름피우지 말고 검소하고 밝고 맑게 자신의 목표에 따라 살아가야 한다는 이 가르침 이상으로 우리에게 중요한 것이 무엇이 있겠는가?

원래 선생의 학문은 평이하고 명백한 것이 특징이고 선생의 도덕은 정대하고 광명하다. 〈국조명신록(國朝名臣錄)〉의 묘사대로 꾸미지 않고 소박한 것이 선생의 문장이고, 가슴 속은 환히 트이어 '가을 달 얼음 항아리(秋月氷壺)' 같았으며, 웅장하고 무겁기는 산악과 같고, 고요하고 깊기는 깊은 못 같다. 그리고 인생에 있어서 살아가는 자세는 '경(敬)'이란 말 하나로 귀결된다. 평생 배운 대로 실천했고 제자와 가족, 여자 종의 사정과 심정까지 헤아렸다. 자신을 끝없이 낮춤으로써 모든 이들의 존경을 받았다.

판각한 퇴계의 글씨

또, 그럼으로써 자기도 완성하고 다른 사람도 완성하고자 했다. 그것이 곧 '경(敬)'이다. 그러나 우리는 한문에 가려, 철학적인 면만을 앞세운 고등학교 윤리 교과서에 가려 선생의 본 가르침을 접하지 못했다. 이 『고경중마방(古鏡重磨方)』이란 한 권의 책을 편찬한 그 마음을 만나는 것만도 쉬운 일이 아니었다.

어느 마지막 여름, 이미 가을이 노크하고 있는 시점에서 부산의 어느 서점에서 만난 한 권의 책이 참으로 좋은 가르침을 주고 있다. 어쩌면 그것은 나에게는 행운이었는지도 모른다. 어쩌다 생긴 몇 시간의 자유로운 외톨이 시간, 그 시간이 있었기에 부산 서면에 있는 '영광도서'란 책방에 들를 수 있었고, 전국 대학의 출판물들을 한자리에 모아놓은 그 서점 때문에 퇴계 선생이 편찬한 이 책을 만날 수 있었으니…

추신)

그 책을 만나고 나서 12년이 지난 최근 뛰어난 성리학자인 명재(明齋) 윤증(尹拯, 1629-1714)의 저작물을 고전번역원 사이트에서 읽다가 이 고경중마방에 대해 윤증이 시를 쓴 것을 발견했다. '삼가 퇴도(退陶) 선생의 고경(古鏡) 시에 차운하다(敬次退陶先生古鏡韻)'라는 제목이니 『고경중마방』을 읽고 나서 그 운을 따라 지은 것임을 알 수 있다.

나에게 먼지 낀 거울 하나 있는데	我有一塵鏡
내면에 천연의 광채를 머금었네	內含天然光
은근하신 도산 노인께서	慇懃陶山叟
그 거울 닦는 방법 써 놓으셨네	爲述重磨方
늙었건 젊었건 상관이 없고	不繫年老少
힘이 세고 약한 것도 따질 것 없이	何論力弱强
진실로 힘써서 닦기만 하면	苟能勉修治

특달함이 규장과 같아진다네 　　　特達如圭璋

…『명재유고』 제1권 「시」

맨 마지막 줄에 '특달함이 규장과 같아진다'라는 표현이 나오
는데 원래 문장은 '규장특달(珪璋特達)'이다. '규장'은 옛날 중국
에서 조빙(朝聘), 곧 천자(天子)를 만나는 조회 때에 들고 들어가
는 옥으로 만든 예기(禮器)란다. 요즘 많이 나오는 중국 드라마를
보면 신하들이 황제 앞에서 뭔가 네모나고 약간 길쭉한 것을 들
고 있는데 이것인 것 같다. 『예기(禮記)』 「빙의(聘義)」에 나오는
표현으로 '규장특달(珪璋特達)'이라는 것이 있으니, "규장을 가
진 이는 다른 폐백(幣帛)을 갖추지 않더라도 곧바로 천자를 뵐 수
있다."라는 말이다. 여기에서는 사람의 덕(德)과 인품이 다른 사
람들과는 비교할 수 없을 정도로 특출하게 된다는 뜻이라고 윤증
스스로 설명도 붙여놓았다. 그만큼 윤증은 퇴계가 남긴 『고경중
마방』을 소중히 여겼음을 알 수 있다.

　이번에는 옛 책방이 아니라 새 책방이지만 서점 한구석에서
만난 작은 책은 그야말로 옛 거울이 되었고 나는 이를 다시 꺼내
어 본 셈이다. 다시 봐도 여전히 녹슬지 않고 티끌이 없는 맑은
거울이다. 그 거울로 나의 얼굴과 마음을 잠시라도 다시 비춰본
것이다.

붓끝의 힘

과연 우리가 쓰고 휘두르는 붓끝은 얼마나 세상을 바꿀 수 있을까?

붓이라던가 펜이라던가, 아니면 요즈음에 대신하는 컴퓨터 자판을 매일 만지고 사는 사람들, 이른바 글쟁이들은 이런 의문을 늘 갖고 산다. 인류 역사를 볼 때 과연 펜은 칼보다 강했던가? 임진왜란과 같은 침략전쟁의 시기, 일본 제국주의의 무단통치와 같은 시대, 우리들의 펜은 과연 총칼을 이기고 세상을 변화시켰던가? 아니 그러한 극단적인 상황이 아니고 평상시에라도 우리들의 붓이나 펜은 과연 세상을 어떻게 변화시켰을까?

이런 아주 근본적인 질문을 책의 제목으로 내세운 책이 눈에 띄었다. 서울에 집중 호우가 내려 야외에 물건을 내놓고 팔던 대부분 가게가 큰 비닐로 진열품을 덮어놓거나 아예 내놓지도 않았던 2018년 8월의 29일, 사람들이 108주년 국치일이라고 해서 효창공원이나 국립묘지 등에서 추도 행사, 추모 행사를 여는 날 오후 동대문 밖 동묘의 한적한 골목길에 있는 한 책방에서 만난 책이다.

한적하다고는 하지만 사실은 엄청나게 붐비는 곳인데 다만 그 날은 비가 왔고 또 온다는 소식에 사람들이 별로 다니지 않았기에 한적해 보였다. 그 책방 옆으로는 기성복들, 신발, 구두, 운동화 등등을 파는 가게들이 늘어서 있는 골목인데 그 가운데에 있는 이 서점은 입구는 좁지만, 책들이 엄청 많이 쌓여 있어 안으로는 들어가기가 무척 어려운 그런 옛 책방이다.

마침 나만큼 초기 비만의 중년 아저씨가 먼저 있다가 나간 다음에 나는 미로도 아니고 아주 좁아 몸이 겨우 빠져나갈 정도의 좁은 책 골목을 지나서 거의 마지막쯤에서 책 제목을 훑어보고

있는데 그런 제목이 눈에 들어온다. 아니 이거 무슨 이런 책이 있나?

　"붓끝이 세상을 변화시킬 수 있을까? 이러한 문제는 진지한 대답을 기대할 수 있는 성질의 것은 아닐지 모른다. 그러나 꼭 대답해야 한다면 결국 그렇다고 긍정하는 수밖에는 없을 것이다."

　이렇게 머리말을 시작한 이 책은 겉 제목에 "Können Dichter die Welt verändern?"라는 독일어 제목까지 병기되어 있고 강두식, 곽복록, 김기선 등 14명의 이름난 독문학자들이 번역자로 참여하고 있다. 책의 저자가 누구인가 하고 보니 저자는 없고 한스 살만(Hans Sallmann)이라는 독일 이름이 편자로 나온다. 그렇다면 독일 사람이 무언가에서 독일어로 된 글들을 모아서 이를 한국의 독문학자들이 번역해놓은 것으로 보인다. 과연 목차를 보니 〈인문주의 천 년의 전통을 한 눈에 보며〉라는 제목의 자못 호기 있는 첫 단락에서는 아득한 신화시대를 지나 문자로 기록되는 8세기 이후부터 주요한 독일 문학의 흐름을 조망하고 있고, 그 다음 단락으로는 〈인간성의 도야〉〈시와 진실〉〈빈과 부〉〈시인이 세계를 변모시킬 수 있는가?〉〈조각난 세계〉 등의 큰 단락 안에 매 단락 10개에서 20개 정도 여러 사람의 좋은 글, 그 글의 하이라이트를 모아놓고 전해준다. 이를테면 이 책의 제목이나 주제와도 가장 가까운 문장으로 제1차와 2차 세계 대전 때 의사로 참전한 의사이자 시인인 곳프리트 벤이 쓴 〈시인이 세계를 변모시킬 수 있을까〉라는 대담형식의 글이 인용돼 있는데,

A: 선생은 많은 수필이나 평론 같은 데서 시인의 상(像)에 대해 언급하신 적이 있는데, 시인이 실세대(實世代)에 어떠한 영향력도 갖고 있지 않다는 것이고 역사의 흐름에 관여하지도 않을뿐더러 또한 자신의 본성 때문에 상관하지도 않으며, 역사의 밖에 존재한다는 것이었습니다. 이것이 정말 선생의 절대적인 주장입니까?

B: 당신은 내가, 시인은 의회와 공공정책 또는 토지의 매매와 몰락일로(沒落一路)에 있는 산업이나 제3의 형편없는 계급에 관하여 관심을 가져야 한다고 쓰기를 원한다는 것인가요?

A: 시인들이 소외적(疎外的)인 위치와 타협함으로써 우리는 새로운 전환기에 이르고 있으며 새로운 인간성이 형성되어가고 있습니다. 그 과정이나 방법도 아주 많이 변모되어, (그것이) 개선된 장래로써 기술될 수 있다고 하는 몇몇 유명한 작가들이 있어서요.

B: 물론 그들은 어떤 개선된 장래에 대하여는 그럴 수 있습니다. 유토피아의 작자란 어느 시대에든 항상 존재하기 마련이니까요. 예를 들면 쥘베른이나 스위프트가 있지요. 세대의 전향에 관해 말할 것 같으면, 내가 이미 거듭 조사 분석하여 언급한 바와 같이, 시대는 항상 변화하여 가며, 인간상도 새로이 형성되어가고 있고, 인간성의 여명(黎明)과 서광(瑞光)이 점차로 신비스러운 견실과 규칙성에 대한 개념을 제기해주고 있습니다.

라는 문장으로, 시인(여기서는 모든 일반적인 문학가를 의미함)이 세상을 조금씩 바꾸어 나감으로써 그것이 '개선된 장래', 곧 '보다 나은 미래'를 앞당기고 있음을 설명해 주고 있다. 이 대목을 읽어보니 이 책의 제목인 '붓끝이 세상을 변화시킬 수 있을까'가 실은 '시인이나 문학가가 세계를 과연 변모시킬 수 있을까'라는 물음임이 명확해지고 있다. 그리고 그 문답은 시인이 왜 현실에 눈을 감고 있느냐는 물음과, 이에 대해 시인들이 나름대로 스스로 역할을 찾아가고 있다는 두 가지 생각을 대비시키는 방법으로 시인, 곧 문필가 또는 사상가들의 역할을 정리하고 있는 것이다.

A: 선생은 침묵의 형태에 대한 특징을 거론하셨는데… 저는 다른 특징을 보여드리겠습니다. 3만6천 명의 활성 결핵 환자들이 베를린에서 살고 있으면서 요양소를 찾지 못하고 있습니다. 4천 명의 독일 부인들이 매년 낙태 수술로 죽어가고 있습니다. 이러한 결과에 대해 모든 글이 한마디씩 하고 있습니다. 우리 동포들의 반수 이상이 서로 성장하려고 말할 수 없는 감격적인 투쟁을 하는 것을 생각해 보십시오. 도심지에서 일자리가 없어 고용되지 못하는 40대의 젊은 실업자들, 그들의 집에서 묵고 있는 숙박인들과 쥐새끼들을 생각해 보십시오. 이것은 말할 수 없는 비극이자 눈물이고 죄 없는 곤경이며 행복의 야수화(野獸化)인데 이것을 시인이란 사람들은 방관만 하고 있다는 말입니다.

B: 예, 나는 주저하지 않고 곧 대답할 수 있습니다. 그렇습니다. 시인들은 바라만 보고 있습니다. 문명을 기술하며, 밤에는 과장된 연기를 위하여 정신적인 가면을 쓰며, 연미복(燕尾服)에 카네이션을 달고, 메뉴에 다섯 가지의 포도주가 나오는 연회석에선 높은 사람의 옆에 앉은 사람들은 그냥 앉아 있지 않지요. 그런 사람은 시대의 위기에 대한 외침을 시인하고는 있습니다만, 그들도 바라만 보고 있는 격이지요… (중략)

A: 특기할만한 실체이군요. 하지만 거기에 반해서 나는…

B: 거기에 반해서라고요? 당신은 오늘날 생각을 하고 글을 쓰는 사람들 모두가 노동운동과 같은 의미의 행동을 해야 하며, 공산주의자가 되어야 하고, 무산계급의 상승에 자신의 힘을 빌려주어야 한다고 생각하십니까? 도대체 왜? 그것은 어떤 생각에서입니까? 사회적인 문제는 이전부터 있었던 것입니다. 가난한 사람들은 항상 위를 쳐다보며 살지만 돈 많은 사람은 아래를 내려다보지 않습니다…

A: 단도직입적으로 묻겠습니다. 선생은 그러니까 본질적으로 이 지배적인 경제적 구조에 동의하시는 건가요?

B: 나는 당신에게, 당신의 그 기술자들이나 호전자(好戰者), 학문, 경제이론, 그리고 문학까지도 맡기겠습니다. 이 문명의 모든 생생한 울음소리를 말입니다. 그러나 나는 시인에게는 오직 자유를, 이 모든 시대적인 조류에서 자신을 차단할 수 있는 자유를 후원해주겠습니다. 세상의 절반은 상속권이 박탈된 소수 금리 생활자와 화폐 가치의 인상에 대한 불만으로 가득 차 있는 사람들로 구성되어 있으며 또 나머지 절반은 오직 풍요한 바다의 여신처럼 헤엄을 치는 사람들로 구성된 이 시대로부터 말입니다. 즉 시인은 자기 자신의 길을 걸어가야 합니다.

이 글은 조금 더 이어지지만 결국에는 시인은 시인으로서의 독자성, 독자적인 생각의 영역이 있으며 그것은 꼭 어딘가에 영향력을 행사하거나 세상을 힘으로 변모시키는 쪽으로만 그 목적을 두면 안 된다는 것으로 귀결된다.

A: 시인은 말하자면 스스로 자신의 척도를 홀로 꺼내어 어떠한 목적도 추구하지 않으며 어떠한 경향에도 무관심하다는 말입니까?

B: 시인은 제각기 자기 자신의 독특한 편파성(偏頗性)을 따르고 있는 것이지요. 이 편파성이 포괄적일 때에 그것은 최종적으로 인간에게 도달할 수 있는 위대성의 외적(外的) 형상을 얻게 되는 것입니다. 이 위대성은 무엇을 변모시키거나 영향력을 주려고 한다든지 않고, 오직 그대로 존재하려고 할 뿐입니다.

이렇게 사회변동 속에서 문학의 역할에 대한 고민은 우리 사회에도 순수문학과 실천문학, 참여문학의 이름으로 계속 진행되어 왔고 그 고민은 때로는 문학의 존재 영역을 비틀기도 했음을 우리는 알고 있다.

다만 책의 제목처럼 붓끝이 세상을 변화시킬 수 있느냐고 하는 물음은 말이 세상을 바꿀 수 있느냐고 하는 물음과 상통한다고 하겠다. 우리는 말을 통해서 세상을 바꾸고 싶어 하고 바뀌기를 기대한다. 말을 통해서 이 세상 또는 이 사회의 구성원인 개인을 바꾸고 싶고, 세상 또는 사회 자체의 변동을 시도하고 싶어 한다. 그러기에 우리 사회에서는 말을 통해 사회변동을 일으키자, 사회를 혁명하자, 그 상황을 주도하는 혁명가의 역할이 중요하다…는 등의 목소리가 존재한다. 그런 사람들은 러시아의 레닌이나 중국의 마오쩌둥과 같은 사람들의 역할을 부각한다. 그런데 다시 상황을 잘 살펴보면 그들의 중심역할을 담당한 혁명은 20세기 인류 역사를 뒤흔든 변동을 불러일으키고 사회구조의 변화를 가져왔지만, 우리가 기대했던 만큼의 성과를 거뒀는지 대해서는 회의적인 시각이 커지고 있다. 말의 역할은 꼭 혁명을 일으키는 데만 있는 것이 아니라는 뜻이 된다. 말이 세상을 바꿀 수 있다고 믿고 싶다면 말이 세상을 바꾸는 방법을 어디에서 찾을 것인가 하는 고민, 그것이 서로 다른 생각의 강요가 아니라 그 생각을 서로 나누고 차이 속에서 타협과 합의를 찾는 방식이 필요하다는 목소리가 커지고 있다. 그리고 그 바탕에는 인간의 선함에 대한 인식과 믿음이 있어야 한다는 것을 깨닫게 된 것도 어찌 보면 성과이기도 하다.

어느 날 옛 책방 아주 구석에서 만난 한 권의 책, 이 책은 시인이나 문학가들의 역할을 묻는 글뿐이 아니라 독일이라는 역사 속에서 유토피아를 희망한 많은 인문 사상가들의 글과 생각을 모아놓았다. 글 가운데는 알베르트 슈바이처 박사가 쓴 「인도주의 정신은 아직 죽지 않았다」라는 글도 있다. 모두 인류의 고귀한 정신의 힘을 믿고 이를 확산시키고자 하는 희망을 담은 글이다.

이런 글들을 독일의 원전에서 뽑아 모은 사람은 한스 살만. 1937년 독일의 쾰른에서 태어나 뮌헨과 베를린에서 문학과 언어학, 음악학 등을 연구하다가 1965년에 DAAD 교환교수로 한국에 건너와 책을 만들 당시에는 독일문화원장을 맡고 있었다. 결국, 독일문화원장이 독일의 역사 속에서 인문학, 인간학을 다룬 명작품들을 모아놓은 것을 우리나라의 최고의 독일 전문학자 14명이 참여해서 이를 우리말로 옮겨 놓은 것이다. 책이 나온 것이 근 반세기 전인 1969년이고 〈박우사〉에서 펴낸 이 책의 가격은 1,000원이니 반세기라는 시간의 흐름 속에 화폐 가치가 어떻게 변했는지도 생각해 보게 한다. 그리고 그 글들은 여전히 오늘날 우리 사회와도 같은 고민임을 실감케 한다.

2018년 8월 29일 동대문 밖 동묘의 한 옛 책방에서 어렵게 만난 이 책으로 우리는 50년 전 우리나라에 이런 큰 인문학적인 사건이 있었음을 알게 된다. 당시 독일문화원장인 한스 살만, 그리고 거기에 참여하신 강두식, 곽복록, 김문숙, 김태숙, 안인길, 양혜숙, 이동승, 정영호, 조가경, 천기태, 최영일, 최정호, 한봉흠 등 열네 분의 독일 전문학자들, 그들의 노력이 다시 세상에 드러나게 된 것도 바로 청계천이라는 책바다의 어느 한 구석에 이런 책방, 그런 책이 남아 있었고 이런 책을 좋아서 건지러 다니는 나 같은 사람이 있기 때문이라 하겠다.

산조(散調)

"아니 보수동이란 동네가 있습니까?"

2007년 9월 KBS 부산방송 총국장으로 부임해 취임식입네, 시청자위원회네, 개국 72주년 기념행사네 하는 일정에다 추석 연휴 방송준비가 제대로 되고 있는지를 챙기느라 정신없이 일주일을 보내고 이곳 지역신문을 펴든 내 눈에 "보수동 책방축제"라는 지역행사가 눈에 띄었기에 직원에게 물었더니 남포동에서 그리 멀지 않은 골목길인데 옛 책방이 많단다. 토요일 오후 무조건 그곳으로 달려갔다. 과연! 두 사람도 마음 놓고 못 지나가는 좁은 골목길 약 100미터를 따라 책방들이 어깨와 코를 맞대고 있다. 언론에서 책방축제를 소개한 뒤여서 그런지 어른들도, 학생들도 많이 와서 책을 찾는다. 거기서 나는 한 시인을 만났다.

그의 이름은 황운헌(黃雲軒)이었다. 평소 국문학사를 연구하지 않은 탓에 60년대나 70년대를 풍미한 시인들의 면면을 잘 알 수가 없었고, 그러기에 황운헌이란 이름도 당연히 낯설어 이런 시인도 있나 하면서 시집에 손이 간 것은 『산조(散調)로 흩어지

황운헌(黃雲軒, 1931-2002)

는 것』이란 시집 제목이 멋있어 보였기 때문일 것이다.

　盞(잔)

　비우며

　귀 기울이면

　솔밭 사이

　散調(산조)로 흩어지는 것

　바람에 묻어오는

　短簫(단소) 구슬픈데

　(하략)

　시집의 제목이 된 시는 이렇게 시작하고 있는데, 과연 동양적인 정취, 선비의 정신적인 경지가 단어 몇 개에 물씬 배어 나오면서 이분의 내공을 궁금하게 한다.

　『散調(산조)로 흩어지는 것』이란 시는 도연명(陶淵明, 365-427)에게 바치는 시로 되어있다. 중국 동진 말기의 은둔 인사로서 전원에 살면서 동쪽 울타리 밑에 국화를 심고 그것을 따서 술을 담가 나누며 벼슬이나 세속을 떠나 맑고 깊은 운치를 즐기던 분이 아니던가? 그 도연명에게 바치는 시를 시집 제목으로 한 것으로 보니 이분도 선비의 멋을 즐기며 전통문화예술에 흠뻑 빠져 있던 그런 분인 것 같다.

그런데 1986년에 나온 이 시집에 친구인 시인 전봉건(全鳳健, 1928-1988)의 머리말이 붙어있는데 여기에 재미있는 사연이 있다. 그것은 바로 음악감상실 〈르네상스〉에 얽힌 작은 역사이다.

6.25 전쟁이 일어났을 때 23살로 군인이었던 전봉건은 1951년 여름 부상으로 통영에서 제대한 뒤에 가족을 찾아 부산으로 갔지만 믿었던 형님은 이미 사망하고 어디 기숙할 데도 없었다고 한다. 이때 우연히 만난 세 살 밑의 대학생 황운헌이 그에게 밥을 사 주고 잠도 재워주었다고 한다. 그 후 전봉건은 시인들이 많이 몰리는 대구의 향촌동 골목길로 갔고 대구가 고향인 황운헌도 자연 대구로 가서 어울리다가 음악다방을 차린다는 박용찬 씨를 만나게 된다.

박용찬 씨는 호남 갑부의 아들로서 그동안 수집했던 트럭 한 대 분량의 레코드판과 전축 등을 싣고 대구에 와 있었다. 그래서 이것들을 정리해서 음악다방을 열고 싶었는데, 이때 음악을 좋아하던 전봉건이 나서서 황운헌과 함께 레코드판 정리에 나섰다고 한다. 천여 장이나 되는 레코드판을 재킷에서 일일이 꺼내어 닦으며 이를 교향곡, 관현악곡, 성악곡 등으로 분류하고 목록으로 만들었다. 별로 어렵지 않을 것 같은 이 일을 하는데, 찌는 듯한 한여름 밤낮으로 꼬박 스무날이 걸렸다고 한다. 그렇게 해서 음악다방 〈르네상스〉가 문을 열자 문화예술인들의 아지트가 되어 전장의 삭막한 포연 속에서 클래식 음악이란 샘물을 마실 수가 있었다고 한다. 여기에는 외국 군인들도 와서 즐겼고, 그래서 어떤 외신은 이 르네상스를 소개하면서 "르네상스는 마치 전장에 핀 한 떨기 장미꽃이다."라고 했단다. 그러한 역사를 만든 인물이 바로 전봉건과 황운헌이었다(이런 역사를 소개하는 글을 보면 대부분 전봉건에 대해서는 언급하면서도 당시 대학생인 황운헌에 관해서는 소개를 하지 않는 경향이 있다).

전쟁이 끝나고 모두가 서울로 올라갈 때 음악다방 〈르네상스〉도 서울에 올라가 종로1가에서 맹인기 속에 영업하며 수많은 일화를 만들었지만 밀려오는 세태의 변화 속에서 1987년 문을 닫았으며, 그 주인 박용찬 씨는 자신이 소장했던 레코드 등을 사회에 기증하고 1994년 별세하였다. 이런 이야기는 알 만한 사람들은 아는 이야기이다.

황운헌도 서울로 올라와 1956년 대학을 졸업하고 이듬해 신문사 기자가 된 뒤에 「문학예술」「사상계」 등을 통해 시인으로 데뷔해서 시인으로 왕성하게 작품을 발표하며, 1971년에는 극단 '사울림' 대표를 하는 등 활동을 하다가 1973년 갑자기 브라질 이민을 떠난다. 그가 떠난 뒤 한국에서의 그의 문학세계는 자연 관심의 밖으로 몰린 셈이 되었으나 거기서도 계속 시를 쓰면서 모아둔 원고를 1985년에 친구인 전봉건에게 부쳐옴으로써, 그것이 내 손에 들어온 『散調(산조)로 흩어지는 것』이란 제목의 두 번째 시집이다.

사람의 인연이란 참으로 이상한 것이다. 보수동 헌책방의 그 많은 책, 그 많은 시집 가운데에 하필이면 이름도 모르는 시집이

내 손에 잡히고 그것을 통해서 황운헌이란 한 언론인 선배 시인
을 새로 만나게 되니…

> 白沙(백사)
>
> 잔잔한
>
> 紺靑(감청)의 물결
>
> 위
>
> 한 마리
>
> 물새의 陶陶(도도)한 비상(飛翔)
>
> 砲手(포수)야
>
> 잠시
>
> 겨냥을 멈추어라
>
> 나
>
> 솔밭 사이
>
> 一壺酒(일호주) 놓고
>
> 한 마리
>
> 물새가 되어
>
> 陶陶(도도)한
>
> 꿈을 쫓을까
>
> ……一壺酒(일호주) 놓고

70년대에 우리나라를 떠나서 그런지 한자 표기를 고집하지만,
그의 언어는 우리들의 언어이다. 시에는 한자를 쓴다. 이해를 위
해 내가 발음을 넣어주었을 뿐이다. 술을 좋아하고 고독을 즐기

는 그의 심성은 한 마리의 물새가 되어 백사장 위를 난다. 저 멀리 짙푸른 바다를 굽어보면서 말이다.

東籬下(동리하)

채소밭을 조금

가꾸다

잠시

고개를 들면,

初春(초춘)의 물 찬

나뭇가지 사이

高麗(고려)의

翡色(비색)으로 널린

하늘 아름답다…

(하략)

 …고려 비색의 하늘, 아름답다는데

　귀거래를 읊은 도연명의 심성 그대로이지만 멀리 두고 온 고국의 푸른 하늘이 그리운 게다. 아마도 고려청자의 비색을 보며 우리의 가을 하늘을 연상했을 것이다.

레돈도 비치에서

전복 씹으면

의상대 앞바다가

나의 혀끝에

찬란하게 되살아 온다…

(하략)

73년이면 지금처럼 이민을 나가지 못하던 때이다. 그는 아무런 기반도 없이 과감히 브라질로 향한다.

"술 몇 잔에 제법 거나해져서 집에 돌아오면, 가끔 판소리며 거문고 연주 소리를 듣는다. 그러다 텔레비전에서는 삼바의 리듬이 온 방 안에 범람한다. 아침 식사에는 프랑스 風(풍)의 끄로아쌍으로 또마 카페를 하고 점심에는 페이조아다. 그리고 저녁은 구수한 된장찌개이다."

왜 이민이라는 험한 길을 갔을까? 그것은 정해진 길, 뻔한 길에 대한 반항이요, 영원한 보헤미안으로서의 어쩔 수 없는 선택이었을 것이다.

"시인은 일부러라도 황지(荒地)를 찾는다고 들었다. 왜냐하면 시인은 그 황지에서, 극도로 난숙한 소비 사회가 상실해 버린 것, 언어가 그 생래의 부활력으로 지니고 있는 겹초적인 다의성을 내포하고 있는 파릇한 것들과 만나기 때문이다. 라틴 아메리카에는 아직도 그와 같은 황지가 산재해 있다."

그는 한반도의 34배나 되는 광활한 브라질 땅에 이방의 문화가 혼재되고 고유의 문화가 멸실되는 가운데 우리나라의 문화의 가치를 발견하고 그것을 전하고 싶어 했다.

"한국의 문화는 소소하다. 청초하고 연연하다. 나긋나긋하면서 또 분방하고 모연하다. 고려 비색의 이름 높은 청자를 보아도 그렇고, 그저 소담스러운 조선백자를 보아도 그렇다. 말하자면 한국의 미나 풍치가 갖는 멋은 중국의 어딘지 장중한 맛과는 다르고 순수한 형태미를 쫓는 일본의 그것과도 다르다."

"중국 사람은 모란꽃을 좋아한다. 그리고 일본 사람은 벚꽃을 꽃 중의 꽃으로 본다. 그러나 한국 사람은 그저 진달래이다. 한시(漢詩)만 보아도 그렇다. 조선 시대의 한시 몇 편을 읽어보면 그 서정이 모란꽃 같은 현란성이 있지 않고 그저 진달래꽃처럼 소소하다는 것을 직감할 수 있다. 두보나 이백도 그 서정성에 있어서는 일품을 남겼지만, 저 넓은 중국 대륙의 거의 전역을 누비고 다닌 것만 보아도 그렇고, 그들의 시풍은 당당한 대시인의 그것이다. 그러나 우리의 한시는 아무래도 그저 수수한 시라는 인상을 벗지 못할 것 같다. 두 나라의 시에 나타난 적막감만 두고 보더라도 그렇다. 저들의 그것은 장강의 장막한 조망, 또는 계림 일대의 묘묘한 풍광 속의 그것인데 비해, 우리는 산사 뒷들쯤의 적막 아니면 강변 갈대밭쯤의 청풍이라도 청해 들여놓은 다음 백자 잔이라도 손으로 어루만지며 완상해 보는 그런 소담한 미의식이다."

한국 사람을 진달래꽃에 비유하는 시인의 표현은 한국문화의 특성을 찔레꽃과 된장이라고 정의한 필자의 생각과 상당히 근접해 있다(이동식, 『찔레꽃과 된장』, 나눔사. 2007 참조). 그처럼 소박하고 깔끔하고 진실하기에 황운헌은 조국이라는 품을 벗어나서 멀리 황무지를 찾아서 떠났고 거기에서 한국의 문화와 한국의 정신을 그리며 열심히 삶을 살아간 것이다.

2002년 연합뉴스는 다음과 같은 기사를 띄웠다;

(서울=연합뉴스) 이성섭 기자 = 전직 언론인이자 시인인 황운헌(黃雲軒) 씨가 2002년 5월 5일 오후 3시 30분(현지시각) 브라질 상파울루 자택에서 숙환으로 별세했다. 향년 71세.

1931년 서울 출생인 고인은 연세대 영문과를 졸업한 뒤『문학예술』(1957)『사상계』(1958) 신인 추천을 통해 등단했으며 세련된 언어 구사와 현대적이고 지적인 작품세계로 주목받았다. 73년 브라질로 이민했으며 근년에 당뇨로 투병하면서도『현대시학』지난해 3월호에 신작을 발표하는 등 활동을 계속했다. 1950년대 말부터 70년대까지 민국일보, 대한일보, 경향신문 등에서 기자로 활약하기도 했다. 시집『불의 변주』『산조로

흩어지는 것들』을 남겼다.

2007년 9월 29일 오후 3시 나는 부산의 보수동 골목에서 황운헌을 만나고, 멀리 브라질에서 꽃 피운 그의 문학혼과 선비혼을 접했다. 이 순간이 없었다면 2002년 연합뉴스의 부음기사도 아무런 의미가 없을 뻔했다. 1988년에 전봉건 시인이 먼저 가시고 1994년 르네상스의 설립자 박용찬 씨가 가고 2002년 황운헌도 갔다. 마치 허공에 흩어지는 散調(산조)의 음을 타고 어디론가 흩어져 날아가신 것 같다. 1970년대 음악감상실 르네상스를 자주 갔던 한 음악애호가로서 나는 부산의 책바다인 보수동에서 만난 그 세 분을 앞으로도 기억할 것이다.

김상조 님

모처럼 혼자서 부산행 기차를 탔다. 이튿날 있을 지인의 혼사에 참석하기 위한 것이지만, 그동안 대부분 부인(집사람)과 같이 타고 가다가 혼자서 가게 되니 기분이 좀 이상하면서도 홀가분한 것도 있다. 같이 갈 때는 부인을 창가로 모시고 난 복도에 앉는 것이 상례였는데, 이번엔 내가 창가에 앉으니 그동안 보이지 않던 광경이 보인다. KTX 열차가 서울을 빠져나갈 때 길게 큰 활을 그리며 가는 모습이 창가에 보인다. 이런 광경을 본 것은 참으로 오랜만이다. 1989년 5월 중국에서 실크로드를 따라 서쪽으로 갈 때 이렇게 큰 활처럼 휘어서 기차가 가는 것을 본 이후 처음이 아닐까? 혼자서 하는 여행이 되어서 그런지 감회가 막 거슬러 올라간다.

　부산역에 내려 중국인들이 사는 차이나타운을 들어가 본다. 부산의 차이나타운은 '上海街(상해가)'라고 부른다. 과거 부산에 2년 동안 있으면서 몇 번 가보았지만 늘 누구랑 같이 다니거나 일이 있어서 걷던 길이었는데, 이번에는 특별한 목적이 없으니 그저 어슬렁거리며 보고 싶은 대로 볼 수 있는 장점이 있다. 손에 아는 분에게 전달할 普洱山茶(보이산차) 봉지의 무게가 점점 손에 느껴지지만 그래도 걷는 기분을 잡아먹을 정도는 아니다. 중국인들이 잘하는 만두 요리를 보며 침을 삼키기도 하고 번뜻한 요릿집을 지나며 들어갈까 말까 망설이기도 하며 계속 걷는다. 뭐든지 내가 선택하기 나름이니 뭘 걱정하랴. 거기서 조금 더 가니 중구청으로 올라가는 길이 나온다. 오른쪽으로 고개를 드니 민주공원이라는, 외부 사람들이 잘 모르는 부산의 명소가 보인다. 부산 있을 때 운전기사가 있는 회사의 승용차를 타고 갈 때는 안 보이던 것이 새롭게 보인다. 코모도 호텔도 그랬다. 승용차를 타고 가면 목을 유리창으로 길게 빼지 않으면 보이지 않는데, 걸어서 가며 올려다보니 호텔의 층마다 만들어져 있는 추녀선이 제법 날카로우면서도 마치 공작새의 뒷머리 깃털처럼, 극락조 새의 깃털, 아니 극락조 꽃의 꽃술처럼 튀어나온 것이 의외로 아름답다. 코모도 호텔이라고 하면 부산에 있을 때 2008년 초파일 전후에 부산 불교인들이 모인다고 해서 잠깐 갔었고, 그다음엔 일본에 계시는 李進熙(이진희) 선생님이 오셨다고 해서 간 적이 있지만 (이진희 선생님은 2012년에 작고하셨다) 그땐 마음이 분주했었는데 이번에 토요일 오후에 편한 마음으로 보니 나름대로 아름다움이 다가온다. 중구청을 돌아서 조금 더 가면 언덕배기 즈음에 〈山東苑(산동원)〉이라고 하는 중국음식점이 하나 있는데 이 집은 삭스핀 요리로 유명하다. 당시 부산의 기술국장이던 이 모 씨가 즐겨 안내하던 곳으로, 삭스핀 자체가 귀한 식자재라서 값이 꽤 비쌀 것이고 그러다 보니 이 집에서 나오는 삭스핀이 진짜인지 아닌지는 알 수 없지만, 어쨌든 양도 많고 맛도 좋은 편이다(죽어가는 상어를 생각해서 더 이상 먹을 생각을 하지 않는다). 그러나 이 고개를 넘어가는 것은 그 삭스핀을 먹자는 것도 아니고 이 고개를 넘어서야 보수동 책방골목이 나오기 때문이다.

아무 걱정 없이 책방 거리를 헤맬 수 있다면 그것처럼 좋은 팔자는 없을 것이다. 그래도 걱정은 책을 많이 사면 가방에 넣고 들고 다니기가 쉽지 않다는 것이고, 다음날 결혼식장에 무거운 가방을 들고 낑낑거릴 수는 없다는 것이다. 그러다 보니 자연 살 수 있는 책의 양이나 종류가 제한될 수밖에.

보수동 책방 거리에서 내가 잘 가는 곳은 두 군데다. 하나는 〈대우서점〉. 여기엔 정말 책이 많다. 두 집을 이어서 터놓은 이 책방에는 인문학뿐 아니라 경영, 법률 등 사회과학 그리고 사진, 미술 등 예술에 이르기까지 상당히 많은 컬렉션(?)을 자랑한다. 그전에는 〈대동서점〉이 크다고 생각했는데, 그보다 더 크고 책이 많다. 〈대동서점〉에도 좋은 책들이 많다. 이 〈대우서점〉 외에 또 하나는 골목을 쭉 들어가서 서대신동 쪽으로 나가는 모퉁이에 있는 〈고서점〉이란 고서점이다. 여기에도 좋은 책들이 많은데, 주로 일본에서 나온 책들이 많고 유명한 전집류도 꽤 있다. 다만 가격이 만만치 않아서 막상 사려고 하다가도 손을 뒤로 집어넣기도 해야 한다. 이 두 곳을 휘적휘적… 이 책 저 책 제목을 보다가 책을 꺼내어 서문을 보다가 그냥 놓고 또 다른 서가로 이동… 뭐 이렇게 시간이 간다. 그래도 그 시간만큼은 행복하다. 사서 가지고 가서 읽고 안 읽고는 별 개다. 책이라는 게 뭐 꼭 다 읽으려고 사는 것인가? 책 속에 있을 뭔가가 다 내 인생에 도움이 될 것 같

보수동 〈고서점〉.

아서 사는 것이지. 그런 면에서 본다면 결국은 책의 표지에 얼마나 사람을 끌 수 있는 제목이나 글씨, 적절한 카피, 도안이 있느냐… 그런 것들이 책의 간택을 좌우할 게 틀림없다.

이 보수동에서 갈 때마다 사람들을 만나게 된다. 물론 책 속에서다.

〈대우서점〉에서는 한국의 전통의례에 관한 모든 것을 집대성한 일종의 사전식 책을 한 권 골랐다. 정가가 7만 원인데 가격도 가격이지만 성실하게 만들었고 각종 지식이 모두 망라돼 참고서로서 참으로 유용한 것 같았다. 그것을 2만 원에 샀는데, 꽤 무겁지만 횡재한 듯한 기분이었다. 그리고는 『서머힐』이란 책. A.S. 니일이 지은 것으로 1998년 말에 나온 책이다. 영국 서퍼크 주(州) 레스턴에 위치한 서머힐은 1921년 니일에 의해 세워졌다. 니일은 에든버러 대학을 졸업한 후 초등학교 교장으로 철저한 자유교육을 실시하다가 면직되자 서머힐(Summer Hill)이란 독립적인 학교를 세우고 어린이들의 자유의사를 최대한으로 키워나가는 것을 목표로 하는 대안학교를 운영하였다. 이 책은 서머힐의 설립자이자 교장이었던 저자가 40년 동안 체험하고 사색한 결과를 기록한 현장보고서인데, 이제야 이런 책에 겨우 눈길이 가니 어떻게 하나? 하여간에 최근 교육문제에 관심이 높아지고 있어 이 책을 사기로 한다.

비록 두 권이지만 꽤 무거워 내 짐 보따리와 함께 들고 다니기가 어려울 듯해 〈고서점〉에 가서는 안에 들어가지 않고 길가에서 진열된 것만을 들여다보는데 문득 일본 사람 미카미 스기오(三上次男, 1907-1987) 선생이 쓴 『陶磁の道(도자의 길)』이란 책이 눈에 들어온다. 그 옆에는 재일 사학자인 김달수(金達壽) 선생이 일본의 역사학자인 우에다 마사아키(上田正昭), 역사소설가인 시바료타로(司馬遼太郎, 1923-1996) 등과 나눈 대담집 『古代日本と朝鮮, 座談会(고대일본과 조선 좌담회)』 시리즈 중의 한 권이 있었다. 미카미(三上次男) 선생은 동북아시아사를 연구하면서 기마민족의 역사라던가 동양의 도자기사(陶磁器史)에서 이름을 날린 역사학자. 과거 일본의 NHK가 대형기획 다큐멘터리인 〈바다의 실크로드〉를 제작할 때 선생의 연구가 많이 활용됐다고 한다. 아마도 얼마 전 KBS가 대형 다큐멘터리 〈도자기〉 5편을 만들 때도 많이 참고했을 것이다. 대담집 『古代日本と朝鮮, 座談会』는 3권인가가 시리즈인데, 집에 있는 것이지만 그중의 한 권을 누가 빌려가 현재 결본인 상태. 그래서 같이 가방에 집어넣는다. 이 외에도 일본에서 한국연구를 위해 창간한 『青丘(청구)』라는 잡지도 창간호 등 몇 권이 보이는데 무게 때문에 사는 것을 포기했다.

그런데 얘기는 여기서부터이다. 이 『陶磁の道』라는 책은 이와나미신서(岩波新書) 724권이다. 곧 문고본의 조그마한 책이다.

이 책을 훑어보다 보니 거기에 속표지 뒷면(背面), 곧 2페이지에
미카미 선생의 명함이 붙어있는 것이 아닌가? 분명히 그분 명함
이다. 명함에 적힌 직함은 東京(동경)대학 명예교수, 문학박사,
이데미쓰(出光) 미술관 이사로 나와 있고, 이데미쓰 미술관과 가
마쿠라(鎌倉) 자택의 주소와 전화번호까지 있다. 분명히 미카미
선생의 명함이니까, 이 책에 붙어있는 것은, 이 책의 전 소유주가
미카미 선생을 만나 저자로부터 직접 명함을 받은 것이 된다. 그

렇다면 저자의 사인이 있지 않을까 해서 다시 앞으로 가서 속 표지를 자세히 보니 왼쪽 상단에 이렇게 쓰여 있다. "金相朝 先生 惠存 三上次男". 그렇다 이 책은 김상조 선생이 미카미 선생을 만나 인사를 하고 책에 사인을 받은 것이고, 그 명함을 잃어버리지 않게 책 속표지 뒷장에 붙여놓은 것이다.

그렇다면 이제 김상조 선생이 누구인지를 알면 이 책의 비밀이 밝혀질 것이다. 특별히 인명록이 있는 것이 아니고, 또 이 책은 부산에서 산 것인 만큼 김상조 선생도 부산이나 경남 분이 아닌가 싶은데, 그냥 컴퓨터 검색에는 잘 나오지 않는다. 조그마한 단서라도 나오면 네이버나 구글을 찾아서 들어가니 대충 김상조라는 분은 다음과 같은 분이었다.

김상조(金相朝). 경남 산청군 신등면 법물리 출생. 육군사관학교 과정을 거쳐 보병 39사단, 12사단, 5사단 부관 참모를 지내다가 5·16이 나자 양찬우 지사 시절 경상남도 서무과장으로 보임되었다가 문화과장을 거쳐 일선 군수로 나갔다. 양산, 사천, 통영, 함양군수를 거쳤다. 군수를 그만둔 뒤로 진주에 정착했는데 경상대학 등에 출강하면서 그가 전공으로 하는 문화재 관련 정책이나 지역사에 대해 정리. 문공부 문화재 전문위원, 경남일보 상근 논설위원 역임. 1996년 소장했던 한적(漢籍) 2천여 권을 경상대에 기증.

신문에 나온 다른 소식도 있다.

사학자 오림 김상조 씨가 2004년 7월 11일 오후 경상대병원에서 숙환으로 별세했다. 향년 74세. 김 씨는 1926년 산청군 신등면 법물리에서 태어나 48년 육군사관학교를 졸업한 뒤 6.25 전쟁 당시 UN포로관리사령부 한국군 파견대장을 역임했다. 61년 전역과 함께 행정공무원으로 전직해 양산군수와 사천, 통영, 함양군수를 지냈다. 역사와 문화재에 대한 남다른 관심을 기울였던 그는 문화재전문위원을 지내기도 했으며 '회소재문고(回少齋文稿)'와 '조선조 수결첩' 등 20여 권의 문집과 30여 편의 논문을 남긴 사학자 겸 민속학자였다.

▲빈소=경상대병원 영안실 ▲발인=7월 15일 ▲장지=산청군 신등면 평지리 선영하

시인인 강희근 님이 〈경남문단 그 뒤안길〉이란 제목으로 경남일보에 연재한 것을 보면,

1976년 초였을 것이다. 필자의 두 번째 시집 『풍경보』 출판기념회가 진주 시내 동성동 한 예식장에서 열렸는데 이때 오림 김상조는 비문인으로서 천옥석과 동반으로 참석하여 축사를 했다. 이때 출판기념회에 참석한 시인으로는 필자의 은사 미당 서정주 선생을 들 수 있다. 그다음에 시인 월초 정진업, 동기 이경순, 교장 박민기 등이 자리를 잡았다. 그 외에 리명길, 최용호, 김석규, 박재두, 이덕, 조인영, 황선하, 이월수, 강호근, 심성재, 이수정(李壽貞), 이인섭, 신찬식, 정목일, 이영성, 최인호, 김문현, 오종출 등의 얼굴들이 보였다.

하루는 오림이 필자를 보고 "집에 와서 돌 한 점 가져가소." 하고 말하는 것이었다. 잔뜩 기대하고 그의 서재로 들어갔는데 한적들과 골동품들이 눈에 띄게 많았다. 특별히 연대별 국가별로 벼루를 수집하고 있었는

데 수집을 하던 때의 사연도 재미있는 것이 많았고 모양도 각양각색이었다. 특별히 그는 서예가는 아니지만, 붓으로 쓰는 글씨가 수준 이상이었다. 반듯반듯한 차트형 글씨이긴 하지만 먹물 냄새가 짙었고 그런 글씨 곁에 유명한 서예가들 작품도 눈에 많이 뜨였다.

들리는 이야기였지만 군수 시절에 수집한 도자기나 민속품 따위들이 많을 것이라는 그런 추측을 하는 사람들이 많았다. 어쨌든 그의 서재는 한적이 주는 무게 같은 것이 있었고 우리나라 고유의 출토 골동품들이 주는 전아한 분위기가 또한 하나의 아취를 형성하고 있었다. 그는 만년에 서적은 경상대 도서관에 기증했고 다른 일체의 소장품들은 숙명여대 박물관에 기증했다.

오림은 1979년 '촉석루 시집'을 편저로 내놓았는데 진주시 공보실 간행의 형식을 빌었다. 박진구 진주시장의 '발간사'를 보면 "20여 년이라는 긴 세월을 오직 촉석루를 노래한 시를 모아 보겠다는 일념에서 결실을 맺게 된 오림 김상조 님의 우리 고장을 아끼는 마음이 여기 담겨 있다. 그간 오림께서 촉석루 시를 채록하기 위해 참고한 책만도 오천여 권, 그 속에서 찾아낸 이백여 문인 묵객 풍류객 지사(志士)들의 주옥같은 시 4백 4수가 운율 연대별로 편집되어 있다."라고 쓰여 있다. 오림이 촉석루 시(詩) 찾기에 얼마나 많은 노력을 기울였는지 짐작이 가게 하는 발간사이다.

라고 김상조 씨의 활동, 혹은 활약을 기록해 놓은 것이 있다.

적어도 이 정도 분이니까 미카미 선생에게 직접 책을 사 들고 가서 사인을 받았을 것이다. 아니면 다른 일로 만날 때 미카미 선생이 기념으로 사인해서 책을 증정했을 수도 있다. 아무튼, 책을 받은 시점은 언제일까? 초판이 나온 것은 1969년. 그 해에 일본

마이니치(每日)신문사가 수여하는 제23회 출판문화상(每日出版文化賞)을 받을 정도로 높은 평가를 받은 책이다. 1976년에 9쇄가 나왔다. 그러므로 이 책은 1976년에 나온 것으로 볼 수 있다. 그렇다면 김상조 선생이 미카미 선생을 방문한 것은 이 이후라고 하겠다. 1970년대 후반 김상조 선생은 경남신문 상근 논설위원으로 활약하면서 그동안 모아놓은 문화재, 수많은 전적류를 정리하는 시기였다. 이때 아마도 일본을 방문해서 도쿄나 아니면 그의 집인 가마쿠라에서 미카미 선생을 만났을 것이다.

이 과정에서 검색돼 나온 자료들을 잘 살펴보니 김상조 씨는 우리나라에서 민간의 학술연구 활동의 효시가 되는 민학회의 창립[10] 때에 임시의장을 맞는 등 중앙에서도 꽤 날리신 분이고 진주

10　필자도 80년대 초에 민학회 회원이 되어 여러 곳의 답사를 다녔고 그 때 신영훈 선생의 구수한 해설로 우리 문화재들의 가치를 많이 배웠다. 그때 통문관 이겸노 사장님도 함께 답사를 하셨다. 민학회의 창립 후 1976년 4월 30일에 「민학회보(民學會報)」 제1호(창간호)가 나왔는데 당시 '회원동정'에 나타난 회원들의 소식을 보면 아래와 같다. 모두 우리 문화계 역사이다.

강우방: 1975년부터 일본 교토박물관에 연구수업차 체류 중

고하수: 『한국꽃꽂이의 역사』 출판기념회 개최

김규태: 『국제신문』 문화부장으로 '한국의 美'를 100회에 걸쳐 기획·연재했는데, 큰 호응 받음. 회원으로 이 시리즈에 참여한 이는 건축의 신영훈, 장승의 이종석, 민화의 허영환이다.

김상조: 문화재관리국 상임전문위원에 위촉

조자용: 미국 하와이에서 민화 전시차 체류 중

이종석: 호암미술관 개관 앞두고 동분서주

이우형: 경주·제주도의 고적, 천연기념물, 민속자료 등을 포함한 지도 완성

신영훈: 『한복의 역사』 펴냄

한상수: 『이조의 자수』 펴냄

를 중심으로 한 경남지역에서는 군수로서의 일화도 많고 나중에
학문의 연구와 정리, 보존에도 많은 훌륭한 일을 하신 것으로 나
타나고 있다. 그렇다면 이 조그만 문고본에 이처럼 한국과 일본
의 두 지성의 만남의 역사가 담겨 있는 것이다.

　보수동 책방에서 2012년 1월 14일 오후 2시에 이 책을 발견하
지 못했다면 나로서는 두 사람의 이러한 책으로의 해후(邂逅)를
알 턱이 없다고 하겠다. 아니 그런 역사는 이미 김상조 선생이 돌
아가신 이후 잊히고 있을 것이다. 선생은 돌아가시기 전에 자신
이 모은 수많은 전적류를 경상대학교에 기증해서, 현재는 문천각
이라는 서고에 보존되고 있다(대학에서는 문천각이라는 다음 카
페도 운영하고 있다 http://cafe.daum.net/munchungak). 그런
데 이 도자기 관련 책은, 부산의 헌책방에 나와 있는 것을 보면 선
생이 돌아가시고 나서 아마도 기증된 책 말고 나머지 책들이 고
물로 팔려나가서 여기까지 오지 않았을까 생각된다. 이 하나의
작은 책, 그리고 그 속에 보관돼 있던 명함 한 장과 책 주인의 사
인, 그것으로 생전에 한국과 동양의 역사를 깊이 연구한 일본의
학자와 문화재를 사랑하는 한국의 한 문화계 인사의 만남이 증거

미카미 선생의 자필 사인

되고 있다. 아마도 내가 이 책을 발견하지 못했다면 이런, 어떻게 보면 개인적인 역사는 영원히 침묵으로 들어가 버렸을 것이다.

　2007년 9월 내가 부산총국장으로 부임하면서 첫 주말에 들린 곳이 보수동이었다. 거기서 마침 황운헌(黃雲軒)이란 시인의『散調(산조)로 흩어지는 것』이란 시집을 만나서〈르네상스〉다방을 열었던 박용찬이란 사람과 그 음악다방을 여는 데 애를 쓴 젊은 청년 황운헌의 이야기, 그 시인이 브라질에 이민 갔다가 세상을 뜨기까지의 사연을 알게 되었는데, 이번에는 역사 속에 묻혀 버릴 뻔한 한국과 일본의 두 지성의 만남을 알게 되었다. 결국, 부산의 보수동이란 책방 거리의 존재 이유는 확실히 드러났다고 하겠다. 그리고 그 바닷속에 떠다니는 많은 보물과 그것을 좋아하는 나 같은 사람도…

울다

예전에 젊을 때 문화부 기자로서 활동을 많이 했기에 사람들을 만날 때 문화부 기자라고 소개를 받으면 다들 뭐가 어쩌니저쩌니 막 물어보신다. 그런데 사실은 잘 모르는 것이 천지다. 어떨 때는 기껏 열심히 공부해서 알게 된 것을 조금 말씀드리면 역시 문화부 기자는 다르다고 한다. 지금 하려는 이야기도 그런 연장선에 있다.

자칭 타칭 문화전문 기자였다고 내세우는 사람이 시인 정호승을 몰랐다고 하면 남들이 정말 웃을 것이고 때로는 경멸할지도 모르겠다. 그러나 문화부 기자라고 해도 전문분야가 너무나 넓어 다 알 수는 없는 법. 나는 역사와 미술과 문화재 등을 주로 담당했기에 문학 부문은 만날 기회가 거의 없었다. KBS 보도국의 문화부에서 문학전문은 김청원 기자였다. 희곡으로 신문문예를 통과한 분이었고 그 양반이 나하고 같이 있는 동안 쭉 문화, 출판을 담당했기에 나로서는 기웃거릴 시간도 기회도 없었다.

그런데 요즈음 그 시인을 모르면 간첩이라는, 그리고 가수 안치환이 그의 시로만 노래집을 만들어 발표할 정도로 대단한 그 시인을 나는 역시 부산의 보수동 책방 거리에서 먼저 만났다.

울지마라

외로우니까 사람이다

살아간다는 것은 외로움을 견디는 일이다

공연히 오지 않는 전화를 기다리지 마라

눈이 오면 눈길을 걸어가고

비가 오면 빗길을 걸어가라

갈대숲에서 가슴검은도요새도 너를 보고 있다

가끔은 하느님도 외로워서 눈물을 흘리신다

새들이 나뭇가지에 앉아 있는 것도 외로움 때문이고

네가 물가에 앉아 있는 것도 외로움 때문이다

산 그림자도 외로워서 하루에 한 번씩 마을로 내려온다

종소리도 외로워서 울려퍼진다

〈수선화에게〉라는 시 제목이 상징하는 그 꽃과는 영상이 잘 닿지 않지만 '외로우니까 사람이다'라는 이 표현이 너무 가슴에 닿는 시이다. 아마도 요즈음 정호승의 이 구절이야말로 이 시대의 절창(絶唱)이라고 할 수 있을 것이다. 서울대 교수 김난도 씨가 아프니까 청춘이다라고 한 것이 혹 이 구절을 발전시킨 것은 아닐까 생각이 드는 명표현인데, 그 시가 들어있는 시집을 부산 보수동에서 건진 것이다. 평소 시를 잘 읽지 않는데 어쩌다가 정호승이란 이름이 그 많은 시집 중에서 눈에 띄었을까? 아마도 언젠가 그 시인의 멋있는 시 〈정동진〉을 인용하는 방송에서 들은 기억이 작용했을 것이다. 어느 날 아침 어느 방송에선가 '수선화 천국'이란 제목의 리포트가 나가면서 수선화가 만발한 경상남도의 어느 바닷가를 보여주는데, 그 수선화하고는 이미지가 아주 다르지만, 정호승 시인의 이 시는 갈수록 외로움에 쉽게 감염되는 현대인들의 심경을 잘 들여다보고 있는 것 같다.

왜 이리 우리 사회가 눈물로 넘쳐날까? 온갖 흉악범죄에 천사같은 자녀를 잃은 부모들의 피눈물, 뜻하지 않은 사고로 가족을 잃은 사람들의 눈물, 멀쩡한 아들이 대학에 들어가서 훈련을 받다가 식물인간이 되고 기어코 먼 길로 가버려 우는 부모의 눈물, 돈이 없어 어린 자녀를 동반하고 저 먼길로 가고 나면 혼자 남은 사람들의 눈물… 그런 것들은 이해하겠지만 시도 때도 없이 터져 나오는 정치인들의 눈물은 정말 당혹스럽다. 그러나 그 모든 눈물을 이해할 수 있는 한 가지 키워드가 있다면 역시 인간이라는 것일 게다. 그리고 그 인간들은 모두가 눈물을 갖고 있고 흘릴 줄 알기에 인간일 것이다.

　　나는 눈물이 없는 사람을 사랑하지 않는다
　　나는 눈물을 사랑하지 않는 사람을 사랑하지 않는다
　　나는 한 방울 눈물이 된 사람을 사랑한다
　　기쁨도 눈물이 없으면 기쁨이 아니다.
　　사랑도 눈물 없는 사랑이 어디 있는가
　　…〈내가 사랑하는 사람〉 중에서

　이런 시를 보면 정호승은 눈물을 흘릴 줄 아는 사람이고 눈물의 의미를 아는 사람이다. 이런 사람이 있으면 우리들은 덜 외로울 수 있다. 우리 인간이란 존재들이 눈물을 흘리지 않을 수 없는 것은 바로 인간이기 때문이다. 그것은 존재의 숙명일 것이다. 마치 물과 수련의 관계처럼…

물은 꽃의 눈물인가
꽃은 물의 눈물인가
물은 꽃을 떠나고 싶어도 떠나지 못하고
꽃은 물을 떠나고 싶어도 떠나지 못한다.
새는 나뭇가지를 떠나고 싶어도 떠나지 못하고
눈물은 인간을 떠나고 싶어도 떠나지 못한다

…〈수련〉

그러기에 모든 인간은 눈물을 안고 산다. 눈물을 흘리는 것을 탓할 수 없다. 이미 지구 전체가 하나의 원래부터 눈물 집합소이기 때문이다.

네가 준 꽃다발을
외로운 지구 위에 걸어놓았다
나는 날마다 너를 만나러
꽃다발이 걸린 지구 위를
걸어서 간다

…〈꽃다발〉

칵칵한 암흑으로 가득 찬 우주, 그 속에서 우리는 밝은 빛을 원한다. 그 빛을 찾아서 밤마다 주말마다 많은 남녀가 정동진으로 향하는 열차를 타고, 졸린 눈을 비비며 차가운 바닷바람을 맞는다. 그러나,

해가 떠오른다
해는 바다 위로 막 떠오르는 순간에는 바라볼 수 있어도
성큼 떠오르고 나면 눈부셔 바라볼 수 없다
그렇다
우리가 누구의 해가 될 수 있겠는가
우리는 다만 서로의 햇살이 될 수 있을 뿐
우리는 다만 서로의 파도가 될 수 있을 뿐

···〈정동진〉

그 햇살도 되기 어려운 것이 우리인데, 그 파도가 되어주기도 어려운 것이 우리인데 어찌 감히 해가 될 수 있으랴. 세상의 모든 눈물을 멈추게 하고 싶어도 그럴 능력이 없다. 아무리 세상을 맑고 밝게 하고 싶어도 밤이 온다. 그러니 우리는 아침을 알리는 한 줄기 빛이어도 대단한 것이다. 그러니 우리는 그 빛으로 다만 옆사람의 눈물을 닦아줄 수 있는 것만으로도 대단한 것이다. 이런 아름다운 시로 '외로우니까 사람인' 우리들의 눈물을 닦아주는 정호승이란 시인처럼···

나무 그늘에 앉아

다른 사람의 눈물을 닦아주는 사람의 모습은

그 얼마나 고요한 아름다움인가?

나는 가끔 해가 뜨는 아침에 이 해가 눈물을 흘리지 않을 수 없는 누구누구의 눈물을 마르게 하는 해가 되기를 소망해 본다. 그리고 다시 정호승을 생각한다. 뒤늦게 알게 된 정호승을 통해, 아니 그동안 많은 책으로 소개된 시인들의 마음을 통해 우리 모두 위로를 받고 눈물을 거두고 눈물을 덜 흘렸으면 좋겠다. 그것이 곧 문학의 효능이요. 책의 기능이 아니겠는가?

정호승 시인의 시는 가수 안치환에 의해 노래로 만들어져 사람들의 사랑을 받고 있다. 90년대 초반 중국 특파원을 하느라 서울에서 안치환이 얼마나 사랑을 받았는지를 몰랐던 필자는 귀국한 1997년 가을 어느 날 영등포 문래공원에서 열린 동네 주민들을 위한 음악회에서 안치환의 노래를 직접 듣고는 그의 강렬한 호소력과 파워에 그만 넘어가고 말았다. 그의 노래를 좋아하게 된 것은 물론이다. 그런 안치환이 2008년 12월2일에 〈인생은 나한테 술 한잔 사주지 않았다〉라는 타이틀의 음반을 발매한 것이다. 그 이후 안치환은 전국을 돌며 정호승의 시를 노래로 전하고 있다. 그 음반에 대해서 언론은 "시인 정호승의 서정성과 가수 안치환의 음악적 진정성이 빚어낸 시 노래 음악의 정수로서 지친 삶을 위로하고 위안과 희망, 그리고 소통을 노래하는 '눈물 젖은 손수건' 같은 음악"이라는 광고를 실어주고 있다. 고단하고 야속한 우리 인생을 향해 원망하듯 쏟아내는 안치환의 칼칼한 음색이 돋보이는 타이틀곡 '인생은 나에게 술 한잔 사주지 않았다'를 비롯해서 '푸른 바다' '고래' '청년' 그리고 '사랑' 등 가슴 뛰게 하는 말들이 곧게 뻗는 안치환의 음색과 잘 어우러진 신곡 '고래를 위하여', 시가 담고 있는 그리움과 쓸쓸함이 유장한 가락에 담긴 신곡 '풍경 달다' 등 곡들은, 마침 부산에서도 공연이 있어 들어본 적이 있는데, 아마도 오래도록 사람들의 마음에 위로와 힐링을 줄 것이다. 시가 노래이고 노래가 눈물이고 눈물이 다시 시를 낳는다. 그의 시집들이 이제는 노래를 통해서 더 사랑을 받는 것이다. 그런 시인도 옛 책방에서 만나니 나야말로 현실에서 빛나는 사람들과 그 목소리를 듣는 것이 아니라 이런 책방에나 가야 제대로 사람을 만나서 정신을 차리게 되는 모양이다.

고서점

직장을 그만두고 집에 노는 사람이 되면서 나는 '자유기고가'란 호칭을 명함에다 붙였다. 몇 달이 지나니까 후배들은 궁금한 모양이다. 어떻게 지내십니까? 집에서 쉬시니까 좋으신가요? (이 글을 쓰고는 한참이 지났는데 만나는 사람마다 자꾸 뭐하시냐고 물어보기에 작가라고 하니 아직 젊으신데 뭐라도 해야 하지 않겠느냐고 자못 걱정하시는 투로 말씀하신다. 그런데 나는 "아니 저는 지금 작가입니다. 기고가입니다. 이게 제 직업이에요"라고 말해도 수긍하려 하지 않는다. 그래서 설명하지 않기로 했다.)

집에서 노는(?) 사람들은 정말로 좋다. 왜 좋은지 하는 이유의 하나가 바로 이틀 동안 창녕과 부산을 다녀온 것이다. 그때 창녕에는 팔순을 넘은 부모님이 계셨는데 거기 가서 두 분을 뵙고 말씀을 듣고 하는 것을 평일에 한 것이다. 자유인만이 할 수 있는 일이다. 그 전에 직장에 있을 때는 창녕에 가려면 토요일에 가야 하니까 그다음날 아침엔 창녕의 〈서드 에이지〉가 자랑하는 사우나랑 목욕 시설을 이용할 수가 없다. 그런데 평일에 가면 이게 가능하니, 아버님과 함께 지하의 사우나에 내려가 땀을 빼고 샤워를 할 수 있어서 그게 좋다. 자유인은 그게 좋은 것이다.

마침 그다음 날 부산에 갈 일이 있어서 창녕에서 점심을 먹고 버스를 타니 2시가 넘어 사상터미널에 도착한다. 사람을 만날 약속은 오후 5시, 2시간 이상 남았기에 시간 끌기 작전으로 천천히 지하철을 타고 서면에서 갈아타 다시 광복동 남포동 쪽으로 타고 간다. 뭐니 뭐니 해도 혼자서 시간 보내는 데는 보수동 책방 거리가 최고다. 그런데 내 딴에는 아는 척한다고 자갈치역에서 내리지 않고 그다음 토성역 정거장에서 내렸다. 보수동 책방 거리가 국제시장을 지나서 있는 것이고, 어차피 다음 목적지가 대신동 동아대병원이니까 조금이라도 더 위쪽으로 올라가서 내리면 여차해서 시간이 남으면 걸어서라도 갈 수 있지 않을까 하는 생각이었는데, 큰 오산이었다. 오산이었다 함은, 거기서 몇 개의 네거리를 지나가야 하는데, 이날 날이 너무 뜨거웠다는 것이다. 등과 가슴 곳곳에 땀이 줄줄 흘러내리기 시작하는데 그때야 나는 내가

자주 판단 미스를 하는 사람인 것을 비로소 깨닫는다. 정말 한심하게스리.

그래도 무거운 가방으로 어깨가 기울어지는 고통을 감내하면서 보수동에 가서 나의 단골집인 〈고서점〉을 찾았다. 고서점가에서 고서점을 찾다니… 이 서점의 이름이 〈고서점〉이다. 젊은 주인이 컴퓨터 블로그도 운영하면서 열심히 하는데 적어도 인문학술 서적으로는 이 일대에서 가장 좋은 책들이 많은 것 같은 서점이다. 무더위도 피할 겸 선풍기가 저 높은 데서 돌아가고 있는 어느 좁은 틈으로 들어가서 이것저것 보고 있자니 밖의 더위는 잠시 잊겠다.

사실 부산 총국장으로 있다가 서울로 올라간 다음에도 이곳 보수동 골목, 그중에서도 이 고서점에 와서 재미있는 책을 많이 샀다. 현암사에서 나온 육당 최남선 전집, 이것은 정말 나로서는 횡재한 기분이었다. 좀 값이 비쌌지만, 거기에 담긴 육당의 정신은 마치 육당을 옆에서 뵙는 것 이상으로 강력하게 전달돼 왔기에

그야말로 대만족이었다. 그런 서점인 만큼 그래도 뭔가는 있겠지 하고 눈으로 훑어나가는데 얼마 전『한국 고대사와 그 역적들』이란 과격하고 자극적인 제목의 책으로 세상에 목소리를 낸 김상태라는 분이 책 속에서 칭찬한 윤내현 공저의『새로운 한국사』가 우선 눈에 띄어 기분이 좋았고, 최근 내가 연구하는 일본 고대사 분야의 참고서가 될『동대사전(東大寺展)』이란 화보 겸 책자, 일본 나라의 정창원(正倉院, 쇼쇼잉)에 보존돼 온 각종 신라 보물들의 컬러 사진을 담은『정창원전(正倉院展)』의 도록 등 제법 쓸 만한 것이 눈에 들어온다. 그리고는 서울 집에서 아무리 찾아도 나오지 않던 1982년 2월 피카소 도예전의 도록… 이게 갑자기 눈에 띈다. 집에서 찾다 찾다 손들어버린 것인데, 여기에 수록된 작품들은 또 다른 프로그램을 위한 자료로 중요하기에 이 도록이 나에게 들어오는 것은, 하늘이 돕는 것이란 생각이 들 정도였다. 야나기(柳宗悅)의 글을 번역한 책도 있던데 서점 주인이 그것을 보더니『조선을 생각한다』일본어 원본『朝鮮を想う』을 뽑아서 건

1982년 피카소 도예전 책 표지

네준다. 그래 이것저것 눈에 드는 것을 골라 값을 물어보니 내 주머니에 있는 돈 거의 다 들어갈 것 같다. 카드도 안 된다고 하니 있는 대로 털어주고 나니 18,000원이 남는다.

이 돈으로 5시에 만날 곳으로 택시를 타고 가야 하고 나중에 서울로 가는 표를 끊기 위해 부산역으로도 가야 하는데 아슬아슬하다. 주위에 거래하는 은행이 있는가를 열심히 찾았으나 못 찾아 다시 마음이 다급해진다. 그러나 에라 모르겠다. 나중에 만나는 사람에게 어떻게라도 해 보면 되겠지 하면서 동아대병원 영안실 문상 등 볼일을 다 보고는 신동아회센터에서 부산총국의 직원 3명과 함께 기분 좋게 안주와 술을 나누었다. 급히 쓰라고 돈 10만 원을 빌려주는 분도 있었다. 그날 밤 서울로 가는 차표까지 덤으로 받고 KTX를 타고 밤 열두 시가 넘어 서울역에 도착해 다시 택시비로 2만 원 가까이 냈는데 어쨌든 주머니에는 외상일망정 돈이 있고, 서울엔 잘 왔고, 좋아하는 책을 또 많이 사서, 비록 주머니는 비었지만, 상대적으로 마음은 가득 채워진 그런 경험이었다. 역시 부산의 보수동에 가면 마음에 보수를 충분히 받고 온다. 그리고 백수의 즐거움도 배가 된다.

책마을

영국 웨일스 지방에 있는 책 도시 '헤이-온-와이(Hay-on-wye)'—
와이 강(江)의 '헤이'라는 이 이름에 걸맞게 이곳에는 리처드 부
스((Richard Booth)라는 창업자의 발원으로 조그마한 마을 전체
가 옛 책방으로 가득 차 있고, 어느 책방이나 영국이나 미국 등 영
어권뿐 아니라 세계 각국의 고서들도 모여들어 있어 그야말로 옛
책의 천국, 고서의 보물 동산이라 할 정도이다.

   필자가 영국에 특파원으로 있던 2000년 8월부터 2002년 2월
사이에 필자는 헤이 온 와이를 두 번 방문할 기회가 있었다. 첫
번째는 영국에 와서 얼마 되지 않은 2000년 10월에 문화의 달,
문화의 날을 계기로 책 사랑을 알리는 리포트를 하기 위해 방문
한 것이었는데, 이때에는 이 마을의 창시자인 리처드 부스를 만
나서 인터뷰를 하고, 곳곳의 책들을 마음껏 촬영해 이를 보여주
었다. 두 번째는 이제 영국을 곧 떠나게 될 터인데 여행을 하자
고 친지 부부와 함께 웨일스 지방을 다니다 들렀다. 그때는 비교
적 정신이 있었기에 저녁을 간단히 먹고 이곳저곳 각자가 좋아하

Richard Booth's Bookshop 01497 820322

는 책방을 들러 각자가 좋아하는 책을 고르곤 했다. 책방은 문화나 역사, 과학기술, 의학 등 주제별로 자신들이 좋아하는 부문으로 특화되어 있다. 창시자인 리처드 부스의 가게(Richard Booth's Bookshop 01497 820322)는 이 마을에서 상당히 큰 편에 속한다, 지하에서부터 지상 3층까지 있는 것으로 기억되는데 지하의 방들을 찾아가 서가를 따라가다 보니 갑자기 한글로 된 얇은 잡지 비슷한 것이 눈에 들어온다. 책 이름은 '조선문학'이란 것이다. 1961년 7월호이다.

책장을 들춰보니 조선작가동맹 중앙위원회 기관지라는 글씨 아래 『조선문학』이란 제호를 달았고 속표지 다음 장에는 '내용'이라는 이름(우리의 목차나 차례를 뜻하는 듯)으로 소설 3편, 시 8편, 실화와 정론 3편, 평론 2편이 실려있다. 다시 장을 넘기니 최명익이란 사람이 쓴 '임오년의 서울'이란 중편소설의 제3회 글이 첫 번째로 실려있다. 4쪽에서부터 35쪽까지 무려 31쪽에다가 좌우 양쪽으로 문단을 배치했는데, 글씨도 크기가 작아서 상당한

분량의 이야기가 들어 있다. 내용은 임오년이니까 1882년 임오년의 6월에 일어난 군란(軍亂), 곧 일본군에 의해 해체될 운명의 구식 군대들이 가혹한 대우를 이기지 못하고 폭동을 일으킨 그 시절 이야기이다. 작가 최명익은 1902년 평양에서 태어나 평양고보를 졸업하였는데, 고보 재학 중인 1928년 홍종인·김재광·한수철 등과 함께 문학동인지『백치(白稚)』에 참여하여 소설「희련 시대」, 「처의 화장」과 수필「처녀작의 일절」을 발표했다. 이 시기에 발표된 작품들은 자신의 신변사를 중심으로 주인공의 심리상태를 치밀하게 서술해 나가는 방식인데「비 오는 길」(1936), 「무성격자」(1937) 등을 발표하면서 문단의 주목을 받았다고 한다. 이어「폐어인」(1938), 「역설」(1938), 「심문」(1939), 「장삼이사」(1941) 등을 발표하는 등 활발한 작품 활동으로 심리소설을 개척한 작가라는 높은 평가를 받았다고 한다. 다만 광복 후에는 북쪽에 인민공화국이 들어선 이후 평양예술문화협회 회장, 북조선문학예술총동맹 중앙상임위원 등 정부 주도 문학단체의 핵심요원을 맡으면서 사회주의 계열의 문학 활동에 적극적으로 참여하다가 1960년대 말, 1970년대 초 부르주아였던 전력이 문제시되어 숙청되었고, 자살로 생을 마감했다고 한다. 안타까운 이야기이다. 그러므로 잡지에 실린「임오년의 서울」이라는 중편소설은 이 이후의 시기에 막 창작 중이던 소설을 발표한 것으로 볼 수 있다.

아무튼, 이 잡지는 1961년 7월 5일에 로동신문 출판인쇄소에서 인쇄해 7월 9일에 〈조선작가동맹출판사〉에서 편집위원회 명의로 발행한 것인데, 북한에서 60년대 초에 나온 한 잡지가 멀리 영국 끝의 이 헤이 온 와이까지 흘러들어왔다는 점이 흥미롭다.

몇 년 전에 프랑스의 노르망디 상륙작전 중에 동양인인 한 독일군 병사가 포로가 되었는데, 그 포로가 한국인으로 밝혀졌다는 짤막한 소식이 알려지면서 그 사실을 바탕에 깔고 장동건이 주연하는 영화 '마이웨이'가 강제규 감독에 의해 만들어진 적이 있다. 한 한국인 젊은이가 일본 치하의 한국에서 살다가 어찌어찌해서 독일군이 되어 노르망디 전투에 참전하게 되었는지 그 기구한 인생역정이 사람들의 가슴을 친 적이 있는데, 독일군이 된 청년 이야기가 알려지기 훨씬 전에 영국의 어느 시골 책방 한구석에서 발견한 허름한 북한 잡지 한 권도 그런 복잡한 감회를 불러일으키기 충분한 것이다. 도대체 이 잡지가 어떤 경로로 이곳에까지 왔을까?

이 마을의 '책 황제'인 리처드 부스가 이 마을을 '고서 왕국'으로 선포한 것은 1977년이지만 처음 책방을 운영하기 시작한 것은

1961년인 만큼 마침 그해에 발행된 북한의 잡지가 이곳 리처드 부스의 책방에 있다는 것도 우연의 일치이겠지만 재미있다. 아무튼, 북한 책이 이곳에 있을 수 있는 것은, 아마도 북한을 탈출해서 이곳 영국에 정착한 탈북주민이 갖고 있던 것이 이곳까지 왔을 가능성이 있다. 실제로 필자가 영국에 특파원으로 있을 2001년 여름, 런던에 사는 탈북주민들은 체육대회를 개최하고 축구경기를 할 정도였는데, 필자가 취재한다고 하니 처음에는 환영한다고 했다가 혹 신분 노출로 불이익을 당할까 봐 거부한 적이 있으니 이 가능성이 가장 크다고 하겠다. 그렇지 않다면 일찍 영국이 유럽에서 다른 나라에 앞서 북한과 수교를 하고 외교관을 교환했으니 그들 외교관을 통해 왔을 수도 있다. 아무튼, 발 없는 말이 천 리를 간다고 하지만 발 없는 책이 수만 리를 온 것이니 어찌 신기하고 반갑지 않겠는가? 북한의 역사는 곧 우리의 역사다. 해방 전 서울을 무대로 활동하다가 남북이 분단되면서 북쪽의 역사로 한정되었다. 그 역사를 멀리 헤이 온 와이에서 만나는구나.

근 10년 만에 이사하고 옛 책들을 다시 정리하는 과정에서 발견된 먼지 묻은 한 북한 잡지를 보며, 그 취재 당시 리처드 부스가 책마을의 왕(King)이라고 자부하며 써준 그의 사인을 보며, 그런 저런 생각을 해 보게 된다.

벌거벗은 진실

영어로 된 책, 이른바 원서라는 것을 보기 시작한 것은 '물론' 대학에 들어간 1972년 부터였다. 물론이라 함은 그전에는 수험 공부를 하느라 원서를 살 이유도 접할 필 요도 없었기에 그저 학교 교재나 참고서로 당시 유행하던 송성문 선생의『정통종합영 어』정도를 읽는 게 고작이었는데 대학 들 어가니 교재로도 원서가 나오곤 해서, 또 당시 대학생이라면 원서를 옆구리에 끼고 다니며 남들과 다른 공 부를 한다는 티를 내는 것이 유행이었던 시대였기에 보지도 않을 책이라도 일단 보겠다는 마음에 아주 신중하게(왜냐면 당시 원 서 값이 싸지 않았고 돈이 그만큼 귀해서 큰마음을 먹지 않으면 사기가 어려운 관계로) 책 한 권과 사전 한 권을 사서 집으로 가 져왔다. 외국도서 전문 책방은 광화문에 있던 〈범한서적〉. 당 시에는 종로에 〈범문사〉가 있었고 광화문에 〈범한사〉가 있었다. 두 군데뿐이었다. 그때 맨 처음 고른 책이 데스몬드 모리스의『The Naked Ape』였다. 화산이 폭발한 첫 대지처럼 보이는 평지에 한 남자가 벌거벗은 채로 서 있는 모습의 표지가 이채로웠기 때문일 것이다. 아마도 이 사진이 주는 약간은 에로틱한 분위기도 영향을 주었을 것이다. 이 책이 처음 나온 것은 1967년인데, 그때 내가 산 책은 17판이었으니 일 년에 3판 이상씩 찍을 정도로 이 책은 세계적인 베스트셀러로서 명성을 유지하고 있었다.

'naked'라는 단어를 표지에 깔고 있고 표지 사진에 벌거벗은 남자가 나오기 때문에 이 책의 제목은 '벌거벗은 ape', 이를테면 '벌거벗은 원숭이'이다. 그렇지만 정확하게는 '털 없는 원숭이'가 맞는 것 같다. 이 책이 왜 이처럼 사랑을 받고 있을까? 그것은 표지에 적혀 있는 대로, '인간이라고 부르는 동물에 대한 숨기지 않는 진실'을 전하고 있기 때문일 것이다. 인간은 불멸의 시를 쓰고 거대한 도시를 일으키고 별들을 향해 우주선을 띄우고 원자탄을 만들지만, 인간은 동물이며, 원숭이의 인척이고, 사실에 있어서는 털 없는 원숭이라는 점을 이 책이 말해주고 있기 때문일 것이다. 그러한 학설은 저자가 오랫동안 원숭이의 행태를 연구해 이를 인간과 비교해봄으로써 가능해졌다.

저자는 특히나 인간의 섹스형태에 대해서도 상당히 깊숙이 연구를 했다. 저자는 인간의 섹스에 관한 욕구나 행동, 행태 등은 그 실상을 알고 나면 매우 당황스럽고 쑥스럽고 혼란스럽고 불안하기도 하지만 오히려 깨닫는 점이 더 많다는 점을 강조하고 있다. 가령, 이 책을 펴 보면,

"확실히 인간은 살아있는 가장 섹시한 종족이다. 이 이유를 알기 위해서는 시작을 되돌아보아야 한다. 무슨 일이 일어났는가? 생존을 위해서는 사냥을 해야 한다. 신체적으로 미약한 점을 보충하기 위해서는 머리가 좋아야 한다. 머리가 큰 아이들을 먹이고 키우는 데는 시간이 오래 걸린다. 남자들이 사냥을 나간 사이에 여자들은 집에서 아이들을 봐주어야 한다, 남자들은 사냥할 때 다른 남자들과 협력하여야 한다. 남자들은 사냥하려면 무기를 들고 서서 행동해야 한다… 이런 요소들이 인간 진화의 기본요소이며, 이 변화에 내재한 요소들이 오늘날 인간의 다양한 섹스를 구성하는 요소가 되고 있다."

…'섹스에 관해'

등등 아득한 옛날 원숭이로서의 생존조건에서부터 인간의 모든 행태와 심리와 성격을 분석하고 있다. 이 관점에서 보면 인간은 '성적으로 실업 또는 비고용의 상태(짝을 찾지 못하고 혼자 있어서 성의 에너지를 제대로 쓰지 못하는 상태)'가 동물 중에서 가장 길다는 것이 특징이며, 섹스에 걸리는 시간도 가장 길며, 이를 조절할 수 있으며, 이러한 것이 인간의 문화와 문명을 발달시키는 촉매가 돼 왔다는 사실도 지적한다.

『털 없는 원숭이』가 현대인들을 문명 이전의 야만적인 생활 속에서 그 정체를 찾는 노력이라면, 2년 후에 나온『The Human Zoo(인간동물원)』이라는 책은 현대라고 하는, 문명이 극도로 발달한 세상, 콘크리트의 정글이라고 하는 거대한 도시 속에서 사는 '털 없는 원숭이'들을 다시 분석해보는 책이다.

"정상적인 상태에서 자연 서식지에 사는 야생 동물은 자해나 자위행위를 하지 않는다. 부모나 자식을 공격하지도 않는다. 위궤양에 걸리거나 비만의 위험도 없다. 또한, 동성애 관계를 맺거나 자살하지도 않는다. 그런데 인간들 사이에선 왜 이런 일이 수없이 일어날까? 인간과 동물 사이의 근본적인 차이 때문인가?"

이런 근본적인 물음에서 시작하는 이 책은 인간의 그러한 행동이 인구 과밀의 도시에 갇히기 시작한 이후의 행동이라고 분석하고 있다. 야생에서는 정상적인 행동을 하는 동물들이 우리에 갇힌 순간 비정상적인 일탈로 나아가는 것처럼 인간은 인구가 과밀한 대도시에서 갖가지 일탈을 경험하고 있으며, 그러기에 인간은 도시라는 '인간동물원'에 갇혀 있다는 것이다.

기실 이 책 이야기를 쓰겠다고 한 것은 이런 책의 내용이 중요한 것이 아니라 이 책을 통해 시작된 나의 영어원서 수집이 얼마나 처참한 결과를 가져왔나를 말하고 싶어서였다.

사실 원서를 사놓고 제대로 보지 못하거나 안 하는 것은 낭만을 추구한다는 대학생들 대부분의 숨어있는, 공개하지 않는 비밀이자 사례일 수 있지만, 나의 경우 그 현상이 특히 심했다. 대학 1학년 중반쯤 이제부터 영문학 공부 좀 하겠다고 큰마음을 먹고 산 책이『문학의 이론(the Theory of Literature)』이란 책이다. 르네 웰렉(René Wellek)과 오스틴 워렌(Austin Warren)이 함께 쓴 이 책은 문학과 문학비평, 문학의 역사에 대한 다양한 의미와 상호관련성을 문학 내적인 요소와 외적인 요소를 분석하면서 설명하는 종합 입문서인데 처음 공부하는 학생으로서는 쉽지 않은 내용이었다. 그 책을 본다고 여름 방학 때 동숭동에 있는 서울대학교 도서관에 들어가 낑낑대었지만 조는 것이 절반이요, 나머지 절반은 뜻도 잘 모르는 채로 읽는 척하는 것이 고작이었다. 앞에서 말한 『털 없는 원숭이』라는 책도 보다가 말았는데 이 책도 결국 끝까지 보지는 못했다. 그러한 방식이 나의 공부의 한계여서 결국 학문의 길로 가지 못하고 언론계로 들어온 결과가 되었지만, 그 뿌리는 이렇게 깊이 완전하게 독서를 하지 못하는 나의 한계가 있었기 때문이다.

이렇게 영어로 된 책으로 공부를 하는 이야기를 하다 보면 단재 신채호 선생 이야기를 빼놓을 수 없다. 단재는 그의 불후의 명저 『조선상고사』에서 드러나듯이 외곬의 민족주의자이며 철저한 비타협 독립운동가이며 역사학자이며 언론인, 문필가였다. 1905년에 장지연(張志淵)의 주선으로 〈황성신문사〉에 입사하여 계몽적 논설을 쓰는 것으로 사회활동을 시작해 〈대한매일신보사〉로 옮겨 애국, 항일의 격렬한 필봉을 휘두르다가 1910년 4월에 조선이 일본의 식민지가 될 것으로 예측하고는 중국 상해로 망명한다. 그 이후 그는 가난과 병고에 시달리면서도 한국사 연구와 독립운동에 헌신하는데, 이때 처음으로 영어를 접하고 공부를 시작했다고 한다. 그는 미국 유학파인 김규식(金奎植, 1881-1950)에게서 영어를 배웠는데, 영어 발음을 제대로 배우지는 않고 주로 단어를 연결해 뜻을 이해하는 식으로 영어를 배웠지만 영어책을 읽게 되면 이미 읽고 난 페이지는 모두 찢어서 휴지로 쓰는 방식의 무지막지한 공부를 했다고 한다. 부산대 강명관 교수가 그의 책 『책벌레들 조선을 만들다』(푸른 역사. 2007)에서 전하는 스도리다. 그러니 나처럼 공부하는 척 폼만 잡고 오로지 책을 가지고 있는 것으로 허세를 부리는 사람과는 너무 차이가 나고, 그것이 단재와 나의 엄청난 차이를 몰고 온 것임이 틀림없다.

아무튼, 공부하는 폼은 잡아야 했고, 그러나 원서 값은 비싸니 결국은 헌책방(당시는 헌책이라는 단어가 보편적이었다)을 찾게 되는데 그때는 영어원서 새 책을 파는 곳은 있지만, 헌책을 파는 곳은 거의 없었다. 그러다가 삼각지 대구탕 골목에 있는 헌책방을 발견하게 되어 거기를 자주 출입하면서 강의 시간에 공부해야 할 교재를 보충하는 소설류, 시집 등등을 헌책으로 구하게 된다. 특히나 영어공부를 하려면 대중적인 소설, 약간의 에로틱한 소설 등을 많이 읽어야 한다는 교수님들의 간곡한 당부를 열심히 따르는 척하기 위해서도 헌책방을 들락거리는 횟수가 늘어났는데 그에 비례해서 보지 않고 다 읽지도 않고 쌓이는 책들이 늘어나기 시작했다. 그러나 사실 그것은 나중에 중국에서 특파원으로 근무할 때에 마구잡이로 산 중국의 책에 비하면 엄청나게 적은 양이지만 나름대로 소설류나 부교재로 쓰일 책들이 늘어나니까 결국에는 감당이 어려워졌다.

그러한 현상이 사회인이 된 뒤에도 이어지면서 삼각지의 그 책방에서 나는 1983년판 『브리태니커 백과사전』 30권을 1986년에 권당 만 원씩 주고 사서 나의 서가를 채우기도 했다. 당시 삼각지의 헌책방은 바로 옆 미군 부대 도서관에서 폐기하는 책들이 많이 나오고 있었고, 또 귀국하는 미군 장병들도 자기들이 보던 책을 넘기고 갔기 때문에 비교적 좋은 책들을 싸게 만날 수 있는 곳이었다. 그러나 사실 그런 책들을 내가 열심히 본 것은 아니고 그저 남들이 보면 아주 열심히 공부하는 것처럼 보이게 하는 소품으로써 봉사했다. 다만 나중에 영국 런던에 특파원으로 나갈 때 브리태니커 백과사전을 다 가지고 나갔는데, 그때 대학에 들어간 아들이 대학의 논문 과제물(그것을 영국에서는 Essay라고 한다)을 쓸 때 요긴하게 썼으니 나로서는 본전은 한 셈이긴 하다. 어찌됐든 원서들은 그렇게 내 집을 찾아왔지만, 나로서는 좋은 대접을 하지 못해 그 책들의 상당 부분에는 어려운 단어라던가 숙어를 우리말로 풀어서 적어놓은 부분이 별로 없는, 말하자면 나의 발길이나 손길이 닿지 못한 깨끗한 처녀지를 많이 안고 있었다.

그러나 그렇게 대학 때에는 영어로 된 원서를, 사회생활을 시작하고서는 일반 교양서적이나 특별히 문화예술 관련 서적, 또 해외 취재 등을 위한 자료가 있는 서적 등등을 모으기 시작하자 집에 보관해야 할 책 숫자가 기하급수적으로 늘어났다. 더구나 중국 특파원, 영국 특파원 때 산 중국원서 영국 원서가 또 많으니 책은 계속 늘어났다. 최근에는 역사연구를 한다고 하면서 일본의 역사 연구서를 많이 사 모으게 되었다. 이래저래 결국은 이제 어디 이사를 마음대로 하지 못하는, 책의 포로가 되어있다. 그러나 그래도 이 포로 생활이 아늑하고 편안하고 좋아서, 나로서는 그러한 생활의 단초가 된 첫 영어원서를 산 기억이 지워지지 않는다. 첫 단추가 중요하다고 하는데 잘 끼운 것인지 못 끼운 것인지는 아직도 확신이 서지 않지만, 책과 삶을 같이 하기 시작한 것이 그리 나쁘지는 않았다고 할 수 있는 것이, 결국 이런 책 이야기를 책으로 쓰는 것이, 보통 사람들은 잘하기 어려운, 그러기에 그리 기분 나쁘지는 않은 일이라 생각되기 때문이다.

운명

우리 인간에게 운명이란 것이 있는가? 만약에 개인에게 운명이 있다고 한다면 한 나라나 민족에게도 운명이 있는가? 유한한 삶을 사는 우리, 미래를 모르고 불안해하는 우리는 이런 물음을 자주 묻는다.

이사를 하면서 운반해 온 책을 좁은 책장에 다시 옮겨 꽂으려니까 과거에 무심코 사두었던 책들이 먼지 속에 묻혀 있다가 다시 살아난다. 『중국의 운명』이란 책도 그중의 하나다.

'중국의 운명'… 보통의 책 제목치고는 사뭇 비장하다. 저자가 毛澤東(모택동)과 함께 중국 근현대사의 두 영웅이라 할 장개석 (蔣介石)인 만큼 그냥 지나칠 수 없는 흥미를 유발한다. KBS 이 사장과 문예진흥원장을 지낸 언론인 송지영 선배가 번역한 이 책 은 129페이지밖에 안 되는 작은 책이지만 출판기를 보니 1946년 7월 5일에 발행한 것으로, 초판이 무려 2만 부나 된다. 조금 딱딱 한 내용인데도 초판을 그렇게 많이 찍다니 요즈음 같아서는 매우 놀랄 일인데 그때는 그랬던 모양이다.

1946년 7월이면 해방 후 1년도 안 되는 시점. 그렇다면 책을 번 역한 것은 해방 후 곧바로 한 것이 아닐까 짐작되는데, 번역자인 송지영 선생의 서문에 보면 해방 전 송지영 선생이 중국 남경에 서 공부할 당시에 중국의 지식인들은 거의 모두가 장개석이 쓴 이 책을 읽었고 이미 당시에도 세계 14개 나라에 번역돼 수백만 부가 팔려나갈 정도로 중요한 책이었다고 한다. 당시 중국의 친 구들은 송지영 선생에게 이 책을 읽어보았느냐고 물어보고 읽지 않았으면 중국과 동아시아의 운명에 대해서 논할 자격이 없다고 까지 했다는 것이다. 그런데 이 책을 일제강점 치하에 살던 우리 동포들은 읽을 수가 없었던 것이, 일제가 이 책을 금서목록에 포 함해 놓았기 때문이란다. 일제는 당시 조선인뿐 아니라 일본인들 도 이 책을 보지 못하도록 해, 일본인들로서도 장개석이 본 중국 근대사의 문제, 열강의 중국 침략이 중국인에게 가져다주는 역사 의 새 원동력, 곧 외세의 침입을 이기려는 국민정신의 태동 같은 것들을 인식하지 못하도록 한 모양이다. 그런데 이제 일제로부터 해방이 되고 새 나라를 건설해야 하는 중대한 시점인 만큼 우리

국민도 이 책을 읽고 새 나라를 어떻게 만들어갈 것인가를 고민하자는 것이 송지영 선생의 목표이자 꿈이었다고 하겠다.

장개석(蔣介石)은 1910년 중국이 신해혁명으로 근대국가로 탈바꿈한 이후 손문의 뒤를 이어 1930년대부터 중국을 통치해 온 인물이다. 그런 그가 자신의 이름으로 중국의 운명에 관해서 쓴 것이어서, 본인이 직접 썼거나 누가 대필을 했든가 간에 장개석의 역사관과 미래의 비전을 전해준 책으로 볼 수 있다. 책의 목차를 보면 제1장은 중화민족의 성장과 발전, 제2장은 국욕(國辱), 즉 국가적인 치욕의 유래와 혁명의 기원, 제3장 불평등 조약의 영향의 심각화, 제4장 북벌에서 항전까지, 제5장 호혜 평등 조약의 내용과 금후의 건국의 중심(重心; 무게중심), 제6장 혁명 건국의 근본문제, 그리고 제7장과 8장에 중국의 혁명 건국의 동맥과 그 운명 결정의 관두(關頭; 가장 중요한 부분), 중국의 운명과 세계의 전도(前途; 앞길)로 나뉘어 있어, 장개석으로서는 앞으로 중국이 어떻게 혁명을 완수하고 중국의 운명을 개척해 나가야 하는지를 설파한 것이다.

"최근 백 년 이래 국세는 부진하고 민기(民氣)는 소침(消沈)하여 오천 년 이래 일찍이 보지 못한 정세를 초래하였다. 중화민족의 생존에 필요한 영역은 분할되고 불평등 조약의 속박과 압박은 국가 민족의 생활기능을 끊었다. 5천 년의 역사에 국가 민족의 흥망성쇠가 때로 나타났으나 최근 백 년 동안처럼 정치, 경제, 사회, 윤리, 심리 각 방면에 긍하여 내우외환이 절박하고 재흥의 기초까지도 단절되려 한 위기는 없었다. 국부 손문이 삼민주의를 제창하여 국민혁명을 지도하지 않았더라면 오천 년 래의 생명은 일본의 잠식에 의하여 제2의 조선(한국)으로 되었을 것이다."

　이런 진단과 함께 중국이 손문이 제창한 삼민주의를 실현함으로써 나라를 부강하게 해서 일본의 침략을 저지하고 새 나라를 건설해 세계 역사의 주체가 되자고 역설한 것이 이 책의 주 내용이다. 그러므로 해방 당시에는 우리에게도 상당히 시사하는 바가 큰 책이었다고 하겠다.

　우연히 부산의 헌책방에서 발견한 이 책의 뒤표지에는 이 책을 가지고 있던 분이 자기의 이름을 써놓았는데 고성군 고성읍 우산리 이장 이호도였다. 가는 붓으로 중국의 운명이란 책 제목을 쓰고 그 옆에 자기의 이름을 써 내려갔는데, 글씨가 힘이 있고 아주 잘 썼다. 당시 일제의 압제에서 해방된 이후의 시점이라 막 나온 새 책의 제목과 내용이 당시 젊은이의 마음을 이끌었을 것 같다.

앞으로 펼쳐질 민족의 새로운 미래에 관심이 많고 이 나라는 어떻게 될 것인지, 새 나라를 어떻게 만들어야 하는지… 하는 고민을 같이한 젊은 분이었을 것이란 생각이 든다. 손때가 묻었지만, 책의 종이도 두껍고 책이 튼튼해 아직 크게 훼손되지도 않은 이 책은 그 속에 책 주인이 누구였는지를 잘 써 놓은 것에서 보듯, 해방을 맞은 젊은이들이 일제의 검열에서 벗어나 마음 놓고 이 책을 읽으며 벅찬 감격을 느꼈을, 그리고 새로 되찾은 나라의 운명은 어떻게 될 것인지, 중국의 운명에 따라 우리나라는 어떻게 변할 것인지… 궁금한 게 엄청 많은 한 청년이 맞은 1946년 당시의 분위기를 이 책은 표지와 본문에 조용히 증언하고 있다.

시첩

당나라 중기의 시인 백거이(白居易)는 흔히 백낙천(白樂天)으로 알려져서 낙천이 호(號)인 줄 알지만, 낙천은 자(字)이고 호는 향산거사(香山居士)다. 그는 800년 29세의 나이로 진사시에 최연소 급제한 뒤 842년에 형부(刑部) 상서(尚書)를 끝으로 은퇴하여 고향인 향산으로 돌아가 은거하였다. 이때 백거이는 노인 친구 8명을 초대하여 주연(酒宴)과 시회(詩會)를 가졌는데 후세인들은 이 모임을 '향산구로회(香山九老會)'라고 부르며 덕망 있는 노인들의 모임을 이르는 대명사로 사용하였다. 맨 처음 845년 3월 24일에 백거이보다 나이가 많은 호고(胡杲), 길민(吉旼), 유진(劉眞), 정거(鄭據), 노진(盧眞), 장혼(張渾) 등 여섯 노인이 향산에 있는 백거이의 집 이도리(履道里)에 모였다. 7명의 노인은 나이든 사람을 청하여 차례로 앉히고 시가(詩歌)를 지으며 즐겼다. 이 모임을 상치회(尚齒會)라고 하였는데 술을 마시며 칠언칠운시(七言七韻詩)를 차례로 짓고 이를 나누며 즐기는 것이었다. 원래 이 자리에는 2명이 더 있었으나 당시 70세가 되지 않아 정식 열

(列)에는 들지 못하였고 이후 어름에 2명의 노인이 더 들어와 구로회(九老會)가 되었다.

이후 나이가 들어 은퇴한 70세 이상의 문인들이 이를 따라 하는 풍조가 생겨났다. 우리나라에도 이런 전통이 유입되어 고려 시대 최당(崔讜)의 해동기로회(海東耆老會), 조선 시대 중종 때 분양구로회(汾陽九老會) 등이 결성되었다. 분양구로회는 중종 28년(1533)에 농암 이현보가 그의 아버지 흠을 위로하기 위해 동네의 노인들을 한자리에 모시고 개설한 수연(壽筵)을 일컫는다. 농암의 표현을 빌리면, "예로부터 우리 고향은 늙은이가 많았다고 했다. 1533년 가을 내가 홍문관 부제학이 되어 내려와 성친(省親)하고 수연을 베푸니 이때 선친의 연세가 94세였다. 내가 전날 부모님이 모두 계실 때 이웃을 초대하여 술잔을 올려 즐겁게 해드린 것이 한두 번이 아니었다. 그러나 지금은 아버지만 계시는지라 잡빈(雜賓)은 제외하고 다만 향중에 아버지와 동년배인 80세 이상의 노인을 초대하니 무릇 여덟 사람이었다. 마침 향산 고사에 '구로회(九老會)'라는 모임이 있었는데, 이날의 백발노인들이 서로서로 옷깃과 소매가 이어지고, 간혹 구부리고 간혹 앉아 있고 편한 대로 하니 진실로 기이한 모임이 아닐 수 없다… 이런 연유로 구로회를 열고 자제들에게 이 사실을 적게 하였다."라고 하여 백낙천의 향산구로회를 이어받은 것임을 밝히고 있다.[11]

농암은 이보다 앞서 1512년, 분강(汾江)의 기슭 농암바위 위에 부모를 위해 정자를 짓고 '애일당(愛日堂)'이라 했다. 많은 정자

11 『농암집』'애일당구로회서(愛日堂九老會序)'

가 있지만, 효를 실천하고자 지은 집은 드물다. 또 그 이름이 하루하루를 아까워한다는 뜻의 '애일'이니 얼마나 멋진가! 애일당은 곧 '부모님이 살아 계신 나날을 아낀다'는 뜻이다. 농암은 여기서 아버지를 포함한 아홉 노인을 모시고 어린아이처럼 색동옷을 입고 춤을 추었다. 농암 자신이 이미 이때 70세가 넘은 노인으로, 중국의 전설적인 효자 노래자(老萊子)의 효도를 그대로 실행했다. 이를 '애일당구로회(愛日堂九老會)'라 했다. 농암의 이런 경로 효행은 조정으로 알려져 당대 명현 47명이 축하 시를 보냈으며, 이후 선조 임금이 농암 가문에 '적선(積善)'이라는 대자 글씨를 하사하는 계기가 되었다. 애일당구로회는 1902년까지 400여년 전승되었고, 『애일당구경첩』, 『애일당구로회첩』, 『분양구로회첩』 등 관련 문헌들이 남아있다. 이들 책을 살펴보면, 1569년 봄 퇴계는 나이(70세), 회원 정족수(9명), 형(李澄)의 참여 관계로 사양했으나[12] 회원들의 권유로 가을부터 참여했다. 그때 퇴계는, "내 나이 70 미만이고 회원도 아홉뿐이니 어찌 참석할 수 있겠습니까. 그렇지만 권하시니 끝자리로 하겠습니다. 또 형님이 계시니 당연히 그리해야 합니다." 했다.[13]

구로회에 관한 이 같은 역사를 더듬는 것은 지금 내 책상에 놓여있는 『구로계시첩(九老契詩帖)』이란 얇은 소책자 때문이다.

---

12   1569년(선조2)에 열린 구로회는 농암의 둘째아들 문량(文樑)의 수연으로서 이 때에 참여한 사람은 금희련(琴希連), 조대춘(趙大春), 금헌(琴憲), 남응기(南應箕), 이징(李澄), 이대량(李大樑), 우희신(禹希信), 권구(權矩), 김황(金璜), 이황(李滉) 등 9명이다. 이겸노『통문관책방비화』234쪽. 1987. 민학회

13   이성원『신도산기행』

원래 문경의 큰아버님(李宗基)이 갖고 계시던 것인데, 지난가을에 문경의 큰 집에 갔을 때 둘째 아들인 대식(大植) 씨가, "아버님이 몸이 많이 안 좋으시니, 이런 것은 이제 형님이 보셔야 할 것 같습니다."라고 하면서 주기에 받아 가져왔던 것이다. 그런데 와서 막상 펴보니 이 소책자는 1999년에 나왔고 만든 사람은 임병기였다. 바로 필자의 외사촌 형이다.

책장을 펴니 대뜸 한문으로 된 서문이 나온다.

世值不辰矣 蹐跼相交 圓顱方趾 無可居之地 則取山與水深碧而招招相
會後 先爰居者九人 自靑陽至老白首 呴嘘濡沫則意中相得亦可足矣

이거 정말 헷갈린다. 대충 아는 한자들이 많지만, 뜻이 좀 쉽게 안 들어오고 더구나 잘 안 보던 呴嘘濡沫(구허유말)이란 글자도 보인다. 다행히 우리말로 번역이 실려있다.

"세상이 어려운 때를 만났도다. 오가며 서로 사귀어 둥근 머리 모난 발꿈치가 살 만한 곳이 없기에 산과 더불어 물을 찾아 깊고 푸르므로 손짓해 서로 모여 차례로 이끌어 앉은 이가 9인(九人)이니 젊은이로부터 머리 흰 늙은이에 이르기까지 숨을 내쉬며 물방울에 적신다면 의중(意中)을 서로 얻어 또한 흡족할 것이다."

약간의 옛 말투가 들어가 있어 금방 이해가 어렵기는 하지만, 요는 나이 차이는 좀 있지만 오래 사귄 친구 9명이 좋은 곳을 찾아 산 깊고 물 맑은 이곳으로 찾아왔기에 서로 마음을 맞추어 잘 살 수 있지 않겠는가… 라는 뜻일 게다.

그런데 이 번역문에서 '둥근 머리 모난 발꿈치'가 뭔지 모르겠다. 원문을 보니 圓顱方趾(원로방지)다. 둥글 원, 머리뼈 로, 네모 방, 발 지… 이 네 글자를 모아놓은 것인데 번역에는 '둥근 머리 모난 발꿈치'란다. 뜻은 이해하겠는데 무슨 말인가? 설명을 찾아보니 하늘은 둥글고 사람의 머리도 둥글며 땅은 네모나고 사람의 뒷발꿈치도 네모나단다. 그러니 '둥근 머리 모난 발꿈치'는 '사람'을 의미하는 것이란다.

또 '숨을 내쉬며 물방울에 적신다면'이란 말의 뜻도 잘 모르겠다. 呴噓濡沫(구허유말)이 그런 뜻인가? 이게 무슨 말인가? 자료를 좀 찾아보니 구허(呴噓)는 몸속의 공기를 내뿜고 새로운 공기를 마시는 심호흡인데, 도가(道家)의 선술(仙術)의 일종이란다. 유말(濡沫)은 무슨 뜻일까? 그냥은 안 나오고 '상유이말(相濡以沫)'로 나온다. '서로 상, 젖을 유, 써 이, 거품 말' 이 말의 뜻을 전하는 고사가 나온다. 『장자(莊子)』 「대종사(大宗師)」 편에 나온다.

장자(莊子)가 길을 가다가 물이 말라버린 연못을 지나게 되었다. 메마른 연못 바닥에는 물을 잃은 물고기들이 퍼덕거리며 숨을 헐떡이고 있었다. 그 모습을 지켜보던 장자는 문득 놀라운 사실을 발견했다. 아마도 물이 빠지는 연못에 있다가 같이 곤경에 처한 것인데 물고기들이 죽어가는 와중에도 입으로 거품을 내뿜어 서로의 피부를 촉촉이 적셔주며 그때까지 살아있었다는 것이다.

즉, 죽음에 이를 수 있는 어려운 상황에서도 서로 있는 힘을 써서 남을 돕는 행동을 비유하는 말이다. 한편, 2015년 7월 1일 중국 지린(吉林)성 지안(集安)에서 발생한 버스 추락 사고로 한국 공무원들이 다치거나 목숨을 잃었을 때 중국 정부가 공문에 '상유이말(相濡以沫)'이란 문구까지 넣어가며 이례적으로 적극적 지원을 해줬던 사실이 행자부와 외교부에서 화제가 되기도 했다. 그만큼 유명한 표현인데 공부 안 한 나만 모르고 있었구나. 아무튼, 앞머리의 문장은 산수 깊은 곳에 찾아왔는데 이곳이 서로 어려움을 나누고 같이 오래 살 만한 곳이라는 뜻이리라.

한문은 머리 아프니 우리말 번역된 것으로 이 구로계시첩의 머리말을 더 읽어보자.

하루는 9인의 늙은이가 수계(修契)의 의론을 협의하여 계첩(契帖)이 이루어지니 나로 하여금 그 뜻을 권(券)의 처음에 쓰라고 하기에 내가 응하여 말하기를 '계(契)는 마음의 계이다. 마음이 합치지 못하면 계는 닦지 못하는 것이니 계를 하면 약속을 따라서 정하고 그 약속이 정해졌다면 지키기를 굳게 해야 하는 것이니, 지킴이 굳지 못하면 끝까지 잘 가는 것이 극히 적다. 그 끝을 이루고자 한다면 먼저 그 약속을 아름답게 해야 한다. 예전 향산구로(香山九老)를 족히 그 풍류로 칭송하나, 성대한 것은 남전 여씨(藍田呂氏) 규근(規根, 곧 여씨향약을 말함)의 기약만 못하다. 여러분은 장차 어찌할 것인가?

이렇게 구로회의 결성이 옛날 백낙천의 향산구로를 모범으로 삼되, 그것이 잘 이루어지는 것은 남전 여씨의 향약을 목표로 삼는 뜻을 분명하게 했다. 남전 여씨의 향약은 잘 알다시피 11세기 초 중국 북송(北宋) 때 섬서성(陝西省) 남전현(藍田縣) 여씨(呂

氏) 문중(門中)에서 도학(道學)으로 이름 높던 대충(大忠)·대방(大防)·대균(大鈞)·대림(大臨) 4형제가 문중과 향리를 위해 만든 것이다. 그 주요 내용은, ① 좋은 일을 서로 권장한다[德業相勸], ② 잘못을 서로 고쳐준다[過失相規], ③ 서로 사귐에 있어 예의를 지킨다[禮俗相交], ④ 환난을 당하면 서로 구제한다[患難相恤]로 되어 있다. 그러한 어씨향약의 아름다운 풍속을 이루어보자는 것이다.

마지막으로는 이러한 아홉 사람의 약속을 우리의 자식, 손자들에게까지 이어져 영원히 전하고 싶다는 소망을 모두가 함께하고 다짐을 한다고 밝히고 있다. 머리말을 쓴 날짜는 1977년 2월이고 쓴 분은 동곡(東谷) 신태영(申泰英)이시다. 흔히 '징국어른'으로 불리던 분이다. 그러니 이 수계가 이뤄진 것이 42년 전이 되는 것이다. 그때는 필자가 KBS라는 회사에 막 합격할 때이다. 그때 우리 고향에서 아홉 분의 노인들이 계를 맺은 것이다.

아홉 분이 누구시던가를 연세 순으로 보면,

김순연(金舜演). 강릉인. 1900년생

이면옥(李冕玉). 진성인. 1900년생

신태영(申泰英). 평산인. 1901년생

송재경(宋在京). 은진인. 1902년생

임영만(林永萬). 장흥인. 1905년생

이태연(李台淵). 진성인. 1905년생

이춘화(李春和). 진성인. 1906년생

이병숙(李炳淑). 진성인. 1906년생

김병로(金炳老). 안동인. 1910년생

　이렇게 아홉 분인데, 모두 문경군 문경읍 평천리와 갈평리에 사시는 분들이다. 평천과 갈평 사이는 걸어서 반 시간도 안 걸리니 한동네나 마찬가지이다. 문경에는 진산(鎭山)인 주흘산(主屹山)이 1106m 높이로 우뚝 서 있는데, 주흘산의 동쪽 계곡을 따라 물이 내(川)를 이루어 흘러내리는 곳에 비교적 너른 들이 형성돼 있고 그곳을 흐르는 내가 평평하게 흐르므로 평천이란 이름을 받았다. 거기서 동쪽으로 작은 고개를 넘어가면 갈평리이다. 이 갈평리에서 서쪽으로 가면 관음리로 해서 하늘재로 이어져 충주로 갈 수 있다. 예전 조선 시대 태종 이전까지는 이 하늘재를 계립령이라고 해서 관문을 두고 영남과 경기를 잇는 길목 노릇을 했는데 태종 때에 이곳에서 조령으로 옮겨 관문을 쌓고 길을 내어 그 길이 큰길이 되었다. 갈평리에서 오른쪽으로 가면 대미산(黛眉山), 황장산을 지나 동로, 거기서 북으로 가면 충북 단양으로 연결된다.

　주흘산은 고려 말 공민왕이 홍건적의 난을 피하여 머물던 곳이기도 하다. 이 동네의 자연마을로는 개그늘, 달목이, 중마을, 안담, 당벌 등이 있다. 고려 말 이곳에 피난 온 공민왕은 주흘산 어류동에 기거하면서 매일 전좌문(殿座門; 주흘산에 있는 바위 협곡)에 올라 난의 평정을 기도하였는데, 이때 시녀들이 햇볕을 가리기 위해 일산(日傘; 황제, 황태자, 왕세자 등이 행차할 때 받치던 양산)을 받쳤으며, 이 일산의 그늘이 동네를 덮었다 하여 '개그늘'이란 마을 이름이 붙여졌다. 개그늘은 개음동이라고도 불린다. 달목이는 마을 뒷산 목너머로 달이 진다고 하여 붙여진 이름으로 '달매기'라고도 하며 한자로는 월항(月項)이라고 한다. 중마을은 주위에 배나무골이 있고, 그 가운데 마을이 있다 하여 붙여진 이름으로 중마을, 중마, 중말이라고도 한다.

이 동네에 사는 아홉 분의 어른들이 계를 결성하고 친구로서 학문(學問)과 시문(詩文)을 갈고닦아 후손들에게 아름다운 유산과 풍습으로 남겨주자는 결의가 곧 이 구로계시첩인 것이다. 아홉 분 중에는 진성인, 곧 진성 이씨가 네 분인데 병(炳) 자 숙(淑) 자를 쓰시는 분이 곧 필자의 조부이시다. 진성 이문의 네 분은 파(派)는 같지 않지만 갈평과 평천에 흩어져 사셨는데 특히나 갈평은 진성 이씨의 시조인 이석(李碩)의 아들로 고려 말에 급제하여, 판전의사사(判典儀寺事)라는 관직에 오르면서 통헌대부(通憲大夫)의 품계에 이르고, 공민왕 때에 홍건적을 토벌한 공으로 안사공신에 녹훈되고 송안군에 봉해진 이자수(李子脩) 공이 만년에 터를 잡고 사시던 곳으로, 후손들이 경송정(景松亭)을 세워 그 덕을 기리고 있는 곳이어서 진성 이씨들이 많이 살았다. 이면옥과 이태연 두 분은 바로 그 송안군의 직계후손으로 보인다. 서문을 쓰신 신태영 씨는 평천리 당벌에 사셨는데 한학과 문장에 뛰어난 분으로 친구분들로부터도 존경을 받던 분이다. 신태영 씨와 한동네에 사시는데 3년이 밑이신 임 영(永) 자 만(萬) 자는 필자의 외조부이시다. 우리 외가는 원래는 점촌 옆 영순에 대대로 사시다가 1885년생으로 외증조부이신 임열호(林烈鎬) 공이 1930년에 이곳으로 이사를 오셔서 여기에서 다시 터를 잡으심에 따라 1905년생이신 외조부께서도 20대부터 이 산골에서 집안을 다시 일으키기 위해 엄청 일을 많이 하셨고 그런 가운데서도 시문(詩文)을 쉬지 않고 연마하신 분이다. 예전처럼 주야로 공부만 하실 수 있었으면 큰 성취가 있었을 터인데 집안일 하시느라 공부를 원하시는 만큼 하시지 못했고, 또 나라가 없는 때라서 시골에서 한학만을 해서는 세상에 나아갈 방도가 없어 가슴 속의 웅지를 펴지 못하셨다. 당신은 그게 늘 한이 되셔서 필자가 중학생 때 외가를 방문한 어느 여름날 저녁 외손자와 둘이서 드신 저녁상을 물리시고 잠시 마루에 앉아 바람을 쐬시면서 필자에게 자신의 평생의 한을 밝히시며 젊을 때 쉬지 말고 공부해서 크게 되라고 간곡하게 말씀을 하신 것이 늘 기억 속에 있었고 그 말씀이 나에게는 큰 채찍질이 되어주었다. 중학생 때이니만큼 아마도 1968년쯤이 아닐까 하는데, 그때면 외조부는 60대 중반이셨다. 지금 필자의 나이와 거의 비슷한 때셨다. 그 말씀이 지금 다시 생각이 난다.

위 사진은 조부와 함께(1956년), 오른쪽
사진은 외조부, 모친과 함께(1976년)

아무튼, 그런 분들의 시를 아홉 편을 차례로 실어놓았다. 필자는 평소 외할아버지는 시를 쓰시는 줄 안 것이, 그 아들 되시는 큰외삼촌도 늘 한시를 쓰시고 대회에도 나가고 하시니 그런가 보다 했지만, 조부의 한시는 처음이다. 물론 필자가 학교에 들어간 일고여덟 살 때쯤 할아버지한테서 천자문을 배우다가 하필 배울 학(學) 자까지 배우고 그다음에 더 진도가 못 나간 기억이 나는데 (물론 그 뒤에 다 잊어버렸다), 그렇게 한문을 조금 배우면서도 할아버지가 한시를 쓰신 줄 몰랐다. 참으로 할아버지에 대한 재발견이다. 할아버지가 쓰신 한시는 이렇다. 번역문도 함께 실려있다;

滿七二加知己翁　일흔둘의 잘 아는 늙은이 성기고 미처
疎狂多愧亦叢中　많은 부끄러움 또 한줄기 가운데로다
交情渾是泉流澹　사귀는 정 이에 섞어 냇물은 깨끗하고
奇氣高如嶽勢雄　기이한 기운 높아 위엄있는 형세 웅장도 한데

隨柳前川春色暗　앞 내에 버들 따라온 봄빛은 깊고
訪花古洞夕陽紅　꽃 찾은 옛 마을엔 석양도 붉구나
更寧諸胤追先契　다시 묻노니 벗이여 선계를 따라
世好新新屹美東　대대로 좋아하고 새롭게 대미산 주흘의 동이로다

라고 했다. 이 번역에 대해 필자가 다시 의역을 해보면,

만 72살에 친구를 더한 노인네가

일상에 치어 후회스러운 생활에 바쁜 기운데

벗들과 함께 나누는 정은 냇물처럼 맑고

우정의 기세가 웅장한 산과 같네

앞 내에 버들가지 봄기운 짙어가는데

꽃 찾아온 이 골짜기 석양빛이 붉구나

우리 친구들 선조를 따라 다시 계를 맺으니

세세손손 주흘 동쪽에서 서로 돕고 살자꾸나.

이런 뜻으로 풀이할 수 있겠다. 옛 분들의 해석은 글자나 문맥에 기울 수밖에 없다면 이를 의역해야 이해가 좀 더 쉽게 될 것 같다.

사실 조부와 외조부는 한 살 차이로 친구 사이셨다. 그런 친구 사이에 혼인이 된 것이다. 그것도 1950년, 아버지가 만으로 17살, 어머니는 18살 때 결혼을 하셨으니 두 친구분이 일찍 짝을 맺어 주신 것이다. 외조부가 쓰신 한시는 다음과 같다;

同心修契九斯翁　아홉 늙은이 같은 마음 계를 닦았으니

香社遺風此景中　향사의 유풍이 이 가운데 다시 나네

吟句休論爭甲乙　논쟁 쉬고 시구 읊어 갑을을 다투고

戲棋相忘較英雄　바둑 두며 그저 영웅을 비교하네

尋芳幽谷蘭莖紫　향기로운 계곡엔 난초 줄기 진하고

出來春田杏臉紅　봄 찾아 나온 들엔 살구꽃 붉네

시루봉

> 東聳鍾山跨洞口　솟아오른 종산(시루봉) 입구에 걸터앉아
> 聽吾講嶺西東世　우리 소리 들으며 평천골을 둘러 막아주네

　외조부 시에 대한 원 번역을 의역해 본 것이다. 시 중에 나오는 종산(鍾山)은 종처럼 생긴 산이니 갈평과 평천 사이에 자리 잡은 시루봉을 의미할 것이다. 서동(西東)이란 말은 평천이 서쪽에서 동쪽으로 흐르는 것을 상징한다. 다른 분들의 시도 함께 이 동네에 모여 살며 계를 맺는 것을 기리는 내용이다.

　이렇듯 아홉 분이 한 가지 주제로 시를 써 모은 것이『구로계시 첩』이다. 권말에 보면 다시 실록(實錄)이 실려있는데 이 수계를 위하여 각자 3천 원씩을 내어 비용에 충당했고, 각자 자신의 이름, 어릴 때 이름, 아호, 생년월일을 적고 그 밑에는 자제의 이름을 쓰고 그다음에 시를 각 한 편씩 써서 모았다고 한다. 그리고 해마다 두 번씩은 모이자고 했는데 그것이 얼마나 지속했는지는 알수가 없으나 이렇게 함으로써 자손들에게 당신들이 어떻게 어떤일을 어떤 마음으로 했는지를 전해줄 수 있었다는 것이다.

이 시첩을 사재를 털어 펴낸 사람은 외사촌 형인 임병기이다. 외조부 임영만의 맏손자로서 일찍이 대구에서 건축업을 시작해 약간의 재산이 형성되자 증조부이신 열호 공의 시를 모아 할아버지의 호를 딴『일산문집(一山文集)』을 펴냈고, 그 시비(詩碑)를 동네 어귀에 세웠고, 이 동네가 선비마을임을 알리는 돌 표지판도 만들어 세웠는데 이 작은 책자를 만든 것은 전혀 모르고 있었다. 그러다가 이번에 큰아버지 서재에서 이것을 받아서 펼쳐보니 거기에 우리 고향의 할아버지들이 어떤 분이 어떤 생각을 하고 어떻게 사셨는지가 편린으로나마 드러나게 된다. 그것은 이미 돌아가신 지 한참이 되는 조부와 외조부를 다시 만나는 것이나 진배없는, 좋은 경험이 되었다. 그러므로 참으로 기록의 중요함, 그것을 책으로 만들어놓는 것의 중요함, 그리고 그 책을 후손들에게 물려주어 다시 보게 하는 것이 얼마나 중요한가를 다시 실감하게 된다.

참으로 글을 쓰고 책을 만들고 이를 세상에 내보내는 것은 역사를 기록하고 그것을 당대에서부터 후세까지 전하는 일이다. 후손들은 그 책 속에서 선조를 다시 보고 선조의 정신을 배운다. 그러기에 우리가 공부하고 글을 읽고 글을 쓰는 것이다. 모든 사람은 다 세상을 떠날 것이고 남는 것은 글밖에는 없기 때문이다.

제2부
책바다의 항구들

기록의 나라

"조선은 기록의 나라이다."

이런 말을 하면 우리는 자문한다. 아니, 우리 역사책이 남아있는 것이 별로 없는데 무슨 기록의 나라 운운합니까?

그런데 조금이라도 우리나라가 남긴 지식문화를 파고 들어가다 보면 곧 만나는 것이 조선 시대가 남긴 거대한 기록의 산맥이다. 인류의 정신유산과 문화유산을 다루는 유엔의 독립기구 유네스코는 1992년 '세계의 기억(Memory of the World: MOW)' 사업을 설립하여 세계 각국 기록유산의 보존과 접근성을 향상하기 위해 전 세계의 중요한 기록물을 지정하고 이에 대한 보존과 접근을 촉구하고 있음은 우리가 알고 있다. 그것이 '세계기록유산'이다. 2017년 11월 현재 세계기록유산은 전 세계적으로 128개국 및 8개 기구에서 427건이 지정되어 있다. 우리나라는 16건이 지정되어 있는데 아시아에서는 서적의 나라인 중국이나 일본을 제치고 단연 가장 많은 세계기록유산을 갖고 있다.

우리나라의 세계기록유산 면면을 보면 훈민정음(1997년), 조선왕조실록(1997년), 직지심체요절(2001년), 승정원일기(2001년), 해인사 대장경판 및 제경판((高麗大藏經板-諸經板, 2007년), 조선왕조의궤(2007년), 동의보감(2009년), 일성록(2011년), 5.18 민주화운동 기록물(2011년), 난중일기(2013년), 새마을운동 기록물(2013년), 한국의 유교책판(2015), KBS 특별생방송 '이산가족을 찾습니다' 기록물(2015), 조선왕실 어보와 어책(2017), 국채보상운동 기록물(2017), 조선통신사 기록물(2017) 등이다. 이 가운데 KBS의 '이산가족을 찾습니다' 기록물과 국채보상운동 기록물, 5.18 민주화운동 기록물, 새마을운동 기록물 등 현대의 것을 제외하면 거의 다가 조선 시대에 만들어진 기록들이다. 우리는 학생 시절에 아마도 이런 기록물들의 이름은 배웠겠지만, 각각의 기록물들이 어떻게 만들어졌는지, 그것이 얼마나 중요하고 대단한 일이었는지에 대해서는 사실 잘 모를 것이다.

그러한 기록이 전해지는 데는 눈물겨운 이야기도 많다. 『조선왕조실록(朝鮮王朝實錄)』888책은 태조 때부터 철종 때까지 472년간의 국정 전반의 기록을 사관들이 '실록청'에서 금속활자로 남긴 것인데(고종·순종실록은 일제강점기에 편찬돼 왜곡이 심하다고 한다), 임진왜란 등 국란을 겪으며 '실록'이 오늘날까지 보관돼 온 과정은 가히 드라마틱하다. 그러나 그런 몇몇 사례를 빼고 보면 우리 조상들이 심혈을 기울여 만든 책들이 너무 많은 시련과 수난을 겪었고, 그 때문에 유실되거나 없어진 것들도 수없이 많다. 그 이유로 많은 전란과 외침을 들지만, 관청이 아니라 민간에서 그런 전적류들을 지키는 데는 아쉬움이 없지도 않다.

세계의 기록유산에 포함된 『동의보감(東醫寶鑑)』을 보자. 『동의보감』은 조선왕조 광해군 때인 1613년 편찬된 의학지식과 치료법에 관한 백과사전적 의서이다. 왕명에 따라 의학 전문가들과 문인들의 협력 아래 허준(許浚, 1546-1615)이 편찬하였는데, 동아시아에서 2,000년 동안 축적해 온 의학 이론을 집대성하여 의학 지식과 임상 경험을 하나의 전집으로 통합하는 데 성공하였고, 의료 제도와 관련해서는 19세기까지 사실상 전례가 없는 개념이었던 '예방 의학'과 '국가에 의한 공공 의료'라는 이상을 만들어 낸 위대한 유산이다. 그런데 이러한 성과가 가능했던 것은 이미 세종~성종 시대에 편찬된 『의방유취(醫方類聚)』라는 또 하나의 거대한 저작물이 있었기 때문이다. 『의방유취』는 조선 의학을 대표하는 3대 의서 가운데 하나이면서 현존하는 최대의 한의방서인데, 무엇보다 당대 최고의 지식인들이 총동원되어 만들었다는 점을 놓쳐서는 안 된다.

세종 27년(1445) 10월 27일, 세종실록에는 이렇게 기재되어 있다.

집현전(集賢殿) 부교리(副校理) 김예몽(金禮蒙)·저작랑(著作郎) 유성원(柳誠源)·사직(司直) 민보화(閔普和) 등에게 명하여 여러 방서(方書)를 수집해서 분문류취(分門類聚)하여 합(合)해 한 책을 만들게 하고, 뒤에 또 집현전 직제학(直提學) 김문(金汶)·신석조(辛碩祖), 부교리(副校理) 이예(李芮), 승문원(承文院) 교리(校理) 김수온(金守溫)에게 명하여 의관(醫官) 전순의(全循義)·최윤(崔閏)·김유지(金有智) 등을 모아서 편집하게 하고, 안평 대군(安平大君) 이용(李瑢)과 도승지(都承旨) 이사철(李思哲)·우부승지(右副承旨) 이사순(李師純)·첨지중추원사(僉

知中樞院事) 노중례(盧仲禮)로 히여금 감수(監修)하게 차여 3년을 거처 완성하였으니, 무릇 3백 65권이었다. 이름을 『의방유취(醫方類聚)』라고 하사하였다.

명단에서 보듯 당대 집현전 최고의 젊은 석학들에다가 내로라 하는 문신들에다 비서실장과 안평대군까지 동원되어 교정을 보아 3년 만에 365권을 완성한다. 세조 때에는 일반에서 의학 처방을 좀 더 간편하게 하자는 차원에서 좀 더 간략하게 정리한다. 그 과정이 『국조보감』이란 기록에 나온다.

"지금 의원의 처방에 관한 서적이 너무 많아 정밀하게 익힐 수가 없기 때문에 증상을 보고 약을 쓸 때 그 요지를 알지 못하니, 많이 보되 정밀하지 못한 것보다는 분야별로 전공하는 것이 나을 것이다. 또, 의서(醫書)는 고사(古事)에 해박하며 치밀하고 민첩한 자가 아니고는 통달하기가 쉽지 않으니, 문관을 아울러 선발하여 겸해서 익히게 해야 할 것이다."
라고 세조가 말하자 예조에서 조목을 갖추어 올리면서 아뢰기를,
"세종조에 편찬한 『의방유취(醫方類聚)』에 여러 처방이 갖추 실려있습니다만, 권질(卷帙)이 방대하여 갑자기 간행하기는 어렵습니다. 그러니 우선 처방에 관한 서적을 간추려서 분야별로 강습하게 하소서."
하니, 상이 따랐다.[14]

이렇게 세조 때 여러 차례의 교정을 거쳐 성종 8년(1477)에 266

14 『국조보감』제11권. 세조 3년(무인, 1458)

권 264책으로 간행되었다. 총 91문(門)으로 이루어져 있다. 인용 문헌에 있어서는 중국 당나라 때부터 명나라 초기까지의 중국 의서 150여 종 및 『어의촬요』, 『비예백요방』, 『간기방』같은 고려의 향약 경험 의서가 실려있다. 따라서 당대 최고 수준의 의학을 집대성하였기에, 고려~조선 초까지 한국 고유의학 성과가 모조리 담겨있는 것이다. 허준(許浚)이 『동의보감』을 편찬할 때 주요 참고 문헌으로 활용된 것은 당연하다.

초간 당시에 방대한 분량으로 인하여 30여 질을 인쇄하여 왕실 전용인 내의원(內醫院)과 전의감(典醫監)·혜민서(惠民署)·활인서(活人署) 등 관계 관서에 나누어 배치되었다. 그러다 임진왜란이 일어나 초간분 대부분이 소실되었고 일본 장수 가토 기요마사(加藤淸正)가 책을 수집해 일본으로 가져가는 과정에서 함께 일본으로 넘어갔다(1598년). 결국, 현존하는 『의방유취』 초간본은 가토 기요마사가 가져간 단 1질만이 남아있을 뿐이다. 안상우(한국한의학연구원 동의보감사업단) 씨의 조사에 따르면 일본에 건너간 조선의 『의방유취』는 센다이(仙臺)의 구토(工藤) 가(家)에 오랫동안 보관되었다가, 일본 고증의학파의 수장인 다키 모토후미(多紀元簡)의 에도의학관(江戶醫學館)을 거쳐 현재 일본 황실의 도서관인 궁내청 서릉부(宮內廳書陵部)에 비장(秘藏)되어 있다고 한다.[15]

이처럼 우리 측은 이 귀중한 서적을 망실한 데 비해 일본은 임

---

15 『의방유취』가 일본에서 전해하게 된 과정에 대해서는 미끼 사카에(三木栄)가 쓰고 펴낸 『朝鮮醫書誌』(1956)에 비교적 상세하게 전하고 있다.

신왜란 때 약탈로 가져간 뒤에 궁내청에 보관되어 있는 것을 앞의 에도의학관의 의사인 기타무라 나오히로(喜多村直寬)가 10년에 걸쳐 이 서적을 일일이 필사해 이를 목활자로 다시 찍었다. 이 책이 약탈당할 때 12책이 결본 되었는데, 중간할 때 의관인 다쿠에(濯江抽齊)가 원간본의 형식에 따라 12책을 보충하여 원간본의 권수와 합치되는 266권의 완본으로 중인(重印)하였다. 이때 목활자는 청나라에서 김간(金簡)이란 조선인 후예가 대추나무로 만든 목활자 취진자(聚珍字)로 찍은 뒤에 확립된 목활자기법인 취진판이었다.[16] 이때 만든 중간본은 공교롭게도 고종 13년(1876) 일본이 조선의 개항을 촉구하기 위해 강요해서 맺은 강화도 조약 때 조약을 성사시키는 수호예물로 2질을 조선 정부에 제공함으로써 우리 땅에 건너왔다. 이 두 질 중 1질은 태의원(太醫院)에 보관되었다가 현재 장서각도서에 이장되었는데 한국전쟁의 와중에서 이리저리 흩어지다가 많이 낙질이 되었으며, 나머지 한 질은 고종이 그 당시의 전의인 홍철보(洪哲普)에게 하사하였던 것인데, 그 뒤 다시 홍택주(洪宅柱)가 소장하고 있다가 현재 연세대학교 도서관에 소장되어 있다고 한다.

이 도서의 귀중함을 안 우리나라에서는 일제강점기에도 여러 차례 복간을 시도했으나 뜻을 이루지 못했고 1965년이 되어서야 동양의과대학에서 필사 영인하여 전 11책으로 출판하였는데, 이 책을 본 대만에서도 1981년에 영인하여 다시 간행하였다. 또한, 1982년 절강성 의사문헌연구소의 주도로 중국식 간체자에 표점

16 김간의 취진자에 대해서는 별도 항목에서 소개한다.

을 붙인 교점본을 북경의 〈인민위생출판사〉에서 발행하였다. 한편 국내에서는 1990년대 이후 〈여강출판사〉에서 북한의 의학과학원 동의학연구소에서 번역하고 북한의 의학출판사에서 발행한 국역본『의방유취』을 영인하여 보급하고 북한의 동의과학원에서 교정을 맡은 원문『의방유취』(합 20권)를 발행하였다. 한국한의학연구원에서는 일본으로부터『의방유취』를 마이크로필름으로 촬영하여 도입한 이후 지속적인 연구를 진행해 왔으며, 전문을 데이터베이스로 구축하여 제공하고 있다.[17]

우리가 조상들이 펴낸 서적 하나를 제대로 지키지 못해 이처럼 일본으로 건너간 것에서 나중에 일본인들이 복간한 것을 선물로 받아야 했고, 그 내용도 아직 우리가 완전히 해독을 못 하고 있다.『의방유취』라는 의서 속에 우리 근현대사에서의 서적의 모든 문제가 복합적으로 들어가 있다. 이 책만이 아니라 김시습의『금오신화』도 일본에서 겨우 원본을 구함으로써 김시습의 노작(勞作)이 현대에 전해지게 되었다. 우리 책을 지키는 것이 이처럼 중요하며, 헌책이라고 버리지 말고 잘 지켜야 하는 이유가 여기에 있다.

조선 시대는 분명 기록의 나라임에는 틀림이 없을 것 같다. 최영록 한국고전번역원 대외협력실장에 따르면 세계기록유산 국제자문위원들이 깜짝 놀라며 금방이라도 등재 승인을 할 것들로『훈련도감등록』『비변사등록』등 역사 문헌이 얼마든지 기다리고 있다고 한다. 조선 전기에는 왕권이 안정되면서 각 지역의 역사

---

17 안상우.「고전에서 느껴보는 醫藥文化」,〈민족의약신문〉2017. 8. 19.

와 신물, 풍속 등의 정보를 체계적으로 기록한 지리지 편찬이 국가적으로 활발히 진행되었다. 세종 때인 1432년(세종 14)에 맹사성(孟思誠), 윤회(尹淮), 신장(申檣) 등이 『신찬팔도지리지(新撰八道地理志)』를 편찬하였고, 세조 때인 1453년 양성지(梁誠之) 등이 이것의 수정과 보완에 착수하여 성종 때인 1477년(성종 8)에 『팔도지리지(八道地理誌)』를 완성하였다. 성종은 1479년(성종 10)에 『팔도지리지』를 토대로 『동문선(東文選)』 등에 수록된 문사(文士)들의 시문(詩文)을 첨가하여 각 도의 지리와 풍속 등을 정리하도록 명했고, 1481년에 50권으로 된 『동국여지승람』이 완성되었다.

지금으로 치면 청와대 비서실 격의 '승정원'에서 담당한 왕명의 출납 기록인 『승정원일기(承政院日記)』는 또 어떠한가? 조선 전기의 기록은 소실되고 인조 대부터 순종 대까지 필사본으로 남겨진 것만도 3천 243책에 글자 수가 2억 4천여만 자로서 단일 문건으로는 세계 최대의 분량이란다. 번역을 위해 국사편찬위원회가 덤벼들어 1960년부터 17년에 걸쳐 초서(草書)를 해서(楷書)로 겨우 바꿔 놓았다. 이를 한국고전번역원에서 1994년부터 22년째 번역하고 있지만, 현재까지의 번역률은 20%, 완역까지는 50년이 더 걸릴 거란 이야기다.

또한 『일성록(日省錄)』이라는 역사 문헌도 있다. 9살의 왕세손 정조가 처음 쓰기 시작했다는 '임금의 일기' 일성록은 경술국치, 그날까지 기록돼 2328책 4800만 자로 전하고 있다. 어디 이뿐인가. 카메라가 없던 조선, 모든 국가행사나 의식들을 그림으로 남겼다. 『종묘의례』『가례도감의례』『사직서의례』『화성성역의궤』

등, 이른바 조선왕조『의궤(儀軌)』830여 종이 번역의 손길을 기다리고 있다.

이런 방대한 기록이 남아있는 것은 다행이지만 없어진 기록도 이루 말할 수 없다. 조선 시대 후기에 이규경은『오주연문장전산고(五洲衍文長箋散稿)』라는 백과사전에서 우리나라의 책이 많이 수난당한 사례를 이렇게 분석했다;

"책이란 고금의 큰 보배이므로 때로는 조물주의 시기를 받기 때문에 항상 재난이 있는가 보다. 우리나라에도 책의 수난이 있었는데, 대강만 헤아려도 열 가지는 된다.

당나라 이적(李勣)이 고구려를 침략하고는 국내의 전적(典籍)을 평양에 모아놓은 다음 고구려의 문물이 중국에 뒤지지 않는 것을 시기하여 모두 불태운 것이 그 하나이다. 신라 말기에 견훤이 완산주(完山州)에 할거하여 삼국시대의 전해 내려오던 책을 모조리 옮겨다 두었는데, 그가 패망하자 모조리 불태운 것이 그 둘째이다. 고려 시대에 여러 번 전쟁을 겪으면서 그때마다 없어진 것이 그 셋째이다. 조선 명종(明宗) 계축년에 일어난 경복궁의 화재로 사정전(思政殿) 이남이 모조리 탔는데, 그때 역대의 고전(古典)도 함께 탄 것이 그 넷째이다. 선조 임진년에 왜적이 침입할 때 난민(亂民)과 왜적이 방화하여 불태운 것이 그 다섯째이다. 인조 병자년에 청나라 군사가 침입할 때 난민들이 방화하여 대부분 불탄 것이 그 여섯째이다. 임진왜란과 병자호란 때 중국의 장수와 왜적이 경향 각지의 민가에 있던 전적을 모조리 찾아내어 싣고 간 것이 그 일곱째이다. 인조 갑자년에 역적 이괄(李适)이 관서(關西) 지방의 장수로서 군사를 일으켜 궁궐을 침범하여 그나마 약간 남아있던 것마저 불태워 없어진 것이 그 여덟째이다. 우리나라 풍속이 책을 귀중하게 여길 줄을 몰라 책을 뜯어 다시 종이를 만들거나 벽을 발라 차츰 없어진 것이 그 아홉째이다. 장서가(藏書家)들이 돈을 주고 사들여 깊숙이 감추어 놓고 자기도 읽지 않으며, 남에게 빌려주지도 않아 한번 넣어두면 내놓지 않은 채 오랜 세월이 흘러 좀이 슬고 쥐가 갉아먹으며, 종들이 몰래 팔아먹거나 하여 완질(完帙)이 없는 것이 그 열째이다.

내가 일찍이 탄식을 금치 못하면서 책의 수난 가운데서도 장서(藏書)가 가장 피해가 크다고 한 것은 이 때문이다."[18]

아무튼, 없어진 것은 없어진 것이지만 앞에서 본대로 엄청난 기록유산을 보유하고 있는 것도 사실인데 문제는 우리들의 민족 문화유산인 이 자료들이 우리에게 더 쉽게 더 많이 활용되어야 한다는 것이다. 이렇게 선조들이 물려준 역사 문헌들이 모두 한문으로 기록되어 있기에 번역된 일부분을 제외하고는 우리 후손들이 그 내용을 거의 알 수 없다는 것이 더 큰 문제이다. 『조선왕조실록』은 26년에 걸쳐 1993년 완역하여 413책으로 출간되었는데, 한문 투의 번역어가 수두룩하고 난해해 2012년부터 재번역을 하고 있다. 그리고 1998년부터 번역을 시작한 『일성록』 정조대(代)는 2015년에야 175권으로 완역·완간하여 기념학술대회를 개최하였으나 전체 완역까지는 30여 년이 더 걸린다고 한다.

현재 한국고전번역원은 신라말 고운 최치원을 비롯해 구한

---

18 『오주연문장전산고』「경사편 4」'경사잡류 2' 전적잡설(典籍雜說), 「우리나라 서적의 수난(受難)에 대한 변증설」(고전간행회본 권5)

말 매천 황현까지 선비들이 남긴 문집들을 26년 동안 조사하여 1269종을 영인본 500책으로 펴냈다. 소위 『한국문집총간』이 그것이다. 『삼봉집』『율곡집』『퇴계집』『목민심서』『징비록』『동문선』『성호전집』『연려실기술』등 일부 번역본이 발간된 것은 차치하고, 500여 책의 문집 가운데 번역 안 된 것이 대부분이다. 이들 끝도 없을 선조들의 귀중한 문집이 완역·완간될 날은 과연 언제가 될 것인가? 한국고전번역원의 현재 체제와 현재의 지원방식으로는 우리는 그런 날이 오는 것을 우리 당대는 물론 우리 아들 대에 가서도 보기 어려울지도 모른다. 자기 나라 역사를 기록한 글자를 읽지 못하는 것이니 그것이야말로 '문맹'이 아닐 수 없다. 옛 책을 지키기도 어렵지만, 그것을 우리가 볼 수 있도록 바꾸어 주는 일도 보존만큼이나 중요한 일이다.

선조의 책사랑

우리가 우리 역사에서 가장 아쉬워하는 부분은 많은 전란과 병화로 인해 우리가 키워온 전적들이 대부분 불에 타, 지금 전해오는 것이 너무나 적다는 것이다. 그러다 보니 옛 조선(고조선) 시대부터 삼국시대를 거쳐 사람들이 보고 지은 상당한 책들이 전해져 오지를 않고 있고, 또 우리가 잘 아는 대로 일제가 『삼국사기』나 『삼국유사』 등 일부 정사만을 제하고는 다른 역사책을 모조리 불태움으로써 삼국시대 이전의 우리 역사가 매우 줄어든 것이 가장 애석한 대목이다. 역사서만이 아니라 다른 많은 전적류도 병화속에 사라짐으로써 선조들의 정신세계는 후손들에게 제대로 전해지지 못했다.

우리 민족은 원래부터 책을 좋아한 민족이었다. 그것을 알게해주는 하나의 사례가 조선조 중기의 임금 선조(宣祖)가 중국으로부터 구매한 책의 목록이다. 통문관이란 점포로 옛 책 수집을 가장 많이 한 이겸노 씨가 그의 저서 『통문관 책방비화』(1987. 광

우당)에서 들려주는 이야기이다.[19]

　우리에게 있어서 조선왕조 중기의 임금인 선조는 어떤 이미지일까? 13대 임금 명종이 후사가 없이 죽자 중종(中宗)의 서자였던 덕흥군(德興君)의 셋째 아들이었던 하성군(河城君)이 15살에 왕으로 즉위하게 되는데, 선조는 재위 기간 정여립 사건과 임진왜란을 겪었고 동인과 서인으로 나뉘는 이른바 당파싸움이 시작돼 그것이 조선조 멸망 때까지 이어지는 정쟁의 단초를 마련했다는 등의 이유로 고종과 함께 가장 무능한 군주로 평가받고 있는 게 아닌가? 그러나 선조는 어릴 때부터 총명해서 명종의 사랑을 받은 것으로 나온다. 후사가 없던 명종은 여러 왕손 가운데서 자신의 후계자를 찾을 수밖에 없었는데, 하루는 왕손들을 교육하다가 "너희들의 머리가 큰가 작은가 알아보려고 하니 익선관을 써보아라." 하였다. 다른 왕손들과 달리 하성군은 제일 어린 나이였는데 두 손으로 익선관을 받들고는 쓰지 않고 어전에 도로 갖다 놓으면서 "이것이 어찌 보통 사람이 쓸 수 있는 것이겠습니까?"라고 말했다. 어린 선조의 말을 들은 명종은 기특하게 생각하며 마음속으로 왕위를 전해줄 뜻을 정했다고 한다. 그리해서 명종은 한윤명·정지연을 사부로 삼게 하고 학업에 매진하도록 배려했다는 것이다.

　선조가 즉위한 이후 조정에는 새로운 바람이 불었다. 조광조(趙光祖)를 비롯한 신진사류들이 숙청된 이른바 기묘사화(己卯士禍) 이후 물러나 있었던 인물들이 정계에 속속 복직하기 시작

19　통문관 이겸노 씨에 대해서는 별도 항목으로 설명이 있다.

한 것이다. 명종이 불러도 좀처럼 움직이지 않던 퇴계 이황(退溪 李滉)이 선조가 즉위한 다음 달인 7월에 예조판서 겸 지경연사로 임명되었고 조광조의 제자인 백인걸(白仁傑)이 직제학이 되었다. 반면에 명종과 문정왕후의 비호 아래 정권을 농락하던 윤원형 등 권신들은 몰락의 길을 걸었다. 선조의 등극으로 신진사류인 사림 세력이 대거 정권의 전면에 나선 것이다. 그러나 무려 200년 동안이나 지속한 조선왕조의 평화는 국방체계를 무너뜨렸고, 국력에 기울여야 할 에너지는 동서분당 등 정권 다툼에 쏟아졌다. 공교롭게도 조선 건국 200년이 된 1592년에 조선은 결국 일본으로부터 침략을 받아 국토와 국민이 초주검이 되었고 그 뒤에는 우리가 아는 대로 왕국의 힘은 기울어가기만 했다. 영조와 정조 때 중흥의 기간이 있었지만, 세계정세에 눈을 감고 폐쇄적인 나라 운영으로 나라가 통째로 넘어갔다.

그러기에 선조라는 임금은 신진사류를 등용해 국정의 새바람을 일으키려고 애를 썼지만, 결과적으로는 가장 무능한 임금으로 평가받는 비극의 주인공이 되었다. 그러나 선조가 나름대로는 얼마나 공부를 많이 했는가, 나름대로 올바른 판단을 하려고 애를 썼는가는, 그가 중국으로부터 구하려고 했던 도서의 목록을 통해서 알게 된다.

선조는 중국에 사신으로 가는 해창군 윤방(尹昉, 1563-1640)에게 서신을 보냈다. 서신을 보낸 날짜가 나오지는 않지만, 선조 37년인 1604년에 윤방이 동지사(冬至使)에 임명되어 명(明)나라 북경(北京)에 다녀왔다는 기록이 있으므로 그때에 보낸 것으로 보인다. 윤방은 윤두수의 아들로, 그때 아버지의 3년상을 막 끝낸 시점이었다. 서찰의 전문은 이렇다.

명(命)을 받들어 중국에 가는 것은 문사로서는 있을 수 있는 일이니 다만 먼 길에 무사히 왕래하기를 바랄 뿐이며 주찬(酒饌. 술과 음식)을 보내어 위로한다. 나는 서책이나 서화밖에 좋아하는 것이 없다. 좌에 기록하니 부탁한다.

1. 분당지(粉唐紙)에 인쇄한, 소주(小註)가 없는 사서(四書), 오경(五經) 관판본(官版本)을 여러 차례 구해오라고 하였으나 판과 지질과 인쇄가 좋지 않아 볼 수가 없으니 좋은 것을 구하고자 한다.

2. 임요수(林堯叟)가 주(注)하고 분당지에 인쇄한 큰 글자로 된 좌전(左傳)과 한창려집(韓昌黎集)을 구하라. 중국에 우순회가 집주(輯注)한 한창려집이 있다는 말을 해평부원군(윤방의 아버지인 윤두서)에게서 들은 바가 있으나 구할 수가 없다. 만일 우순회 것을 못 구하거든 분당지로 좋은 책을 구하기 바란다.

3. 류류주집(柳柳州集), 이태백집, 영규율수, 방정학재집(方正學齋集)과 노자(老子) 장자(莊子)를 사주기 바란다. 노자와 장자는 중국 사람들 각자의 의견에 따라 주석을 달리한 책이 많은데 그 책들을 모두 구하여 참고하고자 한다. 이 외에 패설잡지라도 볼만한 책이 있으면 빠뜨리지 말고 널리 구해오라.

4. 동서당(東書堂) 집고첩(集古帖)은 될 수 있으면 명판본(明板本)을 구하고자 하지만 얻을 수 없으면 보현당 집고첩도 괜찮다.

5. 난(蘭)과 대(竹), 매화 족자는 썩 잘된 것을 구하고 싶지만 얻을 수 없으면 다른 족자도 무방하다.

6. 황명시(皇明詩)를 특히 부탁한다. 명(明)은 2백 년 동안에 한(漢)나

라보다도 뛰어나고 당(唐)을 누를 만한 시(詩) 잘하는 인사들이 빈빈(彬彬)히 배출되었는데 반드시 당시품휘(唐詩品彙) 같이 집대성한 전집(全集)이 있을 것이니 얻어보고 싶다. 명시(明詩)는 근체(近體) 중에서 약간 수를 초선(抄選)한 국아(國雅) 등은 이미 본 바가 있다.

이렇게 편지를 보내고 나중에 다시 편지를 보낸다.

먼길을 잘 다녀와서 형언할 수 없이 기쁘다. 중국에서 무슨 좋은 재미나 얘기를 들었는가? 지금도 진백사(陳白沙)나 왕양명(王陽明) 같은 학문을 좋아하는 사람이 있던가? 문장은 누구를 숭상하며 다녀온 소견과 소감은 어떤가? 자세히 듣고 싶구나.

그리고 책을 많이 구해 보내주니 고맙기 짝이 없다. 난(蘭)과 대(竹) 항상 얻어보고 싶었는데 지금 다행히 얻어보게 되니 수후(隋侯)와 화씨(和氏)의 구슬을 부러워할 것이 없네. 거듭거듭 고마우네. 또한 무경(武經) 같은 책은 병가(兵家)의 요결(要訣)로 더욱 얻기가 어려운데 모든 것이 지성이면 감천으로 그대의 성의에 대한 보응(報應)이 아닌 것이 없네.

이러한 두 통의 편지가 개인에게 남아있는 것은 공식 접견이나 회의 위주로 기록되는 왕조실록 등 정사(正史)에서 빠지는 왕들의 뒷모습을 전해준다는 데서 흥미롭다. 다만 이 왕의 편지를 통해 조선 중기이나 왕실, 또는 편지를 쓴 선조의 상황을 냉정하게 본다면, 첫째 당시까지도 중국에서 책을 많이 구했다는 것이다. 그 책들 가운데는 중국 사람들이 쓴 시문집을 우선적으로 구하고 있었고 그 외에 노자 장자 등의 사상서, 또는 나중에 궁금해하던 왕양명 진백사 등의 학자들까지도 왕의 관심 영역에 들어가 있었다.

둘째, 선조가 공부를 많이 했다는 것이다. 선조가 구한 책은 단순한 입문서가 아니라 전문적인 평가서이니만큼 그것은 평소 선조가 그 정도로 독서를 많이 하고 경연 등을 통해 공부를 게을리하지 않았음을 말해주는 것이다.

셋째로, 조선조 초기에 금속활자의 개량이 이뤄져 많은 책을 간행했음에도 불구하고 조선에서는 여전히 책이 귀했다는 점이다. 관련해서 조선조 개국 초기에 국가체제의 틀을 만든 삼봉 정도전도 민간에서 책을 구하기 어려운 점을 해소하기 위해 서적포(책방)를 설치해야 한다는 것을 칠언고시 형태로 썼는데(置書籍鋪詩), 그 시의 머리말에 이렇게 말했다;

"대체로 선비 된 자가 비록 학문의 길로 향할 마음은 있을지라도 진실로 서적을 얻지 못하면 또한 어찌하겠는가? 그런데 우리 동방은 서적이 드물고 또 많지 않아서 배우는 자가 모두 글을 널리 읽지 못하는 것을 한으로 삼으니, 나 역시 이 점을 유감으로 여긴 지 오래였다. 그래서 절실한 소원이 서적포(書籍鋪)를 설치하고 동활자를 만들어서, 무릇 경·사·자·서(經史子書)·제가(諸家)·시·문과 의방(醫方)·병(兵)·율(律)의 서적에 이르기까지 모조리 인출해서 학문에 뜻을 둔 자로 하여금 다 글을 널리 읽어 시기를 놓치는 한탄을 면하도록 하고자 하니, 오직 제공(諸公)은 사문(斯文)을 흥기하는 일로 자기 책임을 삼아서 다행히 공감해 주기를 바라는 바이다."

당시 사람들이 사서오경만이 아니라 중국의 『사기』 『한서』 『자치통감』 등· 역사 서적을 줄줄 외우고 있었지만 정작 책을 구하려면 구하기가 너무 어려웠기에 삼봉 같은 이도 책방을 설치했으면 하는 희망을 시로 써서 알린 것인가? 서적포에 대해서는 고려 숙종 원년인 1101년 3월에 "비서성(祕書省)에 문적(文籍)의 판본을 마구 쌓아 두어 훼손되었으니, 국자감(國子監)에 명해서 서적포(書籍鋪)를 설치하여 문적의 판본을 옮겨 간직하는 동시에 인출하여 널리 반포하게 하라." 하였다는 기록이 보이지만 이것이 일반인들을 위한 것이 아니었다는 한계가 있었다. 만약 그때 삼봉이 나서서 서울에 서적포를 설치하고 이를 전국으로 확대했다면 아마도 우리의 전적 문화가 크게 달라졌을 것이라는 데서 아쉬운 일이다.

아무튼, 후궁 출신의 서자로 왕위에 오른 선조. 명민하면서도 학문에도 조예가 있었지만 그러한 면모는 드러나지 못했다. 선조의 치세기는 임진왜란이라는 국가 위기 상황이 있었던 시기였고 정치적으로는 훈구세력이 몰락하고 사림이라는 신진세력이 등장하던 시기였다. 그 사림들은 동인과 서인으로 나뉘어 세력 싸움을 치열하게 벌였다. 서로가 죽기 살기의 싸움이었다. 만약 선조가 국가를 제대로 재건했다면, 그는 위기를 기회로 극복한 위대한 군주로 남았을지도 모른다. 일본의 침략을 내다보지도 못했고, 전란 뒤에도 제대로 난국을 수습하지 못한 왕으로 기억되고 있는 현실에서 선조의 뒷모습을 보는 것이 어떤 의미가 있을까 하지만 선조만이 아니라 당시 우리나라 출판 전적 문화의 실상을 엿볼 수 있다는 데서 선조의 편지를 발견하고 이를 책으로 펴낸 이겸노 선생님의 고마움을 한 번 더 생각하게 되는 것이다.

사운 선생님

책, 그중에서도 고서와 관련해서 빼놓을 수 없는 분이 수원에 사시던 사운(史芸) 이종학(李鍾學, 1927-2002) 선생이시다.

최근 2018년 하반기에 크게 히트를 쳐 최대의 화제작이 된 영화 <안시성>, 그리고 또 중앙일보의 보도로 인해 논란이 되는 고구려 안시성 전투와 그 전투를 지휘한 양만춘 장군의 실존 여부에 관한 논란을 지켜보며 나는 다시 옛날로 돌아갔다.

안시성 전투에서의 논란의 초점 중 하나는 당태종이 과연 양만춘 장군이 쏜 화살에 왼쪽 눈을 맞았고 그것이 원인이 되어 죽었는가 하는 문제이다. 여기에 관해서는 단재 신채호 선생을 찾아가야 한다. 단재 선생은 중국과 한국의 각종 기록을 섭렵해서 당태종이 안시성 전투에서 눈에 화살을 맞았다는 전설을 역사적 사실로 부각한 분이다.

당나라 태종(太宗)이 고구려를 침략하다가 안시성(安市城)에서 화살에 맞아 눈이 상하였다는 전설이 있어 후세 사람이 매양 이것을 역사에 올리는데, 이색(李穡)의 정관음(貞觀吟 : 정관은 당나라 태종의 연호)에도 "어찌 현화(玄花 : 눈)가 백우(白羽 : 화살)에 떨어질 줄 알았으리(那知玄花落白羽)."라고 하여 그것이 사실임을 증명하였으나, 김부식의 삼국사기와 지나인의 신구당서(新舊唐書)에서는 보이지 않음은 무슨 까닭인가? 만일 사실의 진위를 묻지 않고 그것을 그대로 받아들이거나, 또는 버렸다가는 역사상의 위증죄를 범하는 것이 된다. 그래서 당나라 태종의 눈 상한 사실을 지나의 사관(史官)에 뺀 것이 아닌가 하는 의문을 가지고 그 해답을 구하였다.

명(明)나라 사람 진정(陳霆)의 양산묵담(兩山墨談)에 의거하건대, "송(宋)나라 태종(太宗)이 거란을 치다가 흐르는 화살에 상하여 달아나 돌아가서, 몇 해 후에 필경 그 상처가 덧나서 죽었다."고 하였는데, 이것이 송사(宋史)나 요사(遼史)에는 보이지 아니하고, 사건이 여러 백 년 지난 뒤에 진정이 고증(考證)하여 발견한 것이다. 이에 나는 지나인은 그 임금이나 신하가 다른 민족에게 패하여 상하거나 죽거나 하면 그것을 나라의 수치라 하여 숨기고 역사에 기록하지 않은 실증을 얻어서 나의 앞의 가설을 성립시켰다.

그러나 지나인에게 국치(國恥)를 숨기는 버릇이 있다 하여 당나라 태종이 안시성에서 화살에 맞아 눈을 상하였다는 실증은 되지 못하므로, 다시 신구당서를 자세히 읽어보니, 태종본기(太宗本紀)에 태종이 정관(貞觀) 19년 9월에 안시성에서 군사를 철수하였다 하였고, 유박전(劉洎傳)에는 그해 12월에 태종의 병세가 위급하므로 유박이 몹시 슬퍼하고 두려워하였다고 하였으며, 본기(本紀)에는 정관 20년에 임금의 병이 낫지 아니하여 태자에게 정사를 맡기고, 정관 23년 5월에 죽었다고 하였는데, 그 죽은 원인을 강목(綱目)에는 이질(痢疾)이 다시 악화한 것이라 하였고, 자치통감(資治通鑑)에는 요동에서부터 병이 있었다고 하였다. 대대 높은 이와 친한 이의 욕봄을 꺼려 숨겨서, 주천자(周天子)가 정후(鄭侯)의 화살에 상했음과 노(魯)나라의 은공(隱公)·소공(昭公) 등이 살해당하고 쫓겨났음을 춘추(春秋)에 쓰지 아니하였는데, 공구(孔丘)의 이러한 편견이 지나 역사가의 버릇이 되어, 당나라 태종이 이미 빠진 눈을 유리 쪽으로 가리고, 그의 임상병록(臨床病錄)의 기록을 모두 딴말로 바꾸어 놓았다. 화살의 상처가 내종(內腫: 몸속으로 곪음)이 되고 눈병이 항문병(肛門病)으로 되어 전쟁의 부상으로 인하여 죽은 자를 이질이나 늑막염으로 죽은 것으로 기록해놓은 것이다.

그러면 삼국사기에는 어찌하여 실제대로 적지 않았는가? 이는 신라가 고구려·백제 두 나라를 미워하여 그 명예로운 역사를 소탕하여 위병(魏兵)을 격파한 사법명(沙法名)과 수군(隋軍)을 물리친 을지문덕(乙支文德)이 도리어 지나의 역사로 인하여 그 이름이 전해졌으니(을지문덕의 이름이 삼국사기에 보이는 것은 곧 김부식이 지나사에서 끌어다 쓴 것이므로 그 논평에, "을지문덕은 중국사가 아니면 알 도리가 없다."라고 했음), 당태종이 눈을 잃고 달아났음이 고구려의 전쟁사에 특기할 만한 명예로운 일이라 신라인이 이것을 빼버렸음이 또한 있을 수 있는 일이었다. 그러니까 우리가 당태종의 눈 잃은 일을 처음에 전설과 목은집(牧隱集: 이색의 저서)에서 어렴풋이 찾아내어 신구당서나 삼국사기에 이것을 기재하지 않은 의문을 깨침에 있어서, 진정의 양산묵담(兩山墨談)에서 같은 종류의 사항을 발견하고, 공구의 춘추(春秋)에서 그 전통의 악습을 적발하고, 신구당서, 통감강목(通鑑綱目) 등을 가져다 그 모호하고 은미(隱微)한 문구 속에서 첫째로 당태종 병록(病錄: 병의 기록, 이질 등) 보고가 사실이 아님을 갈파하고, 둘째로 목은의 정관음(貞觀吟: 당태종이 눈 잃은 사실을 읊우 시)의 신용할 만함을 실증하고, 셋째로 신라 사람이 고구려 승리의 역사를 말살함으로써 당태종의 패전과 부상한 사실이 삼국사기에 빠지게 되었음을 단정하고 이에 간단한 결론을 얻으니 이른바, '당태종이 보장왕(寶藏王) 3년(서기 644)에 안시성에서 눈을 상하고 도망하여, 돌아와서 외과 의사의 불완전으로 거의 30달을 앓다가, 보장왕 5년에 죽었다.'라는 것이다. 이 수십 자를 얻기에도 5, 6종 서적 수천 권을 반복하여 읽어보고 들며 나며 혹은 무의식중에서 얻고 혹은 무의식중에서 찾아내어 얻은 결과이니 그 수고로움이 또한 적지 아니하였다."[20]

이처럼 역사 속에서 한 줄의 진실을 규명하는 것은 역사를 기록한 옛 문헌, 곧 옛 책들을 찾아서 꿰어 맞추어야 한다는 점이다. 그것을 위해서는 수많은 자료가 필요하다. 단재는 흩어져 있는 전적 하나하나를 모으고 잘못 전하는 것을 바로 잡는 것, 그것이 바로 사학이요, 사학자의 본분이라고 말하는 것이다. 그런데 우리는 역사연구를 하면서 왕왕 "자료가 없어서…."라는 말을 너무 많이 듣는다. 우리나라 고대사가 삼국사기에다 몇 권의 역사책이 고작이어서 연구가 제대로 안 되며, 근세로 이어지면서도 자료가 없어서 연구가 어렵다는 한탄인 것이다. 그러나 자료는 과연 없는 것일까? 역사를 밝혀줄 책이나 자료가 그렇게도 모자란단 말인가?

이러한 의문이 생길 때면 나는 어쩔 수 없이 사운(史芸) 이종학(李鍾學) 선생을 떠올리게 된다. KBS의 문화부 기자로서 사운 선

20   신채호, 『조선상고사』. 1977년, 동서문화사. p36~37

생을 뵌 것이 80년대 초인데, 그동안 선생을 통해 역사라는 것이 얼마나 방대한 것인지를 실감하고, 자료의 발굴이 또 역사연구에 얼마나 중요한지를 깨달았기 때문이며, 마음먹기나 노력하기에 따라서는 역사의 자료는 무궁무진할 수 있다는 평범한 진리를 정말 가까이에서 볼 수 있었기 때문이다.

이종학 선생이 누구신지 잘 모르는 분들이 많다 나도 그랬다. 선생은 연세대학교 앞에서 고서방을 하셨다. 거기서 돈을 많이 버신 모양이다. 그러다가 이제 고서로 돈을 벌었으니 이 돈으로 우리나라 역사를 되찾는 일에 전념하자고 결심하고 그 길을 가고 계셨다. 선생을 처음 만난 것은 1982년 초다. 당시 회사에서는 일제에 관한 자료를 특집 한 시간짜리로 준비하다가 그냥 뉴스로 내기로 했으니 당신이 취재하라고 나에게 맡겼다. 그래서 수원시 화서동에 있는 선생의 집을 찾아가서 그 집 2층에서 처음 선생을 만났다. 학자처럼 풍모가 있는 분은 아니었고 목소리나 화법도 조금은 덜 세련돼 있었지만, 창밖으로 들어오는 햇빛에 반짝이는 그 눈매만은 남달랐고, 무엇보다도 보통 아파트 방 2개 반은 될 넓은 2층 방 4면을 돌아가며 쌓여있는 책이랑 자료들이 무섭게 다가왔다. 이 모두가 당신이 직접 모으신 것이란다. 그것을 하나하나 보여주는데, 거기에는 일본인들이 간도 지구에 사는 조선인들을 조사한 기록에서부터 일제의 수많은 통치조사자료. 녹둔도나 간도 등 지금은 우리에게서 떨어져 나간 우리의 영토에 관한 자료, 이순신 장군에 관한, 고대에서부터 현대에 이르기까지 헤아릴 수 없는 자료. 거기에는 거북선에 관한 자료도 많았다. 독도와 동해에 관한 자료나 지도를 알고 싶으면 전화만 하면 되었

다. 그야말로 사운(史芸)이다.[21]

선생은 임진왜란 때 이순신 장군이 기록한 난중일기를 죽죽 외우시면서 언제 어느 날 몇 시에 장군이 어디로 나갔는데, 그 섬이 실제로 어딘 줄 몰라서 그 섬을 찾아 남해안을 헤매었다고 말해주기도 한다. 그래, 아니 전문학자도 아니신데 언제 어떻게 이렇게 많은 자료를 모으시다니, 돈은 어디서 나고, 또 웬 정열이람…

1983년 11월 선생의 전화 목소리는 상당히 들떠 있었다. 임진왜란 때 장군이 일본군으로부터 항복을 받고 통영에 세운 수항루(受降樓), 곧 항복을 받은 누각의 사진을 일본에서 찾아내었다는 것이다. 과연 사진에는 수항루라는 정자가 보이고 그 정자 위에서 흰 두루마기를 입은 그 지역 주민들이 좋아하는 사진이며, 사진에는 이 수항루에 대해서 현지인들이 매우 자랑스러워한다는 설명까지 있었다. 그래 통영시(당시에는 충무시)로 내려가 사진이 보여주는 자리를 찾아 이것을 찍고 인터뷰를 해서 9시 뉴스로 내었다. 그 뒤에 몇 해 만에 그 자리에는 수항루라는 건물이 들어섰다. 이 사진을 국사편찬위원회에서 확대해서 걸어놓고 있었는데 연두 순시를 온 전두환 대통령이 이를 보고 복원하라고 해서

21 '芸' 글자는 일본 사람들이 藝의 약자로 이 글자를 쓰기 시작하면서(藝術을 芸術로 쓰는 것) 예라는 글자가 아닌가 하고 알려져 있으나 이 글자의 원래 발음은 '운'이고 그 뜻은 '궁궁이 풀'이란 풀 이름이다. 이 풀을 말려서 서책 속에 끼워두면 좀이 먹지를 않는다고 한다. 그것이 '방에 가득한 책이 풍기는 향기'란 뜻으로 넓어졌다. 그래서 서재(書齋)나 서재(書齋)의 창을 멋스럽게 이르는 말로 芸窓(운창)이란 말이 있고, 서책(書册)을 아름답게 이르는 말로 운편(芸編)이 있으며, 서고를 운각(芸閣)이라고 한다. 다만 일본이 이 약자를 쓴 이후 우리 한자 사전에는 이 芸을 "재주 예"라고도 읽는다고 한다.

〈수항루〉 옛 사진(위)과 복원된 모습(우하)

복원이 결정된 모양이다. 선생은 사진을 보내드렸다(나중에 완공해 놓고서 선생은 완공식장에 초대를 받지 못했다. 공무원들이 격식을 잘 차리지 못한 것인데, 선생은 이것이 가슴이 아팠다고 한다). 그 사진을 찾음으로써 충무공의 유적이 다시 하나 복원된 것이다.

한 번은 선생이 몹시 화를 내셨다. 국내의 유명한 교수분이 어디다 글을 발표했는데, 그것이 당시 존재하지도 않는 일본의 지방신문을 인용해서 마치 일본이 독도를 자기 영토에 편입할 때 그나마 격식을 갖춘 것처럼 잘못 해석하고 있다는 것이다. 그러면서 직접 일본 시마네현에 가서 복사하고 찍어온 신문자료와 문의해 얻은 답변들을 보여주시는 것이다. 그래서 그것을 바탕으로 내가 질의서 초고를 하나 써서 드렸다.

선생은 고향인 수원의 화성을 지극히 사랑하셨다. 흔히 수원성이라고 하지만 선생은 이것이 틀렸다고 하시며 수원성은 일본인들이 붙인 잘못된 비칭(卑稱)이며 원래 이름은 꽃 '화' 자 화성(華城)이라고 말씀하신다. 그러면서 정조대왕 때의 축성기록인『화성성역의궤(華城城役儀軌)』전질을 자비를 들여 200질이나 영인하셔서 전 세계의 주요박물관이나 도서관에 보내야겠다고 하신다. 그래서 나는 내가 아는 대로 보낼 곳 이름을 뽑아서 보내드렸다. 지금 우리 집에 한 질 보관하고 있는 그 책은 정말 우리 기록문화와 서적사의 보물로서, 완벽한 공사전말기록서이다. 화성이 세워진 지 200여 년 후에 임진왜란과 6·25 등 전란을 거치고도 완전히 복원될 수 있었던 것은 정조대왕의 명에 따라 돌 하나 도구 하나, 인부 하나까지 모두 상세히 기록해놓은 이 책 때문이다. 이 노력으로 화성은 유네스코의 인류가 보존해야 할 문화유산으로 지정받게 된다. 거기에 나도 글을 하나 보내드렸다. 수원의 화성과 미국의 수도 워싱턴이 공교롭게도 거의 같은 시기에 만들어

졌으며, 미국의 워싱턴이 서양인들이 가장 중요시하는 자유를 상징하는 도시로 조성됐다면 수원의 화성은 동양인의 가장 중요한 덕목인 효를 상징하는 도시로 만들어졌다는 것, 더구나 두 도시를 한자로 표시하면 화성(華城)과 화성돈(華盛頓)으로 이름까지 비슷하다는 것을 지적한 글이다. 선생은 이 글을 두고두고 칭찬하시며 자신이 펴낸 화성에 관

한 책자에 수록해주셨다.

선생은 우리가 자료를 등한시하고 역사자료를 찾지 않고 방임해버리면 역사를 잃게 된다고 말씀하셨다. 조국의 영토는 터럭 하나라도 내줄 수 없다는 신념 아래 독도와 간도를 지켜줄 문서 한 장, 사진 한 장을 일본 고서 책방 거리에서 서가를 뒤져서 찾아 모으고, 러시아 땅으로 편입돼있는 녹둔도를 찾기 위해 기록이란 기록은 모조리 찾아 모으고, 안중근 의사의 얼이 서린 여순감옥을 단신 잠입해 사진을 촬영해 오신 일이며, 독도를 지키기 위해 일본의 시마네켄(島根縣)에 들어가서 그곳 관리들로부터 항복을 받는 일이며, 충무공 이순신 장군의 면모를 되살리고 공의 우국 충절을 밝히기 위해 우리나라 삼천여 개의 섬마다 찾아보지 않은 곳이 없다는 사실 앞에는 절로 머리를 숙이지 않을 수 없다. 어느 학자도 못 하고 어느 정치가도 못 한 일을 사운 선생은 하셨으니, 오늘날의 안정복이며, 20세기의 김정호이자 다시 살아 돌아오신 단재 선생이라고 해도 누가 아니라고 부정을 할 것인가?

내가 북경에 특파원으로 나가 있던 3년 반 사이에 선생은 연구소를 세워 소장 자료들을 체계적으로 정리하는 작업을 하면서 독도 관련 자료를 울릉도에 짓고 있는 독도관에 기증했고, 동학 자료는 전주의 동학기념자료관에, 이순신 자료는 현충사에, 그 밖에 한일 관련 자료들은 독립기념관으로 보냈다. 그동안 수집했던 사료들을 정리하며 책자를 꾸준히 발간해『동학농민전쟁사료총서』전 30권과『한일어업관계조사자료』『조선통어사정』『일본의 독도정책 자료집』등을 발간하여 독도 등 영토와 관련된 대일 관계 사료들을 정리하였다. 또한, 일제 침략과 관련한『1910년 한국강점자료집』『인한병합시말』『조선십교시말』 등을 출판하였다. 발간 책자도 올바른 역사연구에 활용되길 바라며 필요한 기관과 연구자들에게 선뜻 기증하였다.

선생이 역사의 이랑을 파헤치며 평생 해내신 발굴과 확인 작업은 이제 굵직굵직한 고구마 열매가 되어 땅 위로 올려지고 있다. 그것이 선생이 처음 시작한 고서 전문 서점, 그리고 일본의 고서 서점들에서 찾아낸 역사자료와 기록들의 공이다. 그처럼 고서들을 버리지 않고 모으는 것은 정말로 중요하다.

1927년 경기도 화성에서 태어나 공민학교 학력이 전부인 선생은 해방 후 서울에서 고학하면서 책이나 실컷 읽어보자며 1957년 연세대 인근 철길 옆에 '연세서림'을 낸 것이 그를 서지학 연구의 길로 안내했다. 거기서 돈을 웬만큼 벌었고, 그 돈을 나라와 민족을 위해 보람되게 쓰자며 시간과 여건이 허락하는 대로 전국을 다니고 일본과 미국을 다니며 자료를 모았다. 젊을 때 백령도를 가셨다가 해변에서 수십 년 된 흑질백장 큰 뱀 고기를 뼈째로 국물도 남기지 않고 드시며 나라의 역사를 지키는 데 온 힘을 쏟다가 결국 2002년에 기력이 다해 세상을 뜨셨다. 손보기 박사님의 말씀대로 이종학 선생은 옛 책에서 일어서서 옛 책, 고서, 고문 더미에서 역사를 찾아내어 이를 알린, 정말로 '나라가 해도 못 할 일을 혼자서' 해내신 역사와 책의 큰 공로자인 것이다.

통문관 할아버지

통문관 이겸노 할아버지가 돌아가셨다는 방송 보도를 보고 집으로 돌아온 나는 서재의 서가를 찾아보았다. 불과 보름 남짓 전에 인사동 통문관에 들러 산 책이 생각이 났기 때문이다. 책 이름은 『한국 상대(上代) 건축의 연구』, 저자는 일본인 요네다 미요지(米田美代治)인데 35살에 죽은 청년이 남긴 한국 건축사 불후의 명저를 신영훈 선생이 번역, 출간한 것이다.

　2006년 10월의 그 날 궁중박물관 강당에서 열린 위당 정인보(爲堂 鄭寅普, 1893~1950) 선생의 한문 문집 『담원문록(薝園文錄)』 간행기념회에 갔다가 너무 사람이 많아 발길을 돌리다가 문득 생각이 난 통문관. 그 서가에서 이 책을 발견하고 주인으로 보이는 청년에게 값을 물어보니 4만 원이란다. 약간 비싸지 않은가 하는 필자의 표정을 알아본 듯 그 청년은 "이제는 절판이라서요."라고 나직하게 말한다. 그 청년에게 물어보았다. "이 집 어른은 어떠세요?" 그 청년, "아, 할아버지요? 아직은 그냥 그냥 계시는데 이제 너무 연로하고 노쇠하셔서서…"라며 끝말을 잇지 못했다. 그 청년은 할아버지로부터 이 서점을 이어받아 운영하는 손자 종운 씨였다. 그 말을 들은 지 불과 보름 만에 이겸노(李謙魯) 할아버지의 부음을 들은 것이다.

돌아가실 때 연세가 아흔일곱이시니 장수한 것이고, 돌아가시면서 큰 고통은 받지 않으신 것을 보면 호상(好喪)이라고 하겠지만 그래도 20여 년 전 따뜻한 정과 사랑을 받은 것을 생각하면, 그리고 다시는 그 코에 걸려 내리깔리는 두꺼운 안경 너머로 인자한 눈길을 보지 못한다고 생각하니 가슴에 밀려드는 게 있다.

할아버지를 처음 본 것은 당시 기준으로 20년도 더 전인 1983년, 그때 나는 회사에서 발간하는 월간지인 '방송'에 원고지 40매 정도의 문화칼럼을 의뢰받아 글을 써야 했는데, 인사동에서 가장 멋있어 보이는 고서점이고 또 사장이신 할아버지가 너무도 편하게 해주셔서 자주 들러 책을 고르며 할아버지를 뵙게 되었다. 그때 쓰던 글은 우리의 전통문화를 다룬 것이었고, 당시는 우리 전통문화에 관한 새로운 책들은 별반 없는 시대여서 통문관에 가면 여러 가지 책들이 많이 있었다.

잘 알다시피 '통문관(通文館)'은 국내 최고의 고서점이다. 이웃 나라 일본에는 100년이 넘은 고서점이 즐비하지만, 우리나라에서는 16살에 고서점 점원으로 들어가 책을 배운 이겸노 씨가 34살에 설립한 '통문관(通文館)'이 가장 오래되었다. 처음 문을 열 때의 이름은 '금항당(金港堂)'이었는데, 광복 후에 통문관으로 이름을 바꾸고 인사동 입구에서 터줏대감처럼 버티면서 수없이 유실되는 고서들을 모아 우리나라 학자들에게 공급했다. 따라서 한국학 자료의 보고이자 한국학 연구자들의 사랑방이었다. 국어 학자 이희승, 미술사학자 김원룡, 국립박물관장을 지낸 최순우 등 국학 연구의 대가들이 수시로 통문관을 드나들며 필요한 자료를 구했다. 필자도 보도국 문화부 기자로 있으면서 미술 관계 취재를 위해 인사동에 가면 시간이 나는 대로 통문관에 들렀고 오래된 책들이 가지런히 쌓여있는 서고 사이에서 책의 이름을 보는 재미로 시간을 많이 보냈는데, 그 사이에 교수나 학자, 연구생들이 와서 책에 대해 문의도 하고 세상 돌아가는 얘기를 나누는 것을 어깨너머로 듣곤 했다.

이겸노 할아버지는 또 우리의 전통문화를 직접 답사해서 공부하는 '민학회'를 이끌어왔다. 1976년에 민학회 회장이 되어 2년 동안 맡는 등 초기 민학회의 활동을 많이 지도했는데(앞에서 언급한 진주의 김상조 선생도 이때 활발한 활동을 하셨다), 답사 때에는 고건축 전문가인 신영훈 선생이 그 구수한 입담으로 곳곳의 절터나 유적지 등에서 현장 강의를 하고, 답사 후에는 막걸리로 현장의 느낌을 몸에 담아오는 것이다. 그 민학회 활동은 〈삼성출판사〉 김종규 회장과 〈가회박물관〉 윤열수 관장 등이 이어

받아 열성을 다함으로써 오늘날 전 국토 답사문화의 황금시대를 열었던 것이다.

1988년 서울에서 올림픽이 열리던 해에 통문관을 찾은 나는 한쪽에서 고유섭 선생의 책을 발견했다. 호를 우현(又玄)이라고 하는 고유섭(高裕燮)은 해방 전 개성박물관장으로 있으면서 우리나라 미술사에 관한 깊고 넓은 연구로 위대한 업적을 쌓다가 해방도 보지 못하고 아깝게 요절한 분인데, 그분의 저서로『조선미술문화사논총』과『한국미술사 급 미학논고』라는 두 책이 보이는 것이었다. 그래 그 책을 들고 값을 물어보니 주인인 할아버지는 책값을 말하고는 뒤편에서 약간 더 큰 책을 한 권 뽑아 들더니 그냥 가져가서 보란다. 책 제목은『통문관 책방비화』, 바로 할아버지가 쓴 책이었다. 고유섭의 두 책은 통문관이 펴낸 것인데, 이겸노 할아버지는 평소 안면이 어렴풋이 있는 한 젊은이가 자기가 펴낸 책을 골라서 사주니까 기분이 좋으셨던 모양이다.

그『통문관 책방비화』를 보면 '월인석보' '월인천강지곡' '독립신문' 등 그가 찾아낸 숱한 국보·보물급 문화재들과의 인연과 일화를 적고 있는데, 할아버지는 이렇게 확보한 책 가운데 좋은 책

은 직접 자신이 영인본을 내어 보급함으로써 우리 학계의 연구에 이바지했다. 그 통문관의 삐걱거리는 유리문을 잡아당기고 들어가면 '적서승금(積書勝金)'이란 편액이 보이는데, "책을 쌓는 것이 금보다 낫다."라는 그 말처럼 이겸노 할아버지는 한국전쟁 때 가재도구 대신 고서를 짊어지고 피란길에 올랐고, 심하게 훼손된 고서를 한 장 한 장 인두로 다리고 풀을 먹여 살려내는 정성으로 평생 우리나라 인쇄, 전적 문화를 지켜냈다.

필자가 문화부 기자로 첫발을 내디딘 것이 1981년이고 그 뒤로 시간이 나면 나는 통문관을 드나들며 책을 사서 읽고 정리한 덕분에 문화부 기자로서 부끄럽지 않은 활동을 할 수 있었다. 거기서 구해서 읽은 책들이 나의 내면과 지식을 채워주며 혹은 뉴스로 혹은 다큐멘터리로 KBS의 전파를 통해 국민에게 전해질 수 있었다. 우리 문화에 대한 일반의 인식이 아직 미약했을 때에 나에게 맡겨진 임무들을 나름대로 성실히 수행함으로써 오늘날 우리의 한류가 이만큼 크지 않았는가? 그 바탕에 이겸노 할아버지의 평생 고서수집과 고서 알리기, 그 책을 모아주는 큰 집으로서의 통문관이 있었다는 것을 감히 생각해보는 것이다.

사전의 나라

중국은 책의 나라다. 중국의 옛사람들 말에 "성세수전(盛世修典)", 즉 세상이 전란이 없어진 평화로운 시대[盛代]가 되면 책을 펴낸다는 말이 있을 정도로 중국은 역대로 안정기가 되면 국가적인 사업으로 전국의 책을 모으고 모든 지식을 종합하는 사전을 만든다. 역사적으로 볼 때 당나라 때의『북당서초(北堂書抄)』,『예문유취(藝文類聚)』, 송 왕조 때의『사대유서(四大類書)』, 명나라 때의『영락대전(永樂大典)』, 청나라 때의『전당시(全唐詩)』,『전당문(全唐文)』,『고금도서집성(古今圖書集成)』,『사고전서(四庫全書)』,『강희자전(康熙字典)』등이 모두 나라가 성하던 때의 위대한 국가적인 문화사업들이다. 이것들은 현대까지 전해오면서 중국의 문화유산, 아니 인류의 문화유산의 핵심으로서 사랑을 받고 있다. 명나라 3대 황제인 성조(成祖) 영락제(永樂帝)의 명에 의해 해진(解縉) 등 약 2천여 명의 학자들이 6년간에 걸쳐 만든『영락대전(永樂大典)』은 모두 2만 2875권에 목록만도 60권이나 되는 당시 세계최대의 백과사전으로, 상고시대부터 편찬 당시인 명나라 초기 때까지 전해오는 경(經), 사(史), 자(子), 집(集) 그리고 천문(天文), 지지(地志), 음양(陰陽), 의복(醫卜), 승도(僧道), 기예(技藝) 등 방대한 도서 7~8천여 종을 한군데로 모아 놓은 엄청난 유산이었다. 이것은 18세기 말 프랑스에서 드니 디드로, 장 달렘베르 등의 주도에 의한 백과전서파의 첫『백과사전(Encyclopédie)』이 나온 것보다 350년이나 앞선 세계최대의, 세계에서 가장 먼저 나온 것이다. 유명한『사고전서(四庫全書)』는 청나라의 가장 번성기인 건륭(乾隆) 황제 때인 1772년부터 기윤(紀昀), 육금웅(陸錦熊) 등 4천여 명의 학자들이 10년 동안에 걸쳐 펴낸 중국 역사상 가장 큰 도서모음집으로, 여기에 모여진 도서는 3천 503종 9만 9337권에 글자 수만도 9억 9700만 자에 이른다. 역대에 걸쳐 써낸 책도 엄청나지만, 중국은 이를 모으는 노력도 뛰어난 나라였다. 그때 중국은 책과 사상에 관한 한 세계의 가장 선진국이었다.

우리가 경제개발 5개년계획을 세워 한창 경제건설에 열중하던 1966년, 중국에는 아주 고상한 이름의 혁명이 시작되고 있었다. 이름하여 '문화대혁명'. 그러나 그 혁명은 나중에 정확히 그 성격이 드러난 대로 '문화파괴대혁명'이었다. 최고지도자인 모택동의 사주를 받은 수많은 젊은 전사(홍위병)들이 전국을 들쑤시고 다니며 우선 학교의 교사들을 모두 때려잡고, 이어서 전통(傳統)의 전(傳) 자(字)가 붙은 모든 것들, 예를 들어 공자묘, 절, 교회, 사원, 소수민족의 신앙, 유서 깊은 음식점, 골동품, 문화재, 그리고는 고서들을 일부러 찾아서 불 질러 버렸다. 이 혁명은 1977년 공식적인 종결선언이 있기까지 11년 동안 중국 전역을 문화의 불모지로 만들어버렸다. 사람들은 무서워서 책을 보는 것도 겁을 내고 보지 못하다가 마침내는 보는 것 자체를 잊어버렸다.

이 문화혁명의 시대에 차디찬 감방에 있으면서 중국의 문화가 깨어지고 흩어지는 소식을 들어 온 강춘방(姜椿芳)이란 한 지식인은 중국문화를 재건하기 위해서 자기가 무엇을 해야 할 것인가를 알았다. 그는 자유를 얻어 사회과학원으로 돌아온 뒤인 1978년 〈중국대백과전서의 편집출판건의〉라는 약 일만 자의 글을 발표했다. 이 글은 학술계의 광범위하고도 강렬한 지지를 얻었다. 당시 사회과학원장이던 호교목(胡喬木)은 곧바로 이를 공산당 중앙위에 건의로 올렸다. 당시 새로운 권력자로 올라선 등소평(鄧小平)은 즉시 이 사업의 의의를 지지해주었고, 공산당 중앙의 승인 아래 호교목(胡喬木)을 주임으로 하는 〈백과전서편찬위원회〉가 구성되어, 강춘방(姜椿芳)은 총편집, 곧 편집장이 됐다. 등소평은 미국 친구가 자신에게 보내준 『브리태니커 백과사전』을 편찬자들에게 주면서 격려했다. 그리고는 백과사전만의 출판을 위해서 국가에서 새로 만든 출판사인 〈백과전서출판사〉에 회사 이름을 등소평이 직접 휘호로 써주었다.

그러자 문화대혁명 때 시골이나 감방에 쫓겨 가 고생을 하던 수많은 지식인이 백과전서의 깃발 아래로 다시 모여들었다. 유명한 시스템 엔지니어인 전학삼(錢學森), 역학자(力學者) 전위장(錢偉長), 물리화학자 노가석(盧嘉錫), 물리학자 엄제자(嚴濟慈), 수학자 화나경(華羅庚), 교량학자 모이승(茅以升), 법학자 장우어(張友漁), 군사학자 송시륜(宋時輪), 역사학자 진한생(陳

翰笙), 경제학자 허척신(許滌新), 미학자(美學者) 주광잠(朱光潛)…… 1978년부터 1989년까지 전 80권을 11년 계획으로 만들기로 했다. 중국 전역의 전문가, 학자 110명으로 총편집위원회를 구성하고 산하에 66개의 편집 분회를 조직했다. 원래 예정에서 2년을 앞둔 1987년 당초의 목표가 74권으로 조정됐고 출판 마감 연도도 93년으로 연기됐다. 전국적으로 학자와 전문가 2만여 명이 매달리고 있지만 너무 방대하고 힘든 작업이어서 당초의 목표를 따라갈 수가 없었기 때문이다.

자기의 저서를 쓰는 일도 아닌데 자기 파트를 맡은 전문학자들은 피를 말리는 편찬작업에 자신의 지식과 생을 쏟아부었다. 어쩌면 그것은 자기 저서를 쓰는 것보다도 더 중요하다는 인식이 있었기 때문일까? 북경대 철학과 주백곤(朱伯崑) 교수는 일정 시간 손님을 모두 거절하고 두문불출한 채로 자신의 파트를 써 내려가서는 1983년 3월『대백과전서』「철학」권의 완성기념식에 처음으로 문을 나서서 비로소 모습을 나타내었다. 송나라와 명나라(宋明) 철학사의 전문가인 등애민(鄧艾民)은『대백과전서』의 편찬을 자신의 후반 생애의 가장 중요한 일로 결정을 하고 편찬회의에 참석하고 있는 순간 갑자기 배가 몹시 아파서 참을 수가 없을 지경이었다. 검사를 해보니 암이었고 시간도 많이 남지 않았다. 그때부터 등(鄧) 선생은 병원에 입원한 후 다른 모든 일은 제쳐버리고 오로지 마지막 남은 정력을 사전편찬에 바쳤다. 그의 원고를 편찬위원회에 넘겨준 직후 그는 이미 이 세상 사람이 아니었다.

건축학자인 동준(童雋)은 사무실의 책상에 엎드려 잠든 채로

이 세상을 떴다. 사람들은 그가 잠든 팔 밑에서 그가 영원히 쓰다 못 쓰고만 「강남(江南)의 정원」조(條)를 볼 수 있었다; '양주(揚州)는 연꽃으로 원근에 이름을 날렸다. 청나라 초에는……' 「군사」편의 「모택동」조(條)는 중국공산당 중앙문헌편찬실이 편찬한 것을 후에 호교목 원장이 고쳤고, 다시 마지막으로 등소평 자신이 감수를 했다. 편찬자는 당시의 한 전투를 쓰기 위해 천신만고 끝에 그 전투에 임했던 취사병(炊事兵)을 찾아내 증언을 듣기도 했다. 세계적인 권위이며 〈총편위원회〉 부주임을 맡은 전학삼(錢學森)은 〈군사〉 편의 「도탄(導彈; 유도탄, 미사일)」조(條)를 다른 학자들과 여러 차례 모여 얘기를 들은 뒤에 몇 차례나 다시 고쳐 썼다.

15년이란 편찬 동안 혼신으로 백과전서 편찬에 임했던 원로학자들 가운데 많은 수가 자신의 염원이 담긴 사전의 완성을 보지 못하고 세상을 먼저 뜨고 말았다. 고고학자인 하내(夏鼐)는 병이 나서 오후에 입원하게 됐는데 오전까지 책상에 엎드려 개관(槪觀)을 쓰고 있었다. 그가 세상을 떠난 뒤에 사람들은 그의 책상머리에서 백과사전에 관한 자료가 수북이 쌓여있는 것을 발견했다. 국제법학자인 진체강(陳體强)은 비록 병원 침대에 누워있었지만 한 자 한 자 수십만 자에 이르는 「국제법」조(條)를 모두 고친 뒤에 세상을 떠났다. 호교목(胡喬木), 화나경(華羅庚), 송시륜(宋時輪), 장우어(張友漁), 강춘방(姜椿芳), 모이승(茅以升), 주양(周揚), 후외려(侯外廬)… 등등 애초의 〈총편집위원회〉에 들었던 110명의 위원 가운데 32명이 사전의 완성을 보지 못하고 눈을 감아야 했다.

중국정부가 이 사전의 편찬에 인민폐 8천만 원(元)—명목상으로는 우리 돈 약 140억 원이지만 중국의 물가 사정을 고려하면 실제로는 1조 4000억 원 이상의 가치가 있음—을 냈다고는 하지만 사전에 참여하는 학자들에게 원고료라도 많이 줄 수 있는 형편이 아니었다. 가장 값비싼 원고료가 천(千) 자(字)—중국어가 우리처럼 서술구조가 아니라 압축구조이고 점을 띄어쓰기가 없다는 점을 고려하면 천(千) 자(字)는 우리 원고지로 약 20장은 된다고 봐야 한다—당 40원(元)이고 가장 낮은 게 30원(元)이다. 재심원고료는 6원(元)에 불과하다. 중국철학사의 전문가인 장대년(張岱年) 선생은『중국철학사』의 원고를 다시 본 것이 몇십만 자, 그러나 재심원고료는 겨우 100원(元), 4년 동안의 편집 재심비는 합해서 400원(元)—우리 돈 7만 원, 보통 중국 근로자의 한 달 급료—에 불과했다. 이미 세상을 떠난 유명한 인구학자 유쟁(劉錚)은 미국에 있을 때 강의료가 매회 700달러였다. 그러나 그는『중국대백과전서』「사회」권의 편찬을 맡으며 천(千) 자(字) 당 3~40원(元)의 원고료를 받았다. 그러면서도 백과사전편찬에 관련된 손님만 받았고 다른 손님들은 일절 받지 않았다고 한다. 이같이 중국의 학자들은 영리를 떠나 오로지 학자로서의 보람을 위해 모든 것을 바친 것이다.

　1993년 9월, 중국의 언론들은 모두 머리기사로『중국대백과전서(中國大百科全書)』의 편찬출판 완료를 대대적으로 보도했다. 모두 74권, 항목 수만도 7만 7000여 개, 글자 수는 자그마치 1억 2000만 자나 된다. 인문과학에서부터 사회과학, 자연과학, 응용

과학에 이르기까지를 66개 주제로 나누어 양이 많은 것은 권수를 늘렸기 때문에 74권이 됐다. 중국학술계의 몇십 년의 연구수준을 망라하고 세계의 최신과학연구와 문화의 성과를 한데 모은, 중국인들의 손에 의한 최초의 백과사전이다. 1966년 문화대혁명의 기치가 높이 걸린 지 실로 27년 만의 일이다. 문화대혁명으로 문화 망국의 길을 재촉했던 중국은 약 30년 만에 겨우 그때의 손실의 늪을 건널 수 있는 문화의 다리를 건설한 것이며 문화재건의 토대를 쌓은 것이다. 강택민(江澤民) 등 중국의 지도자들은 10월 8일, 사전편찬에 참여했던 학자와 편집자, 출판관계자들을 인민대회당으로 불러 격려와 칭찬을 아끼지 않았다. 당초 이 사업의 의의를 제일 먼저 이해하고 적극적으로 밀어준 등소평 노인은 비록 공식적인 활동은 하지 않지만 백과전서 완간본을 전달받고 기뻐했을 것이다.

　1993년부터 1996년까지 중국 북경 특파원으로 있던 필자는 당시 이 소식을 한국에 뉴스로 전한 것은 물론, 이렇게 중국이 심혈을 기울여 만든 지식의 보고인 백과사전을 소장하는 것이 필요하다는 생각에 더 알아보니 이 사전이 모두 74권임을 알게 되었다. 그리고 그 분야도 엄청 세밀해서 어쩌면 내가 다 필요한 것 같지는 않았다. 그래서 주로 인문 역사 문학 철학 등 이른바 문사철을 중심으로 하고 거기에 항공 원자력 동식물 등등 중국이 앞서가고 있는 과학 분야도 고르고 해서 모두 32권을 주문해서 받았다. 말이 32권이지 엄청난 양이고 그것을 많은 돈을 주고 사서 받으니 거실이 꽉 찼다. 그래 할 수 없이 한쪽 벽면을 모두 책장 없는 책꽂이로 옆으로 쌓아 올리니 제법 이런저런 책과 함께 사람 눈높이까지 차올랐다. 그 뒤 한국으로 들어오고 영국 런던에 지국장 겸 특파원으로 다시 나가고 하면서도 이 사전은 내 곁을 떠나지 않았다. 다만 이제 점점 중국의 컴퓨터망이 발전하고 정보가 다 온라인으로 연결돼 검색이 가능한 상황이 되니 그만큼 용도가 적어져서 이제는 사실 특별한 일이 아니면 열어보지 않는, 일종의 애물이 되었음을 부인할 수 없다.

　그런데 중국으로서는 그 뒤에 이 백과전서를 개정판으로 다시 찍었고 2006년에는 CD로 만들었고 2009년 4월에 개정 2판이 나온 뒤 2014년부터 개정 3판을 만드는 작업에 들어갔다. 중국 정부는 100가지 분야를 대표하는 대학과 연구기관의 학자 2만여 명을 동원하고 있는데, 이번 3판은 디지털이란다. 여기에는 1천여 자 분량으로 설명된 용어 30만여 개를 포함할 예정이고, 이는 위키피디아 중국어판과 비슷한 규모이며, 브리태니커 백과사전보다는 2배 수준이라는 것이다. 중국은 참여한 과학자들에게 "이것이 단순히 책이 아니라 문화의 만리장성을 쌓은 일이다."라며 독려를 하고 있다고 중국 언론은 전하고 있다.

그러는 가운데 2018년으로 예정된 3판 발간 소식은 아직 없는데 느닷없이 2018년 8월에 중국이 '백과사전 로봇'을 만들었다며 시제품을 공개한 것이다. 아마 이것이 디지털 백과사전이란 말인지는 분명치 않지만 어쨌든 이제 백과사전도 일일이 손으로 검색단어를 넣지 않고 말로만으로도 검색이 되는 시대로 변하고 있는 것이다. 〈중국대백과전서출판사〉와 〈중국과학원〉이 공동으로 개발한 스마트 백과 로봇의 이름은 '스난쥔(司南君)'이다. 스난(司南)은 나침반을 뜻한다. 중국인들은 이 이름을 붙이면서 지식의 큰 바다에서 나침반이 되어 독자들을 지식의 피안에 이르

기를 희망해서 이런 이름을 붙였단다. 그리고 외형은 공자를 본떴다고 하는데, 자세히 보면 공자가 읍(揖)을 하고 있는 형상이다.

콘텐츠는 『중국대백과전서』의 데이터를 담았다. 인공지능 애플리케이션을 갖춰 방대한 자료 데이터를 통해 심도 색인(Indexing) 작업을 하고 대량의 정보를 처리할 수 있어서 발표 현장에서 즉석 문답을 진행해 관심을 모았다고 한다. 〈중국대백과전서출판사〉는 나아가서 독일 스프링거 네이처(Springer Nature) 그룹과 협력 협약을 체결했고, 향후 영문 버전의 '중국대백과전서-기계공정'을 출판키로 했다고 한다. 이렇게 되면 중국

의 지식이 세계인들에게 영문으로도 공급되는데 사람들은 비싸고 부피가 큰 책을 사지 않고도 백과사전을 갖게 되는 셈이다. 그러니 나같이 예전에 책이나 사서 모으는 것을 취미로 하던 사람들은 점점 설 데가 없어지고 있다. 그렇지만 그래도 책으로 있는 것이 낫다. 컴퓨터 안에 있는 것은 불러야 나오는 이상한 시종(侍從), 혹은 친구라고 한다면 서재 안에 있는 『중국대백과전서』의 백과사전들은 주인이 찾아주기를 기다리며 다소곳이 있는 오랜 친구가 아니던가.

문진각

3년 반 가까운 중국 특파원 생활을 접을 때쯤이던 1996년 4월, 몇 몇 마음이 맞는 특파원 가족들과 주말을 기해 자동차 여행을 갔다. 자동차가 귀하던 때였기에 나의 작은 현대 프레스토 차에 〈한국경제〉 최필규 특파원 내외를 태우고 북경에서부터 7~8시간을 달려 도착한 곳이 승덕(承德, 청더), 청나라 황실의 여름 별장으로 지어진 유서 깊은 궁궐 유적이다. 우리에게는 열하행궁(熱河行宮), 혹은 피서산장(避暑山莊)으로 알려져 있다. 여름철에 청나라를 방문하는 우리 사신 일행은 이곳에서 청나라 황제를 알현한다. 연암 박지원의 열하일기가 바로 이곳을 무대로 쓴 글이다. 이곳에는 티베트 라사에 있는 포탈라궁의 작은 축소판처럼 보이는 궁전 등 티베트 불교 영향을 보여주는 건물들이 곳곳에 포진해 있어서 볼만한 경치이다.

한참 거기를 돌다 보니 '문진각(文津閣)'이란 건물이 있다. 문진각은 건륭 39년인 1774년에 세워진 청나라 황실의 장서관, 곧 서적을 보관하는 곳으로, 유명한『사고전서』1질과『제자집성』1

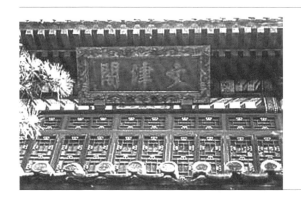

질 등 청나라가 힘을 기울여 정리한 도서모음집을 보관하고 있다. 청나라 황실은 이곳 외에도 북경에 세운 '문연각(文淵閣)'과 북경 교외 원명원의 '문원각(文源閣)', 만주 심양의 고궁에 있는 '문소각(文溯閣)' 등 네 곳에 전적을 나누어 보관했다. 마치 우리나라 왕실이 전국에 4대 사고를 만들어 왕조실록을 보관한 것과 같은 이치이다.

그 문진각의 2층으로 된 누각 앞에 허름한 할아버지가 부채를 진열해 놓고 팔고 있었다. 부채는 그림이나 글씨가 있는 것도 있지만 아무런 글도 없었고 손님이 원하면 글씨를 써 넣어주는 것도 있다. 흥미가 돋아서 부채 한 자루를 집으니 거기에는 앞면에 '獨醒(독성)'이란 두 글자가 큼직하게 쓰여 있고, 뒷면에는 모란과 난초를 나란히 그려놓았다. '獨醒'이라, 뜻이 좋다. 홀로 깨어 있다는 뜻이 아니던가? 뭐 혼자 잘난 체하고 싶다는 것은 아니지만 홀로 깨어있다는 것은 세상에 휩쓸리지 않고 자신의 갈 길을 잘 찾아간다는 뜻이 되니 나쁘지는 않다. 그래서 기왕이면 혹 누구에게 선물이라도 하기 위해 아무 글씨도 없는 깨끗한 부채를 잡고는 할아버지에게 뭔가를 써달라고 했다. 그 할아버지는 몇 가지 이미 써 놓은 글귀를 보여주며 고르라고 한다. 그것을 몇 개 보다 보니 이런 구절이 눈에 들어온다.

　　"左壁觀圖, 右壁觀史 東牖養蕙, 西牖養蘭"

　대충 보니 우선 첫 문장은 "왼쪽 벽에서 그림을 보고 오른쪽 벽에서 역사를 본다."라는 뜻 같이 보인다. 그런데 그다음 동녘 동 다음의 글자 牖, 이 글자를 모르겠다. 어쨌든 "동편으로는 혜(蕙)를 기르고 오른쪽으로는 난초를 기른다."라는 뜻인 것 같은데 '편'자처럼 보이는 이 글자가 무엇일까? 나중에 찾아보니 '유'라고 읽는단다. 뜻은 들창, 곧 들어서 올리는 창이다. 그런 뜻을 알고 다시 이 문장을 읽으면 좌벽 우벽에 온통 도서가 잔뜩 많이 있는 방이 있어서, 그 많은 서적을 보며 역사를 읽는데 그곳은 동쪽 창문을 열어보면 혜(蕙)가 있고 서쪽 창문을 열어보면 난초가 있는 그윽한 곳이란 뜻이 된다. 글을 좋아하고 역사를 읽는 선비의 아취(雅趣)를 묘사한 것이다. '蕙(혜)'라는 글자는 난초의 일종이다. 우리가 거문고로 푸는 금(琴)과 슬(瑟)의 차이라고나 할까.

　무엇보다도 문장 중에 東이라는 내 이름자가 들어가니 괜히 멋있어 보인다. 그래 그 문장을 가리켰더니 할아버지가 내 이름을 묻더니 부챗살 사이로 16자를 차분히 쓰고는 끝에다가 '東植先生雅正(동식선생아정)'이라고 써준다. '雅正(아정)'이란 말을 써주니 기분이 좋다. '雅正'이란 말은 '기품이 높고 바르다'라는 뜻이지만 흔히 서화작품을 남에게 기증하면서 이 말을 쓰면 아감(雅鑑), 곧 '보아 주십시오'라는 뜻과 같이 쓰인다. 곧 자기가 쓰거나 그린 서화 등을 상대방이 잘 보고 간직해달라는 뜻이 된다. '惠存(혜존)'이란 말보다도 더 멋있어 보인다.

아무튼, 문진각 앞에서 산 두 자루의 부채는 중국인들의 문화를 엿보는 작은 창이었다. 대체로 중국 부채는 우리나라처럼 합죽선이 아니고 대나무를 길게 잘라서 살을 붙여 만든 것이라서 그렇게 부채 자체가 멋이 있지는 않지만, 이 부채는 글씨가 시원시원하고 또 뜻이 좋으니까 애착이 간다. 이 '左壁觀圖 右壁觀史(좌벽관도 우벽관사)'란 말은 원래는 당나라의 역사서인『신당서(新唐書)』「양관전(楊綰傳)」에 양관이란 사람을 묘사하는 글에서 "性沈靖, 獨處一室, 左右圖史, 凝塵滿席, 澹如也"라고 한 표현에서 보듯 방 가득히 책이 쌓인 곳에서 차분하게 독서를 하는 모습을 그린 데서 비롯한다. 좌우도사 또는 좌도우사라고 해서 오른쪽 왼쪽 할 것 없이 온통 책이라는 뜻이 된다. 이렇게 독서를 열심히 해서 역사를 알고 지혜를 기른다는 뜻이다. 이 글귀가 좋다고 해서 청나라 말기를 대표하는 중국의 화가 傅抱石(푸바오스, 1904-1965)는 말년에 그의 서재에 청나라 명필 황이(黃易)가 쓴 이 左壁觀圖, 右壁觀史란 대련(對聯)을 걸어놓고 즐겼다고 한다.

하필이면 이런 멋진 글귀의 부채를 얻은 곳이 문진각 앞이다. 문진각은 중국의 장서문화를 대표하는 명소 중의 하나이다. 그런데 이 문진각의 원조가 되는 장서각이 있다. 바로 중국 절강성(浙江省, 저장성) 영파시(寧波市, 닝보시) 월호(月湖, 웨호) 북쪽에 있는 천일각이란 장서각이다. 흔히 영파 천일각이라 부르는 곳이다.

명나라 가정제(嘉靖帝) 때인 1561년 병부우시랑(兵部右侍郎)을 지낸 범흠(范欽)이 자신이 소장한 책들을 보관하기 위하여 지은 이 장서각은 벽돌과 목조 구조의 2층 건물이며 경산식(硬山式) 지붕이다. 천일각이라는 명칭은 『역경(易經)』의 '천일이 물을 낳고, 지육이 그것을 이룬다(天一生水, 地六成之)'에서 따온 것인데[22], 불과 상극인 물의 힘을 빌려 화재로부터 장서들을 보호하려는 바람이 담겨 있다. 또 2층을 1칸으로 트고, 1층은 6칸으로 만든 것도 그 뜻을 나타낸 것이다. 조성된 뒤 곧 중국 최고의 장서각으로 명성이 널리 퍼졌다. 청나라 건륭제 때 『사고전서(四庫全書)』를 수장하기 위하여 7개의 사고전서루(四庫全書樓)를 세웠는데 모두 천일각을 본 따 축조한 것이다.

천일각은 영파시의 가장 유명한 관광지이다. 중국에 현존하는 가장 오래된 장서각, 곧 도서 보관소이다. 아시아에서는 가장 오래된 도서관이자, 세계에선 가장 오래된 3대 가족(개인) 도서관으로 꼽힌다. 여기에는 7만여 권의 서적을 보관했다고 한다. 명나라 때 처음 만들어졌지만, 청나라 강희제(康熙帝) 때 범흠의

---

22 동양철학에서는 오행(五行)에서 물[水]이 제일 첫 번째 온다. 그리고 하늘이 제일 먼저 만든 것이 물이다. 따라서 천일생수(天一生水)라는 말이 나온다. 그리고 다음에 지구가 생성된 뒤에는 공간이 사방(四方)과 상하(上下) 육방(六方)으로 이루어졌기 때문에 지육성지(地六成之)…라는 문구가 생겼다. 이러한 설명은 대만의 유명한 불교학자인 남회근이 저술한 『역경잡설(易經雜說)』에 나오는 말이라고 한다. 원래 『역경(易經)』 「계사전(繫辭傳)」 상(上)에서는 하도(河圖)를 설명하면서 정자(程子)가 천수(天數) 다섯 개와 지수(地數) 다섯 개가 있는데 천수(天數) 1은 생(生)이고 지수(地數) 6은 성(成)이라고 설명한다.

후손들이 천일각 앞뒤에 가산(假山)을 만들고 대나무 등을 심어 주변 환경이 더 수려하면서도 그윽하고 운치 있게 조성되었다. 1933년 복구공사를 하면서 영파시 일대에 있던 송·원·명·청 시대의 전각을 이곳으로 옮겨와 명주비림(明州碑林)을 조성함으로써 문화유산이 더욱 풍부해졌다. 또한, 학술적·예술적으로 가치가 큰 선본(善本) 8만여 권이 수장되어 있으며, 이 가운데 명나라의 지방지(地方誌)와 과거제명록(科擧制名錄)은 명나라의 역사를 연구하는 데 소중한 문헌이다. 책을 좋아하는 중국인들은 이런 장서문화도 가꾸었다.

영파는 일찍이 당(唐), 송(宋) 때부터 대외 해상무역항으로 명성이 높았으며, 신라에서 불교를 공부하기 위해 당나라로 향했던 구법승(求法僧)들이 거쳐 가는 고대 한중 무역의 주요 거점이었다. 영파 앞바다 보타도에는 '신라초(新羅礁)'라는 암초가 있었고 장보고가 경영한 '신라방(新羅坊)'도 이 지역에 있는 등 신라의 유적이 남아있다. 당나라에 이어 송나라 때 영파는 특히 고려와 교류가 활발하였다. 대륙을 통일한 송은 당시 북방의 강건 세력인 거란(契丹)을 견제하기 위해 고려와 국교를 맺었고, 고려 역시 송의 문물을 수입하기 위해 조정의 사신을 파견하는 등 문물을 교류하였다. 고려 상인들은 예성강 벽란도를 통해 송으로 금·은·나전칠기·화문석 등의 특산품을 수출하였고, 영파에 이르는 해상교역로를 통해 송의 비단·서적·도자기·약재 등을 수입하였다. 이에 송나라는 1117년 영파에 〈고려사(高麗司)〉를 설립하여 사무를 맡게 하고 〈고려사관(高麗使館)〉을 설치하여 사절들에게 편리를 제공하였는데, 송은 고려의 사신을 조공사(朝貢使)가 아닌 국신사(國信使)의 예로 대하였다. 그 유적이 최근 우리 기업의 지원으로 복원돼 있기도 하다. 그런 역사의 무대가 중국 절강성의 소흥과 영파라는 곳이고 그 영파에 엄청난 장서각이 있었다. 아마도 고려에서 건너간 책도 그 안에 있을 것이다.

중국의 장서문화

사실 중국의 장서(藏書)문화, 곧 책을 모아 이를 많은 사람이 이용하도록 하는 문화는 역사가 꽤 오래되었다. 『한서(漢書)』 「예문지(藝文志)」를 보면 일찍이 주(周)나라 시대를 묘사하는 글 중에 "좌사(左史)는 언(言)을 기록하고 우사(右史)는 사(事)를 기록한다."라는 표현이 있는데 이를 미루어 보면 당시 사관들이 있어 이미 각 나라의 정사에 대해서 기록을 하고 또 이것들을 보관하는 일을 한 것으로 보인다. 『사기(史記)』에서는 노자(老子)에 대해 "주나라 왕조의 도서관 관리인(周守藏室的史也)"이라고 묘사하고 있는데(「老子韩非列傳」), 그가 이런 자리에 있었기에 많은 책을 보고 넓고 깊은 지식을 쌓을 수 있었던 것으로 보고 있다. 노자가 글을 읽은 곳은 하남성에 있는 함곡관(函谷關)으로 알려져 있는데, 그의 학식이 여기서 나왔음은 물론 당시 그가 있던 주(周)나라의 도서정리에도 기여를 했을 것으로 중국인들은 분석한다.

　진시황이 덕을 잃고 정치가 엉망이 되자 각지에서 영웅들이 일어나 대치하다가 항우(項羽)와 유방(劉邦)으로 압축되었는데,

항우는 용감하게 수도인 함양(咸陽)을 먼저 점령하고 아방궁(阿房宮)을 불태웠고 함양에 있던 수많은 전적과 진(秦)나라의 통치자료들을 모두 버렸다. 그러나 뒤늦게 온 유방의 휘하 소하(蕭何)는 전리품을 챙기지 않고 진나라의 호적과 지리, 법률 등 자료들을 챙겼다고 한다. 그것으로 전쟁의 승패는 결정이 났다. 도서나 자료를 챙긴 측이 전쟁에서 이긴 것은 당연하다.

한나라가 세워지자 소하는 국무총리 격인 상국(相國)이 되어 거대한 미앙궁(未央宮)을 건설하는데, 이때 황궁 정전(正殿) 북쪽에 세 개의 장서각을 세웠다. 석거각(石渠閣), 천록각(天綠閣), 기린각(麒麟閣)이 그것인데, 이것이 중국 최초의 황실도서관, 즉 국가도서관이라고 한다. 그 뒤 한무제(漢武帝)가 전국에서 도서를 수집하도록 했는데, 이때 종친인 유향(劉向)이 천록각에서 황실 도서의 정리와 교감을 관장했고, 이때 이후 한나라 황실도서관의 소장도서가 이미 3천 90권에 이르렀다고 한다. 후한 시대가 되어서는 도읍이 장안에서 낙양으로 옮겨졌는데 이때 소장도서가 이미 전한 시대의 3배나 되었고, 이때 역사학자 반고(班固)가 도서의 교서랑(校書郞)이 되어 유명한『한서(漢書)』를 편찬할 수 있게 된 것이다. 다만 이때의 도서들은 후한 말기 동탁(董卓)에 의해 전부 잿더미로 변해 버렸다고 한다.[23]

이처럼 왕조의 성쇠에 따라 책의 운명도 극심한 변화를 겪는다. 남북조(南北朝) 시기에 일어났던 양(梁)나라의 무제(武帝)는 불교를 숭상한 군주로 유명한데, 애서가였기에 궁 안에 문덕전

---

23 曹正文,『書香心怡』. 1994, 上海古籍出版社. 48쪽

(文德殿) 이란 장서각을 세우고 2만 3106권의 책을 모았다고 한다. 그런데 그의 아들 원제(元帝)는 서위(西魏)의 침략을 받고 항복을 할 때 "책을 만 권을 읽어도 오늘 이 같은 일을 당하니 그래서 태워버린다."라며 만여 권의 책을 모두 태웠다고 한다.

찬란한 중국문화를 일으킨 당(唐)나라의 태종은 홍문관(弘文館), 사관(史館), 집현서원(集賢書院) 등을 만들어 전국에서 수집한 도서를 보관토록 했는데, 이후 현종(玄宗) 때에는 이곳에 소장된 도서가 12만 6000여 권에 달했다고 한다. 이후 송나라 원나라로 이어지면서 도서관은 많은 책이 모였다가 불에 타는 재난을 반복하였는데, 명(明)나라 때 이 황실도서관이 엄청나게 확충되었다고 한다. 영종(英宗, 1435-1449년) 때 내각학사인 양사기(楊士奇)의 주관으로 황실 도서의 도서를 정리하도록 했는데, 이때 편찬된『문연각서목(文淵閣書目)』에는 4만 3200책이 수록되었다. 세종(世宗) 때인 가정(嘉靖) 연간(1522-1566) 때에는 수도인 북경에 중국 역사상 최대의 국가자료관을 만들었는데, 이때 불에 타는 목재 대신에 잘 타지 않는 벽돌로 해서, 기둥이 없이 벽에서부터 천정으로 바로 연결되는 공권식(拱卷式) 방식을 써서 곧바로 지붕을 만들어 바람이 잘 통하고 불에도 강한 서고를 만들었다고 한다.

중국을 점령한 만주족은 청나라를 세운 뒤에 문치로 중국을 통치하기 위해 자신들의 통치 이념에 맞지 않는 책들은 모아서 불을 질렀지만, 전국의 도서를 모아 새로 편집하고 이를 간행해 많은 사람이 볼 수 있게 했으니 우리가 잘 아는 북경의 〈유리창(琉璃廠)〉도 바로 이 무렵에 생긴 고서 거리이다. 청나라의 안정기를 연 강희제(康熙帝, 1662-1722)는 통치를 공고히 하기 위해 대신들에게 각종 서적을 새롭게 편찬하도록 했으니, 종합서인『연감류함(淵鑑類函)』, 사전류인『패문운부(佩文韻府)』,『고금도서회편(古今圖書淮編)』,『전당시(全唐詩)』외에도 천문과 역법, 서화, 정치법전, 법규, 문화재, 지방지 등을 모두 모으도록 했는데, 다음 황제 때에 유명한『사고전서(四庫全書)』를 펴냈다. 앞에서 알아본 대로『사고전서(四庫全書)』는 청나라의 가장 번성기인 건륭(乾隆)황제 때인 1772년부터 기윤(紀昀), 육금웅(陸錦熊) 등 4천여 명의 학자들이 10년 동안에 걸쳐 펴낸 중국 역사상 가장 큰 도서모음집으로서 여기에 모여진 도서는 3천 503종 9만 9337권에 글자 수만도 9억 9700만 자에 이른다.

『사고전서(四庫全書)』가 완간되자 청나라 건륭제는 이 책들을 수장하기 위해 전국에 7개의 장서관을 세웠다. 북경의 황궁 안에는 문연각(文淵閣), 원명원(圓明園) 안에 문원각(文源閣), 북경에 오기 전의 수도였던 심양에 문소각(文溯閣), 앞에서 살펴본 승덕(承德) 피서산장의 문진각(文津閣) 등 네 곳에 나눠 세웠는데 이것을 '내정사각((內廷四閣)'이라고 부른다. 황실에서 쓰기 위한 장서각이다. 이어 항주에 문란각(文瀾閣), 양주(揚州)에 문회각(文匯閣), 진강(鎭江)에 문종각(文宗閣) 등 '강절삼각(江浙三閣)'을 세웠다. 이 건물들이 모두 영파(寧波)의 천일각을 본 따 축조한 것임은 앞에서 설명한 그대로이다.

다만 문제는 이러한 장서각, 또는 장서루들이 황실이나 소수의 학자만이 쓸 수 있었다는 것이다. 과거의 역사는 소수가 다수를 다스리는 세상이고 그 소수들이 지식도 독점하던 시절이어서 이런 식의 장서문화가 형성된 것도 어쩔 수 없는 현상이라고 하겠고, 그것이 근대적인 도서관 문화가 들어온 이후 곧 역할을 잃고 퇴락하는 것도 당연한 귀결이라고 하겠다. 그러나 이러한 황실도서관의 자료들을 이용해서 수많은 전문가와 학자, 역사가, 저술가들이 인류문명의 발자취를 기록하고 밝혀놓았으니, 중국이 자랑하는 노자, 소하, 사마천, 반고, 유향, 양웅(楊雄), 마융(馬融), 채옹(蔡邕), 위정(魏征), 우세남(虞世南), 구양수(歐陽修), 송기(宋祁) 등이 이들이다.

이런 장서문화, 도서문화에 빼놓을 수 없는 아취(雅趣), 곧 우아한 취미가 있으니 바로 서재 이름을 멋있게 써서 거는 것이다. 이것은 황실도서관이 아니라 개인이 책을 소장하고 이를 읽고 즐기면서 차도 마시고 글씨도 쓰고 손님도 맞이하고 하는 서재이기에 여기에 멋진 이름을 붙이고 싶은 것이 인지상정이리라. 중국인들은 복희(伏羲), 창힐(倉頡), 주(周) 문왕(文王) 때에도 각기 서재 이름이 있었던 것처럼 말하지만 그것은 지나치게 견강부회한 것 같고 노자나 공자, 시대를 내려와서 한나라 때에도 많은 지식인들이 공부와 연구를 하던 곳에 이름을 붙이기는 하나, 우리가 지금 생각하는 서재라는 개념에 부합되는 이름을 갖게 된 것은 진(晉)나라 이후라고 한다. 그 역사에서 가장 먼저 나오는 사람이 도연명(陶淵明)이다. 그는 관직을 버리고 강서성(江西省) 여산(廬山) 남록에 은거하면서 「귀거래사(歸去來辭)」나 「오류선생전(五柳先生傳)」같은 글을 남겼는데, 그가 있던 서재가 '귀거래관(歸去來館)' 혹은 '오류관(五柳館)'이었다. 당나라 중기의 시인 백거이(白居易)가 공부한 곳은 '백시랑동(白侍郞洞)'이라고 했다. 송나라 때의 문학가 증공(曾鞏)의 서재 이름은 '남헌(南軒)'이었다. 이런 정도의 이름은 평범하다고 하겠으나 후대에 갈수록 이름이 멋있어진다.

왕안석(王安石)의 서재는 '소문재(昭文齋)'이니 '밝은 글이 있는 서재'란 뜻일 것이고, 육유(陸游)의 서재는 '노학암(老學庵)'이니 '나이 들어서도 공부하는 암자'란 뜻이고, 명나라 때 문학가인 서문장(徐文長)의 서재는 '유화서옥(榴花書屋)'이니 '석류꽃 서실'이란 뜻이고, 진보침(陳寶琛)의 서재는 '환독루(還讀樓)'이니 '자주 돌아와서 책 읽는 누각'이란 뜻을 담았다.

중국인들의 이름을 우리가 어찌 다 알 수 있겠는가만은 진유영(陳維英)의 서재는 '태고소(太古巢)'이니 '아주 오래된 둥지'라고 했고, 노신(魯迅)은 만년의 서재를 '삼매서옥(三昧書屋)'이라고 했다. 독서삼매에 빠지는 서실이라는 뜻일 게다. 그런데 이 삼매에 대한 해석은 조금 다르다. "경전을 읽는 맛은 곡식 같고 역사를 읽는 맛은 맛있는 반찬 같고 제자백가의 책을 읽는 것은 간장이나 젓갈과 같다(讀經味如稻粱 讀史味如肴饌 讀諸子百家味如醯醢)."라는 뜻이란다. 풍자개(豊子愷)의 서재는 '연연당(緣緣堂)'이었고 양수달(楊樹達)의 서재 이름은 '적미거(積微居)'인데 '먼지가 쌓이는 집'인지 '먼지를 쌓는 집'인지는 확실치 않다. 또 '면벽재(面壁齋)', '북산루(北山樓)', '발수재(鉢水齋)', '청풍루(聽風樓)' 등등이 있다. 이런 서재 이름을 들여다본 『서향심이(書香心怡)』의 저자 조정문(曹正文)은 아주 옛날에는 사람들이 인가와 떨어진 깊은 산 속에서 책을 읽는 경우가 많았다가 점차 집들이 늘고 도시가 생기고 하면서 서재도 크기나 형태가 좋아지면서 멋

진 이름들을 붙이게 되었다고 분석한다.

　서재에는 또 남이나 자신이 쓴 글귀를 붙이기도 한다. 대개 대련(對聯)이 많은데, 청나라 중기의 유명한 서화가인 정판교(鄭板橋)는 자신의 서재에 '室雅何須大(실아하수대) 花香不在多(화향부재다)'라고 했다. "방은 우아하면 됐지 클 필요가 없다. 꽃향기도 많이 있을 이유가 없듯이" 정도로 풀 수 있을까? 이밖에 이런 대련을 보면,

朱藤花壓讀書堂　　붉은 등나무꽃 독서실 빽빽하게 피었더니
分得楝陰半畝凉　　어느새 오동 그림자가 서늘하게 비치누나

…원목(袁牧)

幾百年人家無非積善　　백 년 가는 집들은 적선 안 한 곳 없고
第一等好事只是讀書　　제일 좋은 일은 그저 독서를 하는 것이지

…호적당(胡積堂)

三頓飮 數杯茗 一爐香 萬卷書

何必向塵寰外求眞仙佛

술 몇 잔, 좋은 차, 좋은 향기 속 만 권의 책이라

뭐 하러 먼지 속세에서 신선 부처를 찾으려 하나

현대가 되면 도시의 고층 아파트에 살아야 하는 문인들도 있으니 그들은 어찌할 것인가? '백척루두(百尺樓頭)'라고 했단다. 백척간두(百尺竿頭)를 살짝 패러디한 서재 이름일 것이다.

이런저런 이야기도 사실은 내가 중국에 있을 때 〈유리창〉 등에서 사 모은 별별 책 속에 다 들어있다. 그러니 책이란 것이 얼마나 좋은 친구인가? 한국에 들어와 벌써 사반세기가 지났지만, 그때 눈에 띄어 사 둔 책들이 지금에서야 이런저런 몰랐던 옛이야기들을 말해주고 있으니 말이다.

이렇게 가져갔다

중국의 남경(南京, 난징)에 있는 남경대학살기념관을 가본 사람이라면 누구나 착잡한 기분을 느낄 것이다. 인간이 이처럼 잔인해질 수 있느냐 하는 의문을 누를 수가 없다. 거기에 전시돼있는 수많은 영령은 일본이란 나라, 일본인이란 사람들의 속성을 다시 생각해보게 한다. 아무리 전쟁이라지만 사람을 그렇게 죽이고 처치하고 없애는 게 재미있단 말인가? 강간하고 사람의 살을 잘라 만두를 빚어 먹고, 가족을 죽이고 시신을 잘라 국을 끓여 그것을 가족들에게 다시 먹게 한다. 그것이 과연 '전쟁 중이니까'라는 말 한마디로 설명될 수 있는가? 혹시 일본이란 나라의 본질적인 속성에 중국이나 우리와 다른 그 무엇이 있는 게 아닌가? 그렇지 않고서는 그러한 광기가 나올 수가 없는 것이다. 그러나 일본군의 남경대학살을 30만 명의 희생으로만 알고 있다면 그것은 또 일본의 절반밖에 모르는 것이다. 일본군은 중국에 와서 사람들만 죽인 것이 아니라 문화 자체를 훔치고 말살하려 했다. 그들은 영토도둑뿐이 아니라 문화도둑이기도 했던 것이다.

1938년 3월 14일, 30만 명의 중국인들이 살해된 남경시는 태풍이 휩쓸고 간 폐허 그것이었다. 거리에 나다니는 사람들도 없고 곳곳에는 포격에 깨어지고 넘어진 벽돌과 시멘트 덩어리가 길을 가로막고 있었다. 그런데 주강로(珠江路)에 있는 지질조사소만은 예외였다. 트럭은 사람들을 연신 실어 나르고 있었다. 머리가 허연 사람들이 3층의 먼지 더미 속에서 무언가 부지런히 작업을 계속하고 있었다. 그들 앞에는 책이 산처럼 쌓여있었다. 그들은 열심히 책을 분류하고 있었다. 분류가 끝난 책들은 상자에 담겨 밖으로 실려 나가고 있었다. 그들은 남경의 책을 도둑질하고 있었던 것이다. 그들로서는 도둑질이 아니라 전쟁에 이긴 전리품을 챙긴다고 주장할 것이다. 그러나 이것은 엄연한 도둑질인 것이다.

이 작업에는 특별병력 230명이 투입됐다. 이들은 367명의 사병을 동원해서 남경의 70군데에서 책을 마구 거둬들였다. 여기에는 쿠리(苦力; 막노동 등 힘든 일을 하는 중국인 노동꾼) 880명이 끌려 들어왔다. 그들은 일본군이 시키는 대로 책을 이 지질연구소에 모아주었다. 당시의 군 트럭 300여 대분 88만 권이 이곳에 모였다. 이 책들은 이른바 문화 특무(문화 관계를 전문으로 다루는 밀정들)의 엄격한 검사를 거쳐 일본으로 모두 수송됐다. 별볼 일 없는 책들은 모두 불에 태워졌다.

고서나 고유물, 유적은 인류문명의 지표이자 증거이다. 그러나 중국을 침략한 일본군은 공공연하게 책을 훔쳐 가고 유적을 파헤치고 유물을 깨뜨려버렸다. 중국문화를 파괴, 말살하려는 음모를 전쟁과 동시에 진행했던 것이다. 전쟁이 끝난 뒤에 대충 조사를 해보니 일본군에 의해 없어진 책들은 360만 권, 유물은 1870상자, 그리고 각종 유적 741군데가 일본의 유린을 받았다.

일본군이 상해를 폭격할 때에 시내에 있는 173개의 도서관은 엄중한 손실을 보아 도서 40만 권이 피해를 당했다. 남경의 시립 도서관과 교외에 있는 부자묘(夫子廟)가 폭격을 당해 도서가 전부 날아가 버렸다. 호남성 성립(省立)도서관의 20만 권, 3만여 권을 소장하고 있던 중앙연구원 생물도서관도 불길에 삼켜졌고, 호남대학의 도서관의 도서 4만 8000권도 타버렸다. 싱가포르에서 돌아온 유명한 화교(華僑) 부호 진가경(陳嘉慶)이 복건성 하문(廈門, 샤먼)에 세운 집미(集美)대학교 도서관의 책 3만여 권도 마찬가지였다. 멀리 후방이었던 중경(重慶, 충칭)에서도 15만 권이 타버렸다. 통계에 따르면 중국 내에 있는 현(縣, 우리의 군에 해당)급 이상의 도서관 2166군데가 일본이 전쟁을 일으킨 1년 동안 폭격을 받아 80% 이상이 엄중한 손실을 본 것으로 나타났다. 이 때문에 없어진 책은 줄잡아 800만 권이나 됐다.

일본은 전쟁 중에 조직적으로 중국의 희귀본, 귀중본을 수색해서 빼앗아 갔다. 남경의 유명한 장서가(藏書家)인 노기야(盧冀野) 씨의 귀중 도서 1만여 권을 비롯해서 항주(杭州, 항저우)의 장서가 왕승산(王承珊) 씨의 동남장서루(東南藏書樓), 상숙구(常熟瞿) 씨의 철금동검루(鐵琴洞劍樓), 소주(蘇州, 수저우)의 반씨 방가재(潘氏滂嘉齋) 소장의 진귀 도서들을 일본군은 모두 빼앗아 갔다. 1937년 8월, 일본군은 북경의 고물상 밀집 지역을 뒤져 화차 4개 분량에 해당하는 고서들을 실어갔다. 연경대학교 도서관의 5만 권도 가져갔다. 북경도서관의 58만 권, 상해의 40만 권, 천진과 제남, 항주 등지의 공공도서관 서적 15만 권이 모두 일본으로 실려 갔다.

전쟁 전에 중국의 박물관은 모두 77군데가 있었으나 전쟁 중에 대부분이 파괴되고 남은 것이라고는 14군데밖에 안 되었다. 무석(无錫) 현립 박물관에 있던 금속조각 2천여 점이 없어져 버렸다. 하남성 박물관은 1938년 5월 일본군의 소탕 작전(?)에 따라 텅 비고 말았다. 일본군이 진주하기 전에 북경에 있던 고궁박물원은 중요 물품을 남쪽으로 옮겨놓았으나, 일본군은 1942년 8월부터 고궁박물원에 있던 큰 구리항아리 66개를 반출해 갔으며, 구리로 만든 등주(燈柱) 97개, 그리고 구리나 청동으로 만든 금속제품 22만 킬로그램을 반출해 갔다. 중국이 국립중앙박물관을 만든다며 모아놓은 남제(南齊) 시대의 석불(石佛)과 산서성(山西省)의 한 절의 벽화 등 진품들이 남경 시내에 있다가 일본군들에 의해 실려 갔다. 금릉여자문리학원(金陵女子文理學院)에서는 송나라 시대의 구리거울 4점과 구리로 만든 한나라 시대의 관인류(官印類), 육조(六朝)시대의 관인류 8점을 일본군에 빼앗겼다. 인류의 가장 오래된 조상으로 보이는 두개골로 유명한 북경원인(北京猿人), 산정동인(山頂洞人)의 두개골이 북경의 협화의원에 보관돼 있다가 갑자기 없어졌는데, 이것도 일본의 소행으로 의심을 받고 있다.

약탈과 절도는 박물관 등 공공기관에만 국한되지 않는다. 연경(燕京)대학교 교수였던 유명한 역사학자 고힐강(顧詰剛) 선생이 모아놓았던 명나라와 청나라 때의 귀중 도서 4만 800권과 인보

(印譜), 탁본 150점, 서화 40여 점, 옛 동전 650매, 옛 거울 3점, 칼 2점, 두루마리 불교 경전 2점도 일본군에게 빼앗겼다.

　지상에 있는 문화재, 골동품만으로는 부족해서 일본은 발굴이라는 이름 아래 땅을 파고 거기서 나오는 유물들을 일본으로 속속 가져갔다. 여기에는 당시의 이름난 학자들이 앞장을 섰다. 하라다 요시토(原田淑人)[24], 나가히로 도시오(長廣敏雄)[25] 등의 고고학자들은 빼앗은 중국 땅에 학술조사를 한다는 명목으로 북위(北魏)의 수도인 평성(平城, 오늘날의 山西省 大同 雲岡) 유적을 비롯해서 한단(邯鄲)의 조왕성(趙王城) 유지, 제국고성(齊國故城), 산동성 곡부(曲阜)의 한로영광전(漢魯靈光殿) 유지, 은허(殷墟) 유지 등을 멋대로 발굴하고 유물을 가져갔다. 남경시 교외에 보관돼 있던 현장법사(서유기의 주인공으로 인도를 다녀와 역경에 큰 업적을 쌓은 스님)의 사리도 없어져 버렸다.

　그러나 더욱 가슴 아픈 일은 못 가져가는 문화재는 모두 파괴되어 흙이 되어버린 점이다. 상해에 처들어간 일본군은 상해박물관을 불 질러버렸다. 남경에 보존돼 오던 은허(殷墟)에서 발굴된 탁본과 도자기 파편 등 954상자는 일본군의 도로포장을 위해 재료로 쓰였다. 산동성 장구(章丘), 고밀(高密) 등에서는 절이나 사당이 성한 것이 하나도 없었고 기수(沂水)의 옛날 탑, 남경의

24　原田淑人(1885-1974). 일본의 고고학자. 도쿄대 교수. 浜田耕作 등과 함께 동아
　　고고학회(東亞考古学会)를 설립했다. '일본 근대 동양 고고학의 아버지'로 부른
　　다.
25　長廣敏雄(1905-1990). 일본의 미술사학자. 동양미술사 전공. 1929년 동방문화
　　학원 경도연구소(東方文化学院 京都研究所) 소속으로 중국의 운강 석굴 등을
　　조사했다.

뛰어난 절들, 산동 곡부(曲阜, 취푸)의 공자 사당인 공묘(孔廟)도 파괴됐다.

빼앗아 간 서적이나 유물은 어떻게 했는가? 일본에 간 한 중국 인은 도쿄(東京)에서 이 물건들이 진열돼있는 것을 보고 열이 나 서 견딜 수가 없었다고 말하고 있다. 그 물건들은 '어느 왕조 어느 때의 물건인데 어느 전쟁에서 어떻게 빼앗아 가져온 것이다'라고 자랑스럽게(?) 설명까지 달아 놓았다는 것이다. 홍콩이 일본에 점령된 이후[26] 중앙도서관이 보존하고 있던 홍콩 풍평산(馮平山) 도서관의 『사고전서(四庫全書)』 등 3만 5000권을 가져간 일본의 밀정 다케후지(竹藤峰治)는 도쿄의 우에노(上野)도서관과 이세 하라(伊勢原)에 이를 버젓이 보관해 놓았다. 전쟁이 끝난 뒤에 중 국이 일본에 있는 도서들을 추적해 보니 제국(帝國)도서관의 지 하창고에서 2만 5000권의 중국 고서가 발견됐다.[27] 아이찌(愛知) 현의 한 마을 개인 집 지하에서 만여 권이 발견됐다. 역사가 길다 고는 하지만 문화적으로는 차이가 있었던 일본인들은 중국의 역

---

26 1941년 12월 25일 홍콩은 일본군에게 점령되었다. 12월 28일 홍콩대학 풍평산 도서관(馮平山図書館)은 대일본군민정부(大日本軍民政部, 부원에는 竹藤峰治 등)에 의해 접수되어 일본육군 군수집 제4반(大日本陸軍 軍蒐集第四班, 반원에 는 須山卓, 前島信次, 大滝栄一 등)에 인도되어 관리되었다… 劉国蓁「服務馮平 山図書館의 回憶」(五).『華僑日報』1957年 12月 19日 참조

27 1942年 2月 2日, 在日本谍报人员竹藤峰治的指导下, 他们运走了该馆所存图 书. 除中央图书馆善本110箱外, 还有中华图书馆协会210箱, 岭南大学20箱, 国立北平图书馆70箱又零散文献3787册, 中华教育文化基金会5箱, 王重民东 方学图书3箱. 遭劫夺的文献中, 有28种可谓"国宝", 如宋刊本『五臣注文选』, 『后汉书』,『礼记』, 明写本『永乐大典』数卷.「王世襄赴日追索被掠文物」2009 年 12月 29日 15:29 北京日报

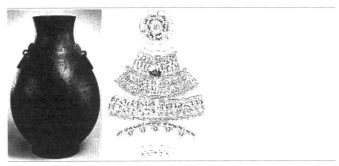
일본에서 찾아낸 중국 전국(戰國)시대의 구리항아리[獵宴樂紋銅壺]

사와 문화, 도서, 고문화재에 대해 특별한 애착을 느끼고 전국에서 다투어 빼앗아 일본으로 실어 갔던 것이다.

일본군이 빼앗아 가지 않아도 중국은 전쟁 중에 수많은 도서를 잃어버려야 했다. 전쟁이 일어나자 중국은 도처에서 도서관의 책을 싸서 기차나 트럭, 배로 안전한 후방지대로 옮겼다. 산동대학교 도서관의 책들은 기차에 싣고 옮기다가 폭격을 맞아 만여 권 이상이 날아가 버렸다. 무한(武漢, 우한)대학교는 서쪽에 있는 의창(宜昌)으로 도서를 옮기다가 목선이 폭격에 맞아 많이 없어진 데 이어 삼협 근처에서는 배가 좌초돼 가라앉음으로써 2만여 권을 수장시켰다. 광동성도서관의 도서 운반선도 가라앉아 1만 5000권이 수장됐다. 남녕(南寧)도서관, 광서(廣西)대학도서관의 책은 홍수에 좌초돼 각각 2만여 권을 잃어버렸다. 여기에다 일본이 중일 친선을 도모한다며 좋지 않은 책이라는 핑계로 수거해 태워버린 책이 65만 권에 이르고 있다. 문자의 나라, 책의 나라 중국은 2차대전 기간 일본군의 침략과 약탈, 혹은 그로 인한 피난 때문에 엄청난 자산을 잃어버린 것이다.

일본이 우리나라에서 창씨개명입네, 신사참배입네 하며 우리 민족의 얼을 짓밟고 빼앗아 일본의 하인으로의 개조작업에 열중했듯이 중국에서는 문화를 약탈하고 교육을 못 하도록 해 무지몽매한 중국인으로 남도록 했다. 전쟁 전에 중국의 대학교는 모두 110개, 대부분이 바다와 접한 연안지구에 있었다. 그러나 일본군은 대학을 마구 유린했다. 천진의 유명한 남개(南開)대학은 폭격으로 평지로 변해 버렸다. 상해의 화광(華光)대학교는 전쟁 중에 건물이 모조리 파괴됐다. 일본군은 남경에서의 전투에서 50여 회의 출격에 폭격기 연 800대가 160톤의 폭탄을 퍼부었다. 중앙대학교도 만신창이가 됐다. 모두 69개 대학이 서쪽으로, 서쪽으로 이사를 전전하는 바람에 실험 실습 기재고 무어고 남아나는 게 제대로 없었다. 대학생 수가 크게 줄어든 것은 물론이다. 주요 도시의 전문대학 이상의 대학 31군데가 완전히 폐허가 됐고, 고등학교의 70%인 1867군데가 날아갔다. 남경 시내의 경우 전쟁 전에 고등학교 46군데, 초등학교 158군데가 있었으나 전쟁 후에는 3분의 1인 15개와 46개만 각각 남아있을 뿐이었다.

1946년 열린 유네스코총회에서 중국 대표는 일본군의 침략으로 중국인들이 직, 간접으로 입은 피해는 당시 금액으로 환산하면 미화 9억 6000만 달러에 이른다고 보고한 바 있다. 50년 전 당시 미화 10억 달러라면 오늘날은 얼마일까? 상상할 수가 없다.

일본은 그 많은 책을 가져가고도 전후에 겨우 15만 8873권을 돌려주었을 뿐이다. 우리나라 책도 그렇지만 중국 책은 모두 약탈자 일본의 손에 들어가 수많은 일본 책벌레들에 의해 다시 중국을 경제적으로 침략하는 밑바탕으로 활용되고 있다. 일본의 수많은 도서관과 연구소, 많은 대학은 훔쳐 간 중국의 책을 통해 세계 학계에 논문을 발표하고 있다.

일본에 살던 많은 사람은 일본인들이 깨끗하고 깔끔하고 일 처리도 매끈하며 뇌물을 받지 않는 등 깨끗하고 청렴하다고 칭찬을 한다. 그들이 공부를 많이 하고 연구를 많이 해서 계속 새로운 것을 만들어 내는 데 놀라며 경의를 표하기도 한다. 그러나 일본의 문화는 기본적으로 약탈문화인 것이다. 일본의 문명은 약탈에 의한 모방과 가공의 문화인 것이다. 2018년은 일본에 메이지유신(明治維新)이 일어난 지 150년 된 해라고 해서 많은 곳에서 그 의미를 기리는 행사가 있었지만, 이 유신의 기수(旗手)로 인정을 받는 사카모토 류마(坂本龍馬)의 출신지인 토사번(土佐藩)에는 오래된 전설이 전해져 오는데, 이 나라의 주인이 이웃 나라에 종이 만드는 기술이 있다는 것을 알고 그 기술자를 불러 기술을 배운 다음에는 그 기술이 다른 데로 퍼지면 안 된다며 기술자를 돌려보내어 이웃 나라로 들어갈 즈음에 자객을 보내 그를 없애버렸다고 한다. 이렇듯 일본인들은 일상이 곧 전투에 임한 듯, 전쟁하듯 생각하고 살아간다고 한다. 일본 현대의 역사소설가인 시바 료타로(司馬遼太郎)와 중국인으로서 일본에서 소설가로 활동하던 진순신(陳舜臣)은 이런 예를 들어보건대 "일본인들은 늘 임전체제(臨戰体制)에 살고 있다."라고 했다.[28] 그처럼 일본은 자신들의 이익을 위해서라면 약탈은 물론 그 지식의 주인을 죽이는 것을 대수롭지 않게 생각하는 문화가 전통적으로 있음을 알지 않

---

28 『日本人を考える 司馬遼太郎對談集』, 文藝春秋社, 1978, 174쪽

으면 안 된다.

그러기 때문에 우리는 일본에 대해 도덕적인 가치를 강의할 수가 없다. 그들의 학문과 문화가 기본적으로 자생보다는 약탈을 통해 형성된 것이기에 근본적인 문제를 안고 있는 것이다. 그만큼 책에 대해서는 맹목적이라고 할 만큼 욕심이 많고 여기에는 도덕이라던가 윤리가 존재하지 않았다.

약탈을 넘어서서

우리나라와 일본의 차이를 지정학적으로 규정하자면 우리는 반도 국가이고 일본은 섬나라 국가이다. 우리의 위치를 반도라고 규정하는 것에 대해 이것이 일본이 주장하는 작은 나라의 국민성이란 개념에서의 반도라고 오해할 필요는 없다. 반도라고 하면 대륙으로 연결된 중국 땅이나 바다로 연결된 일본으로나 옮겨갈 수 있다는 뜻이다. 일본을 섬나라라고 규정을 하면 그만큼 국민성이 섬나라적(的)인 것, 마음이 좁고 생각이 막혀 있다는 뜻이 아니라 서쪽은 우리나라나 중국과 연결돼 있지만, 동쪽으로는 태평양만이 있기에 그쪽으로 나갈 수가 없어서 문물이나 문화가 일본에서 사실상 정지하고 거기서 쌓여서 익어갈 수밖에 없다는 뜻이다. 물론 이것은 교통이 발전하지 않았던 고·중세 시대의 이야기이고 근세에 와서 해상교통이 발전한 이후에는 일본이 더 일찍 세계와 접하고 문을 열었기에, 보다 선진국화가 되었음은 우리가 다 아는 바다.

이런 이야기를 하는 것은, 서적이나 전적의 경우를 말하고 싶어서다. 과거 일본은 중국과 무역하거나 왕래하면서 중국으로부터 엄청나게 많은 서적을 사 가서 각지에 보관 보존하고 있었고 우리나라에서도 많은 서적을 받아가거나 사서 그들의 서고를 채웠음을 알 필요가 있다는 뜻이다.

성호 이익은 그의 저서『성호사설』에서 이 상황을 지적한다.

일본은 비록 해도(海島)에 있으나 개국한 지가 오래고 전적(典籍)도 다 갖춰졌다. 진북계(陳北溪)[29]의『성리자의(性理字義)』와『삼운통고(三韻通考)』에는 우리가 왜국[倭]으로부터 전적을 구하였고, 우리나라의『이상국집(李相國集)』도 우리나라에서는 이미 산실되었으므로, 다시 왜국으로부터 구해 와서 세상에 간행했다 하였는데, 대개 왜판(倭板)의 글자는 자획이 정제하여 우리나라 것과 비교가 되지 않으니 그 풍속을 알 수 있다.[30]

라고 해서 우리나라가 일찍이 일본으로부터 서적을 많이 들여왔으며, 고려 고종 28년(1241)에 이규보가 펴낸 문집인『이상국집(李相國集)』도 조선 시대에 들어서서 판본들이 없어져서 일본에서 가져왔음을 알리고 있다.[31]

29 중국 남송의 성리학자인 진순(陳淳, 1159-1223)을 말한다. 호가 북계여서 흔히 북계 선생이라고도 부른다. 주희가 만년에 얻은 뛰어난 제자로서 그를 통해 주희의 학문이 더욱 정교하고 치밀해졌다는 평을 받는다. 저서로『북계전집(北溪全集)』이 있다.

30 『성호사설』제17권「인사문(人事門)」'일본충의(日本忠義)'

31 『동국이상국집(東國李相國文集)』을 말한다. 표지에는 '이상국집'이라고만 되어 있다.『동국이상국집』은 1241년 완성되어 8월에 간행에 착수하였으나, 이규보는

임진왜란을 기록한 조경남(趙慶男)이란 사람이 쓴『난중잡록(亂中雜錄)』에도 이런 구절이 나온다.

> 중(僧) 의안(意安)이라는 자를 만나보니 … 그가 말하기를 "임진년 싸움 때에 왜인이 조선 호조(戶曹)의 전적(田籍)을 모조리 가져갔는데 일본 전적의 반도 못 되더라." 하였습니다. 그 사람이 우직하고 어눌하여 믿을 만하니 아마도 함부로 한 말은 아닌 듯싶습니다.
>
> …난중잡록4(亂中雜錄四) 경자년 상 만력 28년, 선조 33년(1600년)

임진왜란 때의 장수 가토 기요마사(加藤清正)가 가져간『의방유취』는 유일본이 되어 나중에 한국에 역수입된 대표적인 사례이다. 일본인들이 서적을 수입하거나 구매한 것을 넘어서 약탈을 했을지언정 그것들이 일본에서 남아있음으로 동양인들의 지적(知的) 유산이 살아남은 것은 다행이라고 하지 않을 수 없다.

이 같은 사정을 알고 비교적 객관적으로 기술한 사람이 서예와 문자학, 금석학, 고증학에 뛰어난 추사(秋史) 김정희(金正喜)다.

> 일본(日本) 문자의 연기(緣起)는 백제(百濟)의 왕인(王仁)으로부터 시작되었으며 그 나라 글은 그 나라의 일컫는 바에 의하면 황비씨(黃備氏)

문집의 완성을 보지 못하고 9월에 74세로 세상을 떠났다. 아들 이함(李涵)이 시문을 추가하고「연보」,「묘지명」등을 더하여 12월에 53권 14책으로 간행되었다. 1251년에는 손자 이익배(李益培)가 잘못된 것을 바로잡아 중간하였다. 현전하는 본은 "국내에는 잃어버린 것을 일본에서 구해 와 지금 다시 간행하였다."는『성호사설』의 기록에 따르면 영조 때에 간행된 것으로 추정된다.

가 제정했다는 것이다. 그때는 중국과 통하지 못하고 무릇 중국에 관계되는 서적은 모두 우리나라에 의뢰했다. 지금 족리대학(足利大學)에 보존된 고경(古經)은 바로 당나라 이전의 구적(舊蹟)이다.

일찍이 『상서(尙書)』를 번조(翻雕)한 것을 얻어보았는데 제·양(齊梁)의 금석(金石)과 더불어 글자의 체가 서로 동일하며 또 신라 진흥왕비의 글자와도 같으니 이는 필시 왕인 시대에 얻어갔던 것으로서 지금 천년이 지난 나머지에도 고스란히 수장되어 있다. 이는 진실로 천하에 없는 것이다. 더구나 황간(皇侃)의 『논어의소(論語義疏)』나 소길(蕭吉)의 『오행대의』같은 등의 서는 다 중국에도 하마 없어진 것인데 오히려 그쪽에는 보존되어 있으니 얼마나 이상한 일인가… 아! 나가사키(長崎)의 선박이 날로 중국과 더불어 호흡이 서로 통하여 사동(絲銅)의 무역은 오히려 그 다음에 속하고 천하의 서적도 산과 바다로 실어 가지 않는 것이 없다. 옛날에는 우리에게 의뢰해야만 했는데 마침내는 우리보다 먼저 보는 것도 있으니 조본렴(篠本廉)이 아무리 글을 잘 아니하고자 해도 아니 되게 되었다. 그러나 이 한 가지 일만 보고서도 천하의 대세를 알 수 있다. 그 사람들이 사동(絲銅)이나 서적 이외에 중국에서 얻어가는 것이 또 있다는 사실을 어찌 알리오. 아!

…『완당전집』제8권 「잡지(雜識)」

라고 하여 일본이 좋은 서적을 산처럼 실어가고 있고 그러니 그런 책을 공부한 조본렴(篠本廉)[32]같은 학자들의 문장체가 날로

---

32 篠本竹堂(사사모토 치쿠도)로 본명이 렴(廉)이다. 1743-1809. 에도시대 중후기의 유학자이며 막부의 신하로서 문장과 글씨에 뛰어났고 『江戸春遊記』『北槎異聞』등의 저술을 남겼다.

휘황해지고 그들의 지식도 높음을 감탄하고 있다. 추사가 활동하던 당시에 조본렴이란 사람이 쓴 글이 일본에서 조선에 수입되어 식자층에서 보고 충격을 받은 듯 다산 정약용도 조본렴과 일본의 지식수준에 대해 언급한다.

일본에는 근래에 이름난 유학자(名儒)들이 많이 배출되고 있는데 호를 조래(徂徠)라고 하는 물부쌍백(物部雙栢)[33] 같은 사람은 해동부자(海東夫子)라고 일컬어지고 있으며 그 제자들도 매우 많다. 지난번 통신사가 다녀오는 길에 조본렴(篠本廉)의 글 3통을 얻어 가지고 왔는데, 그 문장이 모두 정밀하고 날카로웠다. 대저 일본은 본래 백제를 통해서 서적을 얻어보게 되었으므로 과거에는 몹시 몽매하였었는데, 그 후에 직접 중국의 절강(浙江) 지방과 교역을 트면서부터 중국의 좋은 서적은 사 가지 않은 것이 없었다. 또 과거(科擧) 공부의 누가 없으므로 지금 그들의 문학이 우리나라보다 훨씬 앞서 있으니, 매우 부끄러운 일이다.

…『다산시문집』제21권「두 아들에게 보여줌」서(書)

이렇듯이 다산은 일본이 서적을 구하고 모아 공부를 하는 습속이 우리보다 훨씬 다양하고 높다는 것을 지적하였다. 임진왜란 이후 조선 사람들은 무조건 일본은 왜(倭)이고 못된 나라로 학문도 별 볼 것 없는 나라로 여겼다. 그러나 다산은 예의 유학자들과

---

33 오규 소라이(荻生徂徠, 1666-1728)을 일컫는다. 에도(江戶) 중기의 유학자(儒學者)·사상가·문헌학자이다. 소라이는 그의 호(號)이고 본래의 이름은 오규 나베마쓰(荻生雙松), 본성(本姓)은 모노노베(物部)이다. 다산은 본성과 본명으로 기재하였다.

는 달리 일본의 경학 연구서를 얻어보면서 그들의 학문 수준이 어느 정도였나를 명확히 관찰하고 있었다. 또한, 일본의 우수한 문물을 우리가 보고 놀라면서도 그것을 따라가거나 앞서려는 노력을 전혀 하지 않고 있음을 개탄하고 있다.

> 우리나라 사람이 그곳에 표류하면 그들은 번번이 새로 배를 만들어서 돌려보냈는데, 그 배의 제도가 아주 절묘하였다. 하지만 여기에 도착하면 우리는 그것을 모두 부수어서 그 법을 본받으려고 하지 않았다. 일본 집(館倭)의 격자창(房櫳) 제도도 아주 정결하고 밝고 따뜻해서 좋다. 그러나 그 법을 본받으려 하지 않으니, 그 법을 기록해 본들 무슨 소용이 있겠는가. 지난번에 류문충(柳文忠. 즉 柳成龍)이 아니었더라면 조총(鳥銃)의 제도마저 끝내 우리에게 전해지지 못하였을 것이다.
>
> …『여유당전서』, 「발해사견문록(跋海槎見聞錄)」

일본이 역사적으로 중국과 한국에서 도서를 약탈한 사례는 수도 없이 많다. 약탈이 안 되는 때에는 엄청난 도서를 사서 모았다. 오늘날 일본 곳곳에 도서관들이 있고 그 안에 이미 우리나라나 중국에 없는 진귀한 서적들이 헤아릴 수 없이 수장되고 있으며 전국의 도서관들에서 수만, 수십만 권의 책들이 필요한 정보를 제공하고 있는 것은 결코 우연이 아니다. 일본이 서적과 전적을 약탈한 것에 대해서는 비판을 해야겠지만 그들의 지적인 욕구만은 인정하고 본받을 것은 본받아야 한다는 이야기가 나오는 이유이다.

간다를 간다

"우리 숙소에서 간다가 멀지 않아요."

1983년 8월 26일 도쿄에 도착한 대학생 일본연수단의 인솔책임자인 대구대학교 교수님이 이런 말을 해주신다.

"아 그래요? 걸어서도 갈 수 있나요?"

하고 되묻자 갈 수 있단다. 이들 대학생과 일정을 취재한다는 명목으로 동행했던 필자는 숙소인 YMCA호텔에서 약 25분 남짓 걸어서 도쿄의 고서점 거리 '간다(神田)'에 갔다. 그것이 첫 인연이다. 회사에서 문화재와 고미술 등을 취재하고 있었기에 자연스럽게 책방 거리를 따라가다가 보니 화보 등을 파는 곳이 있어 일본에서 열린 고구려전 도록 등 몇 권을 샀다. 당시 나의 나이는 만 서른 살, 기자 초년생이라 월급도 많지 않을 때여서 더 많은 책을 살 형편이 안 되어 조금만 산 것인데, 사실은 당시에는 일본어도 막 배우려고 시작할 때여서 일본 책은 주어도 읽지를 못할 때였으니 어느 책이 좋은지, 어떤 책이 필요한지도 알지 못할 때였기에 책을 못사는 것이 당연하였다. 그저 산같이 높이 쌓인 서가의 책들을 보며, 끝없이 이어진 고서점들을 보며 이거 대단하구나 하는 막연한 생각밖에는 갖지 못했다.

간다(神田) 진보마치(神保町)는 일본이 자랑하는 책방 거리이다. 이 간다 책방 거리를 말할 때면 일본이 내세우는 일화가 하나 있다. 바로 2019년 4월 말로 퇴임한 미치코(美智子) 황후 이야기다. 일본의 세이신(聖心)여자대학에서 영문학을 전공한 마사다 미치코(正田美智子)는 졸업논문을 쓰기 위해 진보초에 있는 서양 고서 전문점인 〈기타자와서점(北沢書店)〉에 들렀다고 한다. 그녀의 졸업논문은 영국 작가 존 골즈워시(John Galsworthy, 1867-1933)의 소설을 분석한 「포사이트가(家)의 연대기(The Forsyte Chronicles)에 있어서의 상극과 조화」였단다. 그래서 아마도 이와 관련된 자료를 찾으러 자주 고서점 거리를 찾은 것으로 아직도 이 서점을 지키고 있는 나이 든 사람들이 증언하고 있다. 미치코 황후는 1957년에 당시 황태자와 결혼하게 되는데 50년 후인 2007년에 황후로서 유럽 순방을 떠나면서 기자들을 만나는 자리가 있었다고 한다. 그때 한 기자가 "누구 아무도 없고 경호도 없이 하루를 보낼 수 있다면 무엇을 하고 싶으세요?"라고 질문을 하자 "투명인간이 되어 학생 시절에 자주 다녔던 진보마치의 고서점을 둘러보며 다시 한번 책들을 선 채로 읽어보고 싶습니다."라고 말했다고 한다. 일본의 황후가 예전에 그렇게 좋아하던 책방 거리라는 뜻으로 일본인들은 이 일화를 거론한다.

이 고서점 거리는 도쿄 치요다구(북동쪽에 위치하는데, 1880년대에 이 일대에 차례로 세워진 메이지법률학교(明治法律学校, 나중의 明治대학), 잉기리법률학교(英吉利法律学校, 나중에

中央大学), 니혼법률학교(日本法律学校, 나중에 日本大学), 센 슈학교(專修学校, 나중에 專修大学) 등등이 들어오고 이들 학 교 학생들을 위한 서점들이 함께 들어오면서 형성되었다고 하니 130년이 넘는 역사를 자랑하고 있다. 그 뒤 대학의 학부가 다양 화되면서 각각의 전문서점들이 계속 생겨나서 오늘날과 같은 방 대한 고서점 거리가 되었는데, 2차 대전 때에 미군의 공습을 받 지 않았기에 그대로 유지가 되면서 수많은 책이 살아남았다고 한 다. 당시 하버드 대학에 교편을 잡고 있던, 러시아인 일본학자 세 르게이 엘리세프가 이 일대에 있는 고서를 보호하기 위해 공습하 지 말아 달라고 미군에게 청원했기 때문이라고 전해온다. 루스 벨트 대통령과 하버드 대학에서 같이 공부한 미국인 랭든 워너가 수많은 문화재가 남아있는 교토를 폭격하지 말라고 루스벨트 대 통령 등 각계에 호소한 덕에 교토가 살아남은 것과 비슷한 사례 일 것이다.[34] 문학, 철학, 사회과학, 연극, 자연과학, 서양 서적, 문 고본 등등 200여 개에 이르는 다양한 전문서점들이 아직도 영업 하고 있는데 그중에 140개 정도가 고서를 다루고 있다고 한다.

나도 도쿄에 가는 기회가 있으면 간다 진보초에 가려고 한다. 내가 가입해 활동하고 있는 〈동아시아고대학회〉가 2017년 7월 초 도쿄 서쪽 사이타마(埼玉)현 히다카(日高)시의 고마신사(高 麗神社)에서 학술대회를 여는 것을 계기로 도쿄를 찾았을 때 아

---

34 그러나 "워너가 고도 교토를 수호했다."라는 이른바 워너 전설은 전후 일본에 주 둔한 연합군 최고사령부, 일본인의 회유와 친미 감정 양성을 위해 꾸며낸 이야기 라는 설도 있고, 그러한 설이 전후의 미군전사(米軍戰史)와 트루먼의 회고록에도 인용되었다고 한다.

쉽게도 약 2시간밖에는 시간이 없었지만 열심히 책방을 돌아다니며 내가 관심을 두고 있는 동아시아 고대사에 관한 책을 골라 담았다. 시간이 있었으면 미치코 황후가 젊을 때 느꼈던 고서 속에서의 자유로움을 맛볼 수 있었을 것이지만 현지에서의 체류 시간이 짧은 것이 아쉽기만 했다. 그런데 우리 학회 회원들이 고마 신사에서 학회를 가진 뒤 약 2달 뒤인 2017년 9월 20일 아키히토 일본 천황(우리나라에서는 일왕이라고 부른다)과 부인 미치코 황후(우리나라에서는 일왕이라고 하는 호칭에 따라 왕비로 한다)가 고구려 왕족을 기리는 고마 신사를 둘러본 것은 아주 의미가 깊은, 많은 생각을 한 상징적인 행차였다고 하겠다. 2019년 4월 말로 퇴위를 하기에 아마도 한반도 관련 유적지를 찾는 마지막 행사였을 이 행차 이후 아키히토 천황은 "지금으로부터 1300년 전 고구려에서 온 도래인(渡來人)이 이곳에 살면서 지어진 신사"라고 회고하며 "많은 분에게 환영을 받고, 우리나라와 동아시아의 긴 교류의 역사를 생각했다."라고 했다. 영문학을 전공한 미치코 황후도 함께했다. 아키히토 천황은 알려진 바대로 일찍이 일본 황실과 백제와의 인연을 생각한다는 말로 우리나라 국민에게는 호응을 받은 바 있는데, 정치에 관여할 수 없는 위치이지만 간접적으로 양국 간 화해에 대한 의지를 밝힌 것이란 분석이 나왔다.

진보초의 매력은 무엇일까?

백 수십여 개의 서점들이 줄지어 있고 그 입구나 가게 안 깊은 곳에까지 수만 권에 이르는 책들이 가게마다 가득가득한데, 책마다, 혹은 전각 가게마다 담고 있는 책의 종류가 다른 만큼 그 책들이 품어내는 향기도 가지각색이다. 그 속에서 서가를 뒤지며 자신이 필요한 정보를 찾고 발견하기 위해 책장을 넘기는 재미는 책을 좋아하는 사람이라면 누구든 거부할 수 없는 기쁨이자 즐거움일 것이며, 인터넷에서는 절대 느끼지 못할 책과 책 골목만의 매력일 것이다. 그래서인가 일본의 환경성(環境省)이 2001년에 일본 전국을 대상으로 시행한 "향기가 아름다운 풍경 100선" 선정작업에서 당당 28위를 차지했다. 책 향기가 다른 향기만큼이나 좋은 것으로 평가받은 것이다.

　책의 향기와 관련해서는 운(芸)이라는 글자가 있다. 일본인들이 예(藝)의 약자로 쓰는 바람에 우리는 흔히 '예술 예'로 알고 그렇게 쓰고 있지만, 원래는 '운'으로서 그 뜻은 십자화과의 두해살이풀인 평지, 혹은 산형과의 여러해살이풀인 궁궁이를 지칭한다. 이 풀을 책장에 끼워 넣으면 책이 좀 스는 것을 막아주는 효과가 있다고 해서 운(芸)이란 글자는 곧 책 향기를 의미하게 되었고, 여기에서 서재(書齋)나 서재(書齋)의 창을 멋스럽게 이르는 말로 운창(芸窓)이라는 말도 나왔다. 일본에서는 그 운향이 많은 간다 진보초가 향기가 있는 풍경으로 꼽힌 것이다.[35]

　사실 이곳이 우리나라에서 유명하게 된 계기는 국제한국연구원장이신 최서면 씨가 명성황후 시해 현장을 목격한 일본 순사의 수기를 발견한 곳이고, 안중근 의사의 옥중서기 '안응칠 자서전'

35　쓸모없는 지식일 수 있지만, 참고로 1위는 北海道 富良野市 富良野町의 라벤더 향기 동네, 2위는 北見의 허브향, 3위는 노보리베츠(登別) 지옥온천의 탕수증기이다.

을 찾아낸 곳이기도 하고, 요즈음에도 한 일간에 첨예한 날을 세우고 있는 독도 문제에 관한 많은 지도와 자료들이 발견되는 곳이기에 우리나라로서는 여간 소중한 곳이 아닐 수 없다. 과거 일본으로 흘러간 자료들이 이곳에서 다시 우리 연구가들의 손에 의해 돌아오는 경우가 최근에는 그 수를 셀 수가 없을 정도이다. 그만큼 이곳의 헌책 혹은 고서는 우리에게도 중요하며 어떻게 보면 우리들의 자료관이라고 할 수 있을 정도이다.

세계적으로 쇠퇴하고 있는 고서점가가 여기 간다 진보초에서 존속될 수 있는 이유는 무엇일까? 물론 다른 나라에도 고서점가는 있다. 런던도 그렇고 파리도 있고 우리나라도 조금은 있지만 여기 일본의 고서점가와는 비교가 안 된다. 다른 나라는 쇠퇴하는데 일본은 어떻게 유지되나? 그만큼 일본 사람들이 책을 좋아한다는 것이 가장 주요한 이유가 되겠지만 다른 한편으로는 아직도 사업성이 있기 때문이라고 할 수 있다. 그만큼 전문화된 데다 엄청난 양의 고서들을 보유하고 있고, 그러기에 그것을 찾는 사람들이 많다는 것, 또 고서를 넘어서서 정보의 교류처로서 역할도 할 수 있기 때문일 것이다.

진보초에서는 1년에 네 차례 도서 마쯔리(축제)가 열리고 일본 3대 마쯔리인 간다 마쯔리도 매해 5월 5일부터 14일까지 열린다. 도서 마쯔리는 고서점 골목을 알리고, 책 구매와 판매를 위한 다양한 이벤트를 목적으로 하고 있는데, 책을 싸게 구매하는 것도 중요하지만 각각의 전문서점에 가서 필요한 책을 발견하고 이를 보다 많은 사람이 활용할 수 있도록 알리는 것도 중요하다고 하겠다. 인터넷의 전성으로 종이가 필요 없다고 하는 시대, 책을 읽

는 사람들이 엄청나게 줄어들고 있는 세상에서 진보초 고서점가
의 존재가치는 절대 퇴색하지 않을 것이다.

못 지킨 사람들

요즈음 전 국민의 포켓 사전이 된 인터넷 검색창에 금오신화를 쳐보면 대충 이러한 모범답안이 나온다.

> 금오신화(金鰲神話); 조선 전기에 김시습(金時習)이 지은 한문 소설집. 한국 전기체 소설(傳奇體小說)의 효시. 명나라 구유가 지은 『전등신화』를 모방해 지었으며 현존하는 조선 시대 최초의 한문소설이다…

우리가 고등학교 국문학사 시간에도 대충 그런 정도를 배웠다. 아마도 더 자세히 가르치고 싶은 선생님들은 금오신화에 포함된 5편의 단편 제목들을 한자로 써주거나 읽어 주리라. 그 5편은 바로,

> 만복사저포기(萬福寺樗蒲記)
>
> 이생규장전(李生窺牆傳)
>
> 취유부벽정기(醉遊浮碧亭記)

용궁부연록(龍宮赴宴錄)

남염부주지(南炎浮洲志)

인데, 한문의 뜻을 제대로 모르던 고등학교 시절에는 이것을 가르치는 선생님도 뜻을 제대로 모르고 읽어주셨고 우리도 띄어 읽기도 제대로 안 되고 엉망진창이었다.

'만복사의 윷놀이', '이생, 담을 넘어 엿보다', '취해서 부벽정을 노닐다', '용궁에서 잔치를 받다', '남쪽의 염라국 이야기' 식으로 번역해서 가르쳐주면 잘 알아들었을 것인데, 그냥 한자로만 가르치니 그 뜻을 제대로 알기가 어려웠다. 그러다 보니 그저 최초의 한문소설이자 사실상 우리 문학사상 최초의 소설이라는 것, 김시습이 불교와 유교, 도교를 넘나들면서 인생의 가치관을 논했다는 정도로만 알고 있다.

그런데, 나중에 알고 보니 이 소설집이 우리나라에서 발견된 것이 아니었다. 김시습이 『금오신화(金鰲神話)』를 썼다는 사실은 그의 문집인 『매월당집』은 물론 현재까지 전해 내려오는 여러 책들, 즉 이숙권의 『패관잡기』나 김안로의 『용천담적기』 등에서 확인되고, 16세기의 백과사전인 권문해(1534-1591)의 『대동운부군옥』에도 그가 저술한 책으로는 "『매월당집』, 『역대연기』, 『금오신화』가 있는데 모두 세상에 전하고 있다."라고 하여 세상에 전해온 것이 당연한 것으로 생각될 수 있으나, 처음 학계에 그 내용이 정식으로 알려진 것은 1927년 육당 최남선이 『계명(啓明)』이라는 잡지 제19호에 소개하면서부터였다. 말하자면 최남선이 이소설을 찾아내지 못했다면 『금오신화』라는 우리나라 최초의 소설은 역사에서 사라졌을 운명이라는 것이다.

최남선이 발견한 판본은 목판본으로, 1884년(고종 21) 동경에서 간행된 것이며, 상·하 2책으로 되어있었다. 이 목판본『금오신화』는 1653년(효종 4)에 일본에서 초간되었던 것을 재간한 것이며, 초간의 대본은 오츠카(大塚彦太郎)의 가문에 오랫동안 전하여 오던 자료였다고 한다. 말하자면 한국에서는 정식으로 인쇄된 기록이 없으므로 민간에 의해 필사본으로 전해지던 것을 일본에서 입수해 이를 목판으로 찍어내었다는 것인데, 아마도 그 내용이 재미있어서 이렇게 남의 나라의 한문소설을 일찍이 출판한 것이다. 연구자들에 의하면『금오신화』는 5편의 소설 이외에도 더 많은 단편이 있었을 것으로 보이지만, 현재 전하는 것은 5편이고 그나마 일본이라는 나라가 없었다면 우리의 귀중한 문화유산은 보존되지 못했을 것이다. 우리나라에서는 1952년에 정병욱(鄭炳昱)에 의하여 필사본으로 된「만복사저포기」와「이생규장전〉두 편이 발견되었다. 이것은, 일본에서 전해진『금오신화』가 세상에 알려진 데 따른 뒤 현상으로 보아야 할 것이다.

왜 이렇게『금오신화』이야기를 장황하게 하는가? 그것은, 우리 사회가 서적이 됐든, 물품이 됐든 보존이라는 것을 거의 할 줄 모르는 한심한 사람들이란 점을 자각했으면 해서다. 또 하나, 최근 숭례문의 방화사건도 이러한 우리의 사회 풍조와 결코 무관할 수 없다는 점을 말하고 싶어서이다.

우리가 세계에 자랑하는 고려청자도 조선 시대에는 그 존재조차 모르지 않았던가? 그릇을 만드는 법을 누군가가 기록을 했더라면, 그 기록을 누군가가 지켰더라면 그 존재를 알았겠지만 불행히도 아무도 그것을 기록하지 않았다. 그러다 보니 일본인들이 이 땅에 들어와 개성과 강화도 근처의 고려 무덤을 도굴하기 전까지 아무도 고려 시대에 그처럼 아름다운 그릇을 만들어 썼다는 사실을 모르고 있었고, 고려의 자기가 그렇게 보물이라는 것은 더더욱 몰랐다. 고려 불화도 마찬가지이다. 그렇게 세상에 자랑하는 고려 불화가 제대로 된 것이 단 한 점도 우리나라에 없었고, 일본에만 전해오다가 경매 등을 통해서 겨우 몇 점이 돌아온 것임에랴. 유명한 추사의 〈세한도(歲寒圖)〉도 일본인이 수집해 갖고 있다가 우리에게 돌아온 것이다. 그런 것이 어디 그림 몇 점 도자기 몇 점에 끝날 일인가?

　기록이 남아있지 않는 현상을 잦은 외침과 전란에 갖다 붙이는 경우가 많지만, 이웃 일본이나 중국은 전란이 없어서 그렇게 기록이 많이 남아있는가? 그것은 그들이 과거의 기록이나 유물을 보관하는 것이 중요하다는 점을 너무나 잘 알고 있었기 때문에 가능했을 것이다. 저 유명한 돈황 막고굴의 불경들은 어떻게 시대를 살아남았는가? 모든 종이로 된 기록은 불에 약하다는 것은 잘 알고 있기에 그들은 중요한 기록들을 동굴에 감추고 겉을 밀봉한 것이다. 기록이 불에 타지 않게 하려고 그들은 돌에다 글을 새기고 그것도 깊은 동굴 속에 감추어 놓는다. 우리나라는 기록의 중요성을 잘 알고 있으면서도 왜 이렇게 깊이 보관하는 방법을 생각하지 않고 기껏 여러 곳에 사고(史庫)를 세우는 것에서 멈추어야 했을까? 우리 조선 시대의 그 방대한 실록도 임진왜란 때 목숨을 건 수송 작전으로 겨우 살아남았으면 산속 깊은 데나 혹은 지하에 굴을 파고 깊이 묻고 이를 엄중히 지켜야 하지 않았는가?

그처럼 모든 문화재는 불에 약하다는 것이 당연한 상식인데도 우리는 불에 대한 대비는 전혀 하지 않는다. 세계에 자랑하는 인쇄물인 팔만대장경도 화재에 취약한 상황임을 우리는 알고 있다. 2년 전 화마에 소실된 낙산사도 서둘러 건물을 복원했지만 새로 복원된 건물이 화재에 다시 소실되지 않도록 어떤 방재 시설을 갖추었다는 보도는 본 적도 들은 적도 없다. 그것은 아무런 시설도 안 했다는 것과 마찬가지이다. 그동안 중요한 사찰의 전각들이 불에 탔지만, 사찰의 중요 건물에 스프링클러를 설치한 곳은 아마도 한 군데도 없을 것이다. 모두 다 눈앞에서 아무 일 없기만을 빌 뿐, 미리 철저하게 대비하는 곳은 한 군데도 없다.

우리가 유구한 역사 5천 년을 자랑하면서도 실제로 자랑할 무엇이 있단 말인가? 우리의 역사가 5천 년이라고 하는데, 그 역사를 전해주는 책은 겨우 6~700년 전에 쓴 책이 고작이고 그 긴 역사를 전해주는 당대의 기록은 하나도 남아있지 않고, 중국이나 일본 책을 뒤져가면서 다 흩어진 우리 역사를 짜 맞추기 위해 온갖 생고생을 하고 있다. 세계 최초라고 자랑하는 거북선, 금속활자는 어떻게 만든 것인지도 알 수 없고 실물이나 관련된 유물도 하나도 없다. 도대체 배가 어떻게 나갔고 노는 어떻게 저었고 대포는 어디서 어떻게 쏘았는지를 좀 적어놓으면 안 되는가? 삼국 시대나 고려 시대에 그 많은 화가가 그린 그림들이 왜 다 타버렸는가? 왜 우리의 좋은 그림이나 글씨, 도자기는 일본에 가야만 있는가? 왜 우리는 이처럼 기록이 없고 남겨진 문화재도 없는가? 세상에 무슨 이런 나라가 있고 이런 민족이 있는가? 그러면서도 우리가 문화민족이고 문화와 예술을 사랑한 평화 민족인가?

이처럼 기록을 중시하지 않고 보존문제도 별달리 신경을 쓰지 않는 우리 사회의 풍조가 국보 1호인 숭례문을 불 속에 날려 보냈다. 수도를 정하고 도성을 건설한 다음 온갖 아름다운 말을 다 갖다 붙여도 보호하고 보존하려는 마음이 없으면 아무 의미도 없다. 숭례문에서 강조하던 예(禮)의 숭상도, 홍인지문이 강조하던 인(仁)의 일어섬도 기본이 없으면 되지를 않는다. 오늘날 우리는 우리 사회, 우리 민족의 기본인 기록을 하고 보존을 하는 문제를 다시금 생각하지 않으면 안 된다. 기본으로 돌아가서 새로 시작하지 않으면 아무런 문화재도 우리 곁에 있을 수 없다. 숭례문 화재를 생각하면서 엉뚱한 금오신화 얘기를 꺼내는 것도 그런 뜻에서이다.

양수경의 눈

메이지 유신으로 국력을 키우게 되자 그 힘을 이웃 나라에 써보고 싶은 유혹에 빠져든 일본이 바다 건너 조선왕국에 한참 침을 삼키고 있던 1880년, 급변하는 세계정세 속에서 조선왕국도 개화하지 않으면 안 된다는 신념 아래 일본에 밀항한 스님 이동인이 일본과 세계의 문명을 공부하던 그해에, 일본 도쿄에 있던 주일본 대청국 공사관에는 양수경(楊守敬: 중국 발음으로는 양서우징)이란 중국인이 근무하고 있었다. 당시 중국은 주일공사 하여장(何如璋)의 지휘 아래 조선을 놓고 일본과 치열한 외교전을 펴고 있었고, 참사인 황준헌(黃遵憲)은 「조선책략」이란 글을 써서 당시 일본을 방문한 조선왕국의 수신사 김홍집에게 주면서 청나라와의 결속을 강조하던 때였다.

1839년생이니까 41살이던 양수경은 일본이 개화의 바람이 몰아치면서 오래된 옛 서적들을 함부로 대하거나 버리는 사례가 많은 것을 보고는 고서 수집에 발 벗고 나섰다.

일찍부터 북경의 유리창 등 고서점 거리를 즐겨 뒤져 상당한 경력을 쌓은 바 있는 양수경은 침식을 아껴가며 모은 돈으로 일본 이곳저곳을 돌며 고서들을 사 모으기 시작했다. 도저히 살 수 없는 고서들은 손으로 베끼거나 영인을 했다. 그런 소문이 퍼지자 교토의 유명한 장서가인 와다(和田智滿)가 아주 희귀한 책을 하나 들고 왔다. 표지에는 『갈석조유란(碣石調幽蘭)』이라고 쓰여 있었다. 책을 펴보니 한자가 어지럽게 쓰여 있는데, 공부를 많이 한 양수경도 무슨 책인지를 몰랐다. 책 앞에 붙은 해설문을 보니 원래 양나라 때의 사람인 구명(丘明, 493-590)이 적은 것을 당나라 때에 다시 초(抄)한 것임을 알 수 있었다.

양수경은 이 『갈석조유란』이란 책을 구매하지는 못하고 내용을 그대로 영인해서 1884년 중국으로 돌아올 때 그동안 일본에서 구한 수만 권의 고서와 함께 가지고 왔다. 그리고는 이 영인본을 펴냈다. 중국인들은 깜짝 놀랐다. 전문가들이 달려들어 연구해보니 이 책은 중국에서 가장 오래된 거문고(古琴) 악보인 것이었다.

'갈석조유란(碣石調幽蘭)'이란 이름이 특이한데, 무슨 뜻인가? '갈석조유란(碣石調幽蘭)'은 갈석조의 유란이라는 뜻이다. 먼저 이 '유란(幽蘭)'이란 말 자체에 오랜 역사가 숨어있다. 천하를 평안하게 하기 위한 연구를 마친 공자는 각국을 돌며 제후들에게 자신의 철학을 강의했지만 한참 부국강병에만 열을 올리던 제후들이 그의 말을 들어줄 리가 만무했다. 그런 데다 엎친 데 덮친 격으로 고향인 노(魯)나라에서는 부모가 돌아가셨다는 기별이 왔다. 할 수 없이 발길을 돌려 고향으로 돌아가던 공자는 어느 산골을 지나다가 깊은 골짜기에 난초가 잡초들 사이에서 막 꽃이 피어오르고 있는 것을 보 고는 감회가 치밀어 오른다.

"난초는 원래 꽃향기 중 최고인데도 지금 잡초와 이렇게 뒤섞여 구별되지 않으니, 마치 (나처럼) 덕이 있는 현인도 필부 속에 뒤섞여 있는 것과 같지 않은가?"

그런 말과 함께 옆에 가지고 가던 거문고(古琴)를 들고 답답하고 울적한 그의 심정을 곡으로 그려내 연주를 한다. 사람들이 이 곡을 듣고는 '유란(幽蘭)'이란 이름을 붙여 따라 하기 시작한 것이다.

그러다가 이 곡이 중국의 삼국지 시대를 지나면서 갈석조(碣石調)라는 이름이 앞에 덧붙은 것 같다. '갈석조'란 말은 유비와 손권을 누른 영웅 조조가 초창기인 서기 207년에 동북방에 있던 오환족을 쳐부수고 돌아오다가 지금 하북성 창려현에 있는 갈석산에 올라 그 멋진 경치를 보고 시를 지은 데서 유래한다. 조조가 외운 시구는 '창해를 바라보며(觀滄海)'란 제목으로 널리 알려져 있는데,

東臨碣石 以觀滄海	동으로 갈석산에 올라 푸른 바다를 바라보니
水何儋儋 山海竦峙	물은 어이 담담하며 산과 바다는 이리 어울었나
樹木叢生 百草豊茂	빽빽한 나무에 온갖 풀이 우거졌고
秋風簫瑟 洪波涌起,	가을바람 소슬한 데 파도는 용솟음치네
日月之行 若出其中	해와 달이 저 바다에서 나오는 듯
星光燦爛 若出其里	찬란한 별빛, 저 속에서 쏟아지네
辛甚事哉 歌以咏志	어렵사리 일 끝내니 노래로 뜻을 읊노라

뭐 이런 뜻이란다.

여기에 곡조가 붙어 전 4장의 노래가 됐는데, 이런 식으로 회포를 표현하는 노래곡조를 '갈석조'라고 한다. 결국 『갈석조유란』이란 책은 공자가 연주했던 '유란'이란 곡이 후세에 '갈석조' 스타일로 발전된 것을 악보로 기록한 것이 된다. 이런 스토리를 아는 중국인들, 특히 거문고연주가들이 이 책에 달라붙었다. 해설을 참조하면 이 곡은 악보를 처음 기록한 것으로 나타나 있는 구명(丘明, 493-590)이란 사람이 살던 시기의 곡을 전해주는 것이 아니겠는가? 그러므로 이 곡은 중국에서 가장 오래된 거문고 곡이 되는 것이고, 어쩌면 공자가 연주했다는 <유란>이라는 거문고 곡에 가장 가까운 형태를 찾아내는 것이 된다는 것이다.

그래서 유명한 금 연주가인 양시백(楊時栢)이란 사람이 1890년대부터 이 악보에 도전했다. 그때까지 남아있는 '감자보(減字譜)'란 악보방식[36]과 대조하면서 순수하게 한자로만 쓰인 이 악보의 비밀을 풀어보았다. 그러나 천 년을 넘게 숨겨져 온 공자의 거

---

36 중국의 기보법(記譜法)은 시대에 따라 "문자보(文字譜)", "감자보(減字譜)", "관색보(管色譜)", "속자보(俗字譜)", "공척보(工尺譜)", "곡선보(曲線譜)", "율려보(律呂譜)", "궁상보(宮商譜)", "지법보(指法譜)" 등 각기 다르게 나타났으며, 그 종류도 매우 다양한 형태로 되어있다. 중국의 고악보 형식은 매우 다양하지만, 각종 기보법으로 된 고악보의 전승 종류는 그리 많지 않았고, 비교와 참조할 수 있는 대상이 많지 않았기 때문에 고악보의 해석 및 연구에 적지 않는 지장을 주고 있다. 예를 들어 문자보(文字譜)로 기록된 악보에는 단지 "갈석조(碣石調)·유란(幽蘭)" 하나밖에 없고, 비교, 참조할 수 있는 악보가 전혀 없으므로 문자보(文字譜)의 연구에 적지 않는 영향을 주고 있다… 박은옥, 「중국 고악보(古樂譜)의 연구 현황과 향후 과세」, 『동양음악』 세36집. 12/-14/쪽. 2014. 12

문고 곡은 그 비밀을 곧바로 드러내지는 않았다. 그는 완전히 끝내지 못한 자신의 연구를 그가 편찬한 『금학총서(琴學叢書)』에 실어놓고 연구를 끝낼 수밖에 없었다. 그 후에 다른 연구가들에 의해 『오사란지법(烏絲欄指法)』과 『금서대전(琴書大全)』과 같은 책이 나오면서 문자로만 쓰인 악보에 관한 연구가 더욱 진척을 보게 됐고, 2차 대전 후 중국에 공산정권이 들어선 이후 중국 금 연주가들의 연구가 진척되면서 1957년에 비로소 첫 연주가 가능해졌다. 이 책이 발견된 지 70여 년 만의 일이다.

돌이켜 생각해보면 우리가 어둠 속에서 세상 돌아가는 것도 모르고 우물 안 개구리로 있을 때, 물론 중국도 일본에 뒤처져 힘들 때였지만, 중국 공사관에 간 양수경이란 젊은이의 학식과 안목, 그리고 자기 것을 되찾겠다는 열정이 있었기에 흩어지고 태워 없어질 운명 속에 있던 고대의 뛰어난 전적을 모을 수 있었고, 그러다 보니 희대의 보물인 『갈석조유란』과 같은 고악보가 그의 손을 통해 원주인인 중국에 돌아올 수 있었고, 공자의 심성이 느껴지는 옛 거문고 곡이 되살아날 수 있었던 것이리라.

우리가 아무리 뜻이 높아도 이를 알아볼 식견과 지식이 없다면 아무런 쓸모가 없지 않겠는가? 우리가 젊을 때 온갖 지식을 깊이 추구하고 이를 자기 것으로 해야 할 이유가 여기에 있는 것이다. 젊은이들이 컴퓨터 게임에 미쳐, 온종일, 한 달 내내 게임에만 열을 내는 것을 보면, 이들의 열정이 IT 강국을 불러오는 힘이 되기는 하겠지만, 그 외의 다른 부문에서는 강국 근처에도 가지 못하게 되고, 우리 민족의 자존심이랄까, 우리 문화를 되살리는 일은 불가능한 것이 아닌가 하는 우려가 없을 수 없기 때문이다.

나폴레옹의 혜안

1798년 5월 19일 스물아홉에 프랑스군의 최고사령관이 된 나폴레옹은 3만 8000명의 군대와 328척의 함대를 이끌고 툴롱 항을 떠나 이집트 공격을 개시했다. 작전을 실행한 지 불과 한 달 만에 이뤄지는 전격작전이었다. 지중해의 해상권을 쥐고 있는 영국에 맞서서 이집트를 점령하게 되면 당시 프랑스의 식민지가 된 이탈리아를 이집트와 남북으로 연결해 영국의 위상에 치명타를 가할 수 있다는 판단에서였다. 약 40일 동안의 항해 끝에 알렉산드리아에 도착한 프랑스 군대는 피라미드 전투를 승리로 이끌면서 이집트 내륙으로 진격했다.

한편, 넬슨 제독이 이끄는 영국 함대는 한 달 내내 지중해의 길목을 지켰으나 결정적인 순간에 짙은 안개로 그만 프랑스 함대를 놓치고 말았는데, 뒤늦게 아부키르에 정박해있던 프랑스 함대를 찾아내어 두 척만 남겨놓고는 모조리 침몰시켰다. 그러나 프랑스군은 이미 이집트 내륙으로 진출한 상태, 프랑스군은 이집트를 요새화하며 이십트 점령 직진에 들어갔다.

그런데 나폴레옹은 이 이집트 공격에 당대 프랑스 최고의 학자와 기술자 175명을 함께 데려갔다. 몽주, 베를톨레, 비방 드농 같은 당대 최고의 석학들과 수학자, 건축가, 천문학자, 의사, 화가, 음악가들이 그들이다. 나폴레옹의 전기작가 중 가장 뛰어난 인물로 평가받는 에밀 루드비히는 이를 두고 그가 소규모 대학을 이집트에 상륙시켰다고 비유하기도 했다. 나폴레옹은 왜 이집트에 이처럼 많은 학자를 데려갔을까? 나폴레옹은 단순한 군인이 아니라 세계사를 꿰뚫는 안목이 있었으며, 사라진 고대문명에 대한 높은 관심이 없었으면 불가능한 일이었다.

이듬해인 1799년 8월 한 무리의 프랑스 공병대는 지중해 연안의 로제타 근처에서 줄리앙 요새를 건설하기 위해 오래된 선물을 허물고 있었다. 그중 한 병사가 새까맣고 단단한 돌판 하나를 발견하였는데 한쪽에 촘촘히 글씨가 새겨져 있었다. 높이 125cm, 폭 70cm, 두께 28cm의 이 현무암 비에는 맨 윗줄에 고대이집트 상형문자, 중간에는 흘림체의 아랍 민용문자, 밑에는 그리스어 등 모두 세 종류의 문자가 기록되어 있었다. 수많은 프랑스 학자들이 달려들어 우선 맨 밑의 그리스어 비문을 해독한 결과 이 석비가 프톨레마이오스 5세의 업적을 찬양하는 공적비로 BC 196년에 세워졌던 것임을 알게 되었다. 학자들은 기쁨을 감추지 못했다. 그리스어를 안 이상 나머지 두 가지 문자를 푸는 일은 쉬울 것이니 이집트 문명의 수수께끼를 풀기란 시간문제인 것이다. 언어·역사·고고학을 연구하는 학자들이 모두 이 일에 매달렸다. 그러나 30년이 넘도록 수백 명이 달라붙었지만 아무도 완전히 해독하지 못했다. 뻔히 그 뜻이라는 것은 명백하지만 왜 어떻게 그 뜻인지를 못 밝힌 것이었다.

그때까지 모든 학자가 이집트의 기호들을 그림문자 즉 뜻글자(表意文字)로 보고 거기에서 상징적인 의미를 찾아 해석하려고 애썼다. 이러한 자세는 5세기에 살던 그리스인 호라폴론이 처음 주장한 것인데 학자들 대부분이 그런 선입견에 사로잡혀 있었다.

그 이집트의 기호들이 '그림'이 아니고 '발음기호'일지 모른다는 생각으로 돌파구를 연 사람이 바로 샹폴리옹이다. 1790년 프랑스 남부 피지에크에서 태어난 샹폴리옹은 일곱 살 때 나폴레옹의 이집트 원정 소식을 듣는다. 이미 여섯 살도 되기 전에 읽고 쓰기를 마치고 책더미에 파묻혀 지내던 샹폴리옹은 라틴어·그리스어·히브리어뿐 아니라 열세 살 때부터 아랍어·시리아어·칼데아어와 옛 이집트 말인 콥트어까지 배우기 시작해 1807년, 열일곱 살 때 발표한 논문의 우수성이 인정돼 파리 국립고등학교의 교수로 발탁된다.

10년 후 엘바섬으로 쫓겨갔던 나폴레옹이 다시 돌아왔다. 1817년 3월 7일 나폴레옹이 그레노블에 입성한 자리에서 콥트어를 진지하게 연구하는 샹폴리옹에게 깊이 빠져들어 콥트어 사전이 출판되도록 돕겠다고 약속한다(그러나 그것도 잠깐, 얼마 뒤 나폴레옹이 워털루 전투에서 패해 센트 헬레나 섬으로 유배되자 샹폴리옹은 반역자로 몰려 학교에서 쫓겨났다).

그런 동안 샹폴리옹은 로제타스톤에 관한 연구를 계속했다. 그리스어로 쓰인 글이 프톨레미 왕을 칭송하는 것이므로 이집트 상형문자로 쓰인 글에도 프톨레미 왕의 이름이 반드시 들어있으리라고 믿었다. 어떤 기호가 '프톨레미'를 나타내는지만 알면 적어도 서너 가지 발음기호는 알 수 있을 터였다. 샹폴리옹은 기호들 가운데 유독 타원형으로 둘러싸인 기호에 주목했다. 생각은 옳았다. 1822년 9월 14일 샹폴리옹은 27개나 되는 파라오(왕)의 이름을 해독함으로써 이집트 상형문자의 음가(音價)를 다 밝혀냈다. 그리고는 이집트 상형문자를 푸는 기본 원리를 발표하기에 이르렀다. 그때 그의 나이는 겨우 서른하나였다.

나폴레옹의 이집트 원정은 실패로 끝났다. 지중해의 해상권을 쥔 영국에 막혀 물자의 수송은 이뤄지지 못했고, 결국 프랑스 군대는 1801년 9월 영국에 이집트를 양도하는 항복문서에 조인했다. 나폴레옹은 이미 1년 전에 프랑스로 도망친 뒤였다. 그동안 이집트에서 수집한 수많은 유물은 고스란히 영국의 전리품으로 영국박물관을 장식하게 됐다. 로제타스톤도 이때 영국으로 건너가 영국박물관에 수장된다. 그러나 이미 복사된 자료만으로도 학자들이 이집트를 연구하기에는 충분했다. 그렇게 해서 로제타스톤의 비밀이 풀리면서 고대이집트 문명에 관한 본격적인 연구가 가능해졌다. 나폴레옹이 이집트 원정에 수많은 학자를 대동함으로써 나폴레옹은 '이집트학'이라는 새 학문의 길을 열었다. 상형문자 해독은 파라오의 나라에 대한 프랑스인들의 호기심을 증폭시켰으며 이는 세라피즈 신전의 발견과 카이로박물관 창설로 이어졌다. 학문 간의 장벽이 무너지면서 전혀 차원이 다른 통합학문이 태어났다.

왜 나폴레옹은 이집트 원정 때에 그렇게 많은 학자를 대동했을까? 세인트 헬레나 섬에서 죽은 나폴레옹에게 직접 물어봐야 하겠지만 그의 선택은 인류사에 큰 의미를 지니고 있다. 비록 약탈이라고는 하지만 그때 프랑스와 영국이 수집한 이집트의 고문화재들은 런던과 파리에서 전시되면서 더 이상의 훼손을 멈추고 보존의 길로 들어섰다. 학자들의 연구로 찬란했던 이집트 고대문명이 우리 현세의 인류들에게 실체를 드러낼 수 있었다.

우리나라도 이라크에 파병했다. 수천 명의 젊은이가 이라크 땅을 밟았다. 이라크도 이집트 못지않은 고대문명 국가이다. 우리의 파병단에는 과연 얼마만큼의 이라크 관련 학자가 들어있을까? 전무다. 이라크 파병이라는 그 좋은 기회를 우리는 그냥 버렸다(물론 상황이 좋지는 않지만). 일본이 멀리 동남아와 중앙아시아 원정에서도 현지의 학술자료 수집을 게을리하지 않았던 사실을 우리는 알지 않는가? 그중의 하나가 국립중앙박물관에 소장된 중앙아시아 문화재다. 일본의 오타니 고즈이(大谷光瑞, 1876-1948) 탐험대가 20세기 초 중국령 중앙아시아, 즉 신장(新疆) 위구르자치구 지역에서 수집한 것이다. 200여 년 전 나폴레옹의 혜안은 오늘날에도 필요한 것이 아닌가?

금속활자장 ⓒ 문화재청

제3부
책바다의 암초들

길고 긴 역사

"그 나라의 풍속은 서적을 아끼는 것이다. 누추한 집(衡門)이나 하층민(廝養)의 집안에 이르기까지 큰길[街衢]에 각기 커다란 집[大屋]을 짓고 이를 경당(扃堂)이라 하였다. 혼인하기 전의 자제(子弟)는 이곳에서 밤낮으로 책을 읽고 활쏘기를 익혔다."(『구당서』「고려」)

"고려인은 학문을 좋아하였다. 궁리(窮里)의 시가(廝家)에 이르기까지 또한 서로 학문을 힘써 권하며 큰길가(衢側)에 모두 장엄한 집[嚴屋]을 짓고 경당이라고 이름하였다. 미혼의 자제가 무리 지어 거처하며 경전을 읽고 활쏘기를 익혔다."(『신당서』「고려」)

중국 당나라의 역사를 기록한 두 역사책에는 표현은 약간 다르지만, 고구려에 도시에서 시골에 이르기까지 큰 길가에 큰 집을 세워놓고 거기에서 젊은이들이 밤새 책을 읽고 공부를 한 정황을 묘사하고 있다. 혼인하기 전의 자녀들이므로 청소년으로 볼 수 있겠다. 신라의 화랑도가 청소년들을 키우는 제도로 잘 알려졌지만, 신라만이 아니라 고구려나 백제에도 청소년을 인재로 키우는 시스템이 있었을 것이고 고구려의 경당이 바로 그 핵심이었을 것으로 보인다. 여기서 연구자들은 이 경당이 고구려 시대에 학교 겸 도서관 역할을 한 것으로 보고 있다. 그렇다면 우리의 도서관 역사도 꽤 오래된 것이라 할 수 있다.

우리나라에서는 무(武)보다는 문(文)을 숭상해왔기에 많은 도서를 보관·전승시키기 위한 도서관의 수와 활동이 적지 않았던 것으로 보고 있다. 12세기에 벌써 남보다 앞서 금속활자를 발명하여 인쇄술과 출판업이 발달하게 되었고, 따라서 서적의 간행·보존 및 이용에 대한 관심도가 높았다. 고문서(古文書)나 전적을 비치하여 참고로 하던 왕실문고, 불교의 경적(經籍)을 갖춘 사원문고, 교육기관에 설치되었던 교육문고, 관영문고(官營文庫) 및 사설문고 등 각종 문고가 한국 초기 도서관의 역할을 하였다고 하여도 과언이 아닐 것이다. 앞에서 언급된 고구려의 경당은 기록에 나타난 최초의 도서관이다. 고구려 소수림왕 2년(372년)에 우리나라 최초의 국립 교육기관인 태학(太學)이 설립된 것도 이러한 서적문화를 발전시키는 역할을 했을 것으로 보인다.

백제에서도 일찍부터 『서기(書記)』라는 국사서(國史書)를 편찬·간행하였던 만큼 도서관이 있었으리라 추측되나, 기록에 나타난 것으로는 다만 풍전역(豊田驛) 동쪽에 '책암(册巖)'이라 불리는 곳이 있어 그 당시의 장서처(藏書處)였으리라는 가능성을 보여주고 있을 뿐이다. 신라는 고구려나 백제보다 유교나 불교의 전래가 늦어 학문의 진흥이 뒤지기는 하였으나, 7세기 후반에 삼국을 통일한 후 찬란한 문화의 꽃을 피웠으며, 이두(吏讀)와 향가(鄕歌)의 보급과 경서(經書)의 훈독(訓讀)으로 독자적인 서적의 간행이 이루어졌다. 당(唐)나라로부터 천문·의학·문학·건축·미술·음악·과학에 관한 문헌을 수입하였던 만큼, 내외서적을 보관하고 활용할 수 있게 한 장서처가 여러 곳에 있었을 것으로 믿어지나, 오늘날 이에 관한 유적이나 기록이 남지 않음은 심히 유감스러운 일이다.

우리의 역사 서적이 많이 없어져 실상을 알기는 어렵지만, 책과 관련된 우리 역사를 더듬게 하는 중국 측 기록이 있다.

○ 주(周)나라 무왕(武王)이 기자(箕子)를 조선(朝鮮)에 봉하자, 중국의 예악(禮樂), 시서(詩書), 의약(醫藥), 복서(卜筮)가 모두 유입되었다. 『삼재도회(三才圖會)』

○ 고구려의 서적으로는 오경(五經), 삼사(三史),『삼국지(三國志)』,『진양추(晉陽秋)』가 있다.『후주서(後周書)』

○ 고구려는 풍속이 서적을 좋아한다.『구당서(舊唐書)』

○ 백제는 풍속이 분사(墳史; 역사기록)를 좋아하며, 뛰어난 자는 자못 문장을 지을 줄 안다. 또 음양오행(陰陽五行) 및 의약, 복서, 점상(占相)에 관한 서책을 해독할 줄 안다.『후주서』

○ 백제의 서적에는 오경(五經)과 자사(子史)가 있다.『구당서』

이런 것들을 보면 책과 역사를 쓰고 읽기를 좋아했음을 알 수 있다.

또, 고려 시대에는 궁궐인 만월대 안에 임천각이란 도서관이

있었다고 한다. 즉,

○ 고려의 임천각(臨川閣)은 회경전(會慶殿)의 서쪽 회동문(會同門) 안에
있는데, 그 안에 있는 장서(藏書)가 수만 권이나 된다. 또 청연각(淸讌
閣)이 있는데, 거기도 역시 경(經)·사(史)·자(子)·집(集) 4부(部)의
서적으로 채워져 있다.[37]

는 기록이 있다. 다만 임천각은 책을 빌려주는 곳은 아니고 단순
히 보관하는 장소인 것으로 보인다.[38] 고려 시대에도 책을 보관하
고 이를 열람할 장소가 있었을 것은 추정할 수 있고, 고려 중기 이
후 유학이 정착되면서 책을 모으거나 수집한 곳이 있었을 것이지
만 도서관으로 추정되는 구체적인 정보는 없다.

조선 시대로 오면 본격적으로 책을 중국으로부터 수집하는 사
례가 많아지고 있다.

조선 사람들은 서책을 매우 좋아한다. 사신이 되어 조공하러 들어오는
자를 5, 60인으로 한정하였는데, 혹 옛 전적이나 새 책, 패관소설(稗官小
說) 등 그들 나라에 없는 것들을 날마다 시중에 나가 각자 서목(書目)을

37 『고려도경(高麗圖經)』「선화봉사고려도경」제6권, 궁전 2
38 임천각은 회경전(會慶殿)의 서쪽 회동문(會同門) 안에 있었으며, 수만 권의 서적
이 수장되어 있었다. 이 각은 전적을 열람할 수 있는 곳은 아니었으며, 하나의 서
고에 불과하였다. 도서의 부패를 방지하기 위하여 광선과 바람이 잘 통하도록 하
였고, 유사시에는 속히 대피할 수 있도록 통로도 마련하였다. 여기에 수장되었던
장서는 1126년(인종 4) 2월에 이자겸(李資謙)과 척준경(拓俊京)의 난으로 궁궐이
불탈 때 함께 타버렸다···『한국민족문화대백과사전』「임천각」편

적으면서 만나는 사람마다 두루 물어서 구하되, 값이 비싸도 마다치 않고 구해서 돌아간다. 그러므로 도리어 그 나라에 소장하고 있는 이서(異書)가 많다.

라고 『태평청화(太平淸話)』가 기록하고 있는 것이 대표적이다. 중국에 가는 사신 편에 많은 서적을 구한 것은 왕이나 일반인이나 마찬가지였고 선조 대왕이 신하에게 책을 부탁한 편지가 남아 있는 것이 그 대표적인 사례이다. 우리가 중국으로부터 사 온 것 외에도 중국 측이 우리에게 준 서적도 많고 그것을 받아온 사신의 이름도 나온다.

* 건문(建文) 3년(1401, 태종1)에 『문헌통고(文獻通考)』를 하사하였다. -조온(趙溫)이 가지고 왔다.-

* 성조(成祖) 영락(永樂) 원년(1403, 태종3)에 『원사(元史)』, 『십팔사략(十八史略)』, 『산당고색(山堂考索)』, 『제신주의(諸臣奏議)』, 『대학연의(大學衍義)』, 『춘추(春秋)』, 『회통(會通)』, 『진서산독서기(眞西山讀書記)』, 주자(朱子)가 지은 서책 각 1부(部)씩을 하사하고, 2년(1404)에 『고금열녀전(古今列女傳)』을 하사하였으며, 4년(1406)에 『통감강목(通鑑綱目)』, 『사서연의(四書衍義)』, 『대학연의(大學衍義)』 등의 서책을 하사하고, -예부(禮部)에서 보내주었다.-

* 6년(1408)에 효자 고황후(孝慈高皇后)의 전서(傳書) 50권을 하사하고, -구종(具宗)이 가지고 왔다.-

* 또 선(善)을 권장하는 서책 300부를 하사하였으며, -예부에서 보내주었다.- 15년(1417)에 선을 행해 음덕(陰德)을 쌓기를 권하는 책 600본

(本)을 하사하였다. -이지숭(李之崇)이 가지고 왔다.

* 선종(宣宗) 선덕(宣德) 원년(1426, 세종8)에 오경, 사서, 『성리대전(性理大全)』, 『통감강목』등의 서책을 하사하고, -김시우(金時遇)가 가지고 왔다.-

* 선종 8년(1433, 세종15)에 『오경대전(五經大全)』과 『사서대전(四書大全)』각 1부씩을 하사하였다. -박안신(朴安信)이 가지고 왔다.-

* 영종(英宗) 정통(正統) 원년(1436, 세종18)에 『호삼성음주통감(胡三省音註通鑑)』을 하사하였다. -남지(南智)가 싸 가지고 왔다.

* 대종(代宗) 경태(景泰) 5년(1454, 단종2)에 『송사(宋史)』를 하사하였다. -황치신(黃致身)이 싸 가지고 왔다.-

* 무종(武宗) 정덕(正德) 13년(1518, 중종13)에 『대명회전(大明會典)』을 얻어 가지고 왔다.

* 신종(神宗) 만력(萬曆) 16년(1588, 선조21)에 『대명회전』의 잘못된 곳을 개정한 전서(全書)를 하사하였다. -유홍(兪泓)이 가지고 왔다.-

* 43년(1615, 광해군7)에 『오학편(吾學編)』, 『엄산당별집(弇山堂別集)』을 사서 가지고 왔다. -민형남(閔馨男)이 가지고 왔다.-

도서관이란, 글자 그대로 풀이하면 도서를 모아둔 건물이 된다. 도서란 원래 '하도락서(河圖洛書)'를 줄인 말로서 『역경(易經)』「계사전(繫辭傳)」에 있는 "하출도 낙출서 성인측지(河出圖洛出書 聖人則之)"에서 온 말이라고 한다. 동양에서 도서의 개념은 그림이나 글씨를 비롯한 기록(記錄)에서 시작되었고, 서양에서는 기록을 실은 재료·수피(樹皮)·파피루스 따위 물질의 이름에서 전화(轉化)하여 자료(資料)라는 개념이 생겼다고 한다. 도서관을 자료의 집적(集積), 도서의 보관장소로 생각한다면, 그 기원은 아마 문화의 발상과 거의 맞먹을 만큼 오래 된다. 즉, 문명 발상의 고장인 메소포타미아 지방에 있던 바빌로니아의 수도 니폴의 사원(寺院) 자리에서 설형문자(楔形文字)를 새겨넣은 점토판(粘土板)이 발견됨으로써 BC 21세기경의 옛 도서관 자리가 아닌가 추측되고 있다.

또, 1850년 영국의 고고학자 A. H. 레이어드의 니네베 발굴에 의해 고대 아시리아의 아슈르바니팔 왕의 도서관 유적이 있었다는 사실이 밝혀졌는데, 여기에는 약 1만 이상의 문서가 있었다고 한다. 고대이집트에도 이집트 문자를 새긴 많은 점토판이 발견되고 있는데, 라메스 3세의 궁전에는 '영혼의 요양소'라고 적은 곳이 있었다는 시칠리아 사가(史家)의 기록이 있다. 고대 그리스에도 BC 수세기부터 원시적인 도서관이 존재하였는데, 정치가 피시스트라투스, 수학자 유클리드, 철학자 아리스토텔레스 등은 많은 장서가 있었다고 한다. 특히 BC 3세기경 프톨레마이오스왕조의 비호 아래 이집트의 알렉산드리아에 건립된 소위 알렉산드리아도서관에는 최성기에 약 70만 권의 장서가 있었다고 한다. 이 무렵의 도서는 나일강(江) 유역에 자라고 있는 파피루스라는 식물(植物)을 종이처럼 납작하게 다져서 만든 것이었다. 그리고 이보다 좀 늦게(BC 3세기~BC 2세기) 존재했던 소(小)아시아의 페르가몬도서관은 알렉산드리아도서관에 필적하는 대규모의 것이었는데, 이 지방에는 파피루스가 생산되지 않는 데다가 프톨레마이오스왕조가 이집트 파피루스의 수출을 금지하였으므로, 양피(羊皮)로 된 도서를 간직하였다고 한다.

로마 시대에는 볼 만한 도서관이란 거의 없었고, 제왕(帝王)·귀족 사이에 신분의 상징으로서 도서의 수집이 이루어진 데 지나지 않았다. 그러나 카이사르는 도서관의 중요성을 인정하고 로마에 공공도서관을 건립하도록 제안했다는 문서도 있다(가짜 문서라고도 함). 로마에 공공도서관이 출현한 것은 카이사르의 뒤를 이은 아우구스투스 황제에 의해서였다고 하나, 로마의 사가(史家) 플리니우스에 의하면 로마에 처음으로 공공도서관을 설립한 사람은 G. 폴리오라고 한다. 아우구스투스 황제는 로마의 파라틴 언덕에 도서관을 설립하였고, 그 후의 제왕이나 총독들도 이를 본받았으므로 로마제국의 판도에는 각지에 도서관이 세워지고, 시민들은 자유로이 이를 이용하였다. 4세기에는 로마에만도 공공도서관 28개 관이 있었다. 고대의 도서관은 정무(政務)·제사(祭祀) 등을 행하기 위한 기록보관소적인 성격이 강하였고, 학자 또는 사제에 의하여 관리되었다. 그 후, 게르만 민족의 대이동으로 중세 초기에는 도서관이 거의 파괴되었으나, 다시 그리스도교 각파의 수도원이 여러 곳에 세워지면서 종교 서적이나 고전(古典) 등이 수집되었다.

유럽 중세의 도서관은 도서관이라기보다는 수도문고(修道文庫)의 성격을 띠고 있었는데, 수도원에서의 사본(寫本) 사업을 간과해서는 안 된다. 이 사본 사업으로 과거의 문화가 보존·전승되어 르네상스의 개화에 이바지하였으며, 수많은 고전을 오늘날 우리가 접할 수 있도록 전하여 왔다. 유럽 각지의 그리스도 교회에는 성직자 양성을 위하여 부속 학교가 설립되었는데, 12세기경부터는 이들 부속 학교가 분화하여 소르본처럼 교회에서 독립한 대학이 속출하였다. 이러한 대학은 모두 학술연구를 위한 도서관을 두고 문헌의 수집·정리를 하고 있었다. 학술·전적(典籍)의 동서교류, 수도사(修道士)들의 가두 진출, 대학의 발흥, 봉건제도의 퇴조(退潮) 등은 개방적인 사회를 출현시켜 르네상스를 가져왔으며, 인쇄술의 발명, 신대륙의 발견, 합리주의와 과학 정신의 대두는 당연히 도서관에도 영향을 끼치게 되었다. K. 케스너, G. W. 라이프니츠 등의 서지학자·도서관인의 노력으로 도서관의 수서범위(收書範圍)는 점차 넓어지고, 큰 도서관의 설립도 잇달아 이루어졌다. 즉, 마자랭도서관·프랑스국민도서관·영국박물관(英國博物館)[39]·바티칸도서관 등이 이 무렵에 생긴 것이다.

우리나라의 경우 고려는 건국 초부터 교육체제와 과거제도의 정비와 더불어 문고나 장서처와 같은 도서정책을 동시에 펴나갔다. 990년(성종 9)에 세운 수서원(修書院)은 특히 서적의 수집·보존·정리 및 활용에 관한 업무를 관장했던 곳으로, 근대적 의미의 도서관 기능을 제대로 발휘한 곳이라 할 수 있다.

이 밖에 비서각(秘書閣)에서도 도서의 보존·편찬·강학(講學) 등을 맡고 있었다. 고려의 도서관은,

① 왕실문고: 비서각·비서성(秘書省)·문덕전(文德殿)·중광전(重光殿)·청

---

39 영국박물관(英國博物館)이라고 하면 어디 있는 박물관인가 하고 이상하게 생각하는 사람들이 있다. 그것은 이 박물관을 흔히 '대영박물관(大英博物館)'이라고 부르기 때문이다. 그러나 이 박물관의 영어 이름은 The British Museum, 곧 영국박물관이다. 예전에 일본이 1차 대전 때 영국과 동맹을 맺고 영국을 높여주기 위해 대영제국이란 말을 쓰고 박물관도 대영박물관이라고 붙여서 사용한 데 따른 현상인데 영국박물관이 맞고, 그렇게 부르기로 한다.

연각(淸讌閣)·보문각(寶文閣)·천장각(天章閣)·임천각(臨川閣) 등

② 관영문고: 사고(史庫)나 수서원(修書院)

③ 교육문고: 관학(官學)인 국자감(國子監)의 서적포(書籍)나 사학(私學)
인 구재(九齋)

④ 사찰문고

⑤ 개인문고

로 대별 할 수 있는데, 이 시대의 문고는 교육·출판·도서관의 구
실을 겸하고 있었다고 할 수 있다.

조선 시대에 와서도 세종 때의 집현전(集賢殿)이나 정조 때의
규장각(奎章閣)을 비롯하여 많은 왕실도서관이 있었다.

도서관 문화를 획기적으로 발전시킨 나라는 미국이다. 미국에
는 1731년 B. 프랭클린이 회원제 대출도서관인 필라델피아 도서
관회사를 설립하였는데, 이것은 근대 공공도서관의 원형으로서
도서관 사상 높이 평가되고 있다. 또, 1848년에는 보스턴시(市)에
세금으로 유지되는 공공도서관이 설립되고, 54년에는 처음으로
시민 전체에 무료로 개방하는 공공도서관이 출현하게 되었다.

우리나라의 경우 규장각은 1910년 국권 피탈로 폐쇄되어 조선
총독부(朝鮮總督府)에서 관장하다가 1923년 경성제대(京城帝
大)로 옮겨졌으며, 현재 그 장서는 서울대학교 규장각에 보관되
어 있다. 왕실문고 외에 교육문고로는 관학의 태학문고(太學文
庫)와 사학의 서원문고(書院文庫)를 들 수 있다. 태학문고로는
성균관(成均館, 1398년 건립)의 존경각(尊經閣, 1475년)을 빼놓
을 수 없으며, 이 존경각은 대학도서관의 효시라고 볼 수도 있다.

현대적인 최초의 공공도서관은 1910년 일본인들에 의한 도서관구락부(圖書館俱樂部)로부터 시작된다. 이보다 앞서 1906년에 개화의 선구자였던 이범구(李範九)·이근상(李根湘)·윤치호(尹致昊) 등이 도서관 설립 운동을 전개하였으나 힘이 미치지 못하였다. 이와는 별도로 같은 해에 평양(平壤)에서는 진문옥(秦文玉)·곽용순(郭龍舜) 등의 유지들이 사립도서관인 대동서관(大同書館)을 세운 바 있고, 이와 전후해서 학교도서관이 출현하였다. 1909년에는 종로도서관(鍾路圖書館)·광주도서관(光州圖書館)·대전도서관(大田圖書館)·철도도서관(鐵道圖書館)이 세워졌다.

　제1차 세계대전 후인 1918년에는 일본인들이 세운 도서관이 21개 관이 되었으며, 1923년에는 현재의 국립중앙도서관의 전신인 조선총독부도서관(朝鮮總督府圖書館)의 설립을 보게 되었다. 그 후 전국 주요 도시에 각종 도서관이 설립되어 1945년 8·15광복 당시 전국의 도서관 수는 46개소였다. 6·25전쟁이 끝난 후, 1955년 한국도서관협회가 재발족하면서 도서관 교육문제가 거론되고, 대학에서도 도서관학을 교과과정에 넣게 되었으며, 1957년부터 도서관학이 대학교의 독립된 과(科)로 인정받게 되었다. 63년에는 국회도서관이 설립되어 발전을 거듭하였다.

　2016년 말 기준 공공도서관의 수는 1010개로 지난 5년 사이에 28%나 증가했지만, 선진국 대비 격차는 아직도 큰 편이다. 공공도서관 1관당 인구수는 5만 1184명으로 독일의 1만 595명보다 5배 많고(인구 비례 도서관 수가 독일의 1/5), 인구 1인당 공공도서관 장서 수는 2.0권으로 일본의 3.4권에 비해 적은 편이다. 전문인력(사서) 확보율도 미흡하다. 초중고교 학교도서관 전담 인력(사서 교사, 사서)이 확보된 학교는 전체의 57%에 불과하며, 전국의 사서 교사 수는 899명으로 전체 학교 수 대비 8%에 불과하다.

지금까지 교수신문(http://www.kyosu.net)에 게재된 자료를 활용해 도서관의 역사와 현황을 살펴보았다. 우리나라는 학문을 숭상하는 사회 풍조에 따라 도서를 모으고 이를 활용해 공부하고 도서를 간행하고 전국에 보급하고 하는 노력을 나름대로 열심히는 하였으나 어디까지나 왕조사회라는 사회체제의 한계가 있어서 널리 대중적인, 공공 복지적인 도서관으로까지 발전하지는 못했음을 알 수 있다. 그것이 또한 우리의 독서문화의 성격을 제한하고 있고, 그것은 나아가서는 고서점의 영세화 내지는 퇴조, 서적의 파괴와 멸실로까지 이어지고 있는 것이 현실이다.

책도 나누면

"상아, 물소 뿔, 진주, 옥 같은 귀하고 괴이한 물건은 사람들의 귀와 눈을 즐겁게 해주기는 하지만 쓰임에는 적합하지 않다. 쇠와 돌과 초목과 명주실과 삼베와 다섯 가지 곡식과 여섯 가지 물건들은 쓰임에는 적합하지만, 그것들을 쓰면 해지고 그것들을 가져가면 그 물건이 없어지게 된다. 사람들의 귀와 눈에 즐겁고 쓰임에도 적합하며, 써도 해어지지 아니하고 가져가도 없어지지 아니하며, 현명한 사람이나 못난 사람들이 거기에서 제각기 그들의 재능만큼 얻어가고, 어진 사람이나 지혜 있는 사람은 제각기 그들의 분수만큼 보고 알게 되는데, 재능과 분수가 서로 같지 않다고 하더라도 추구하여 얻지 못하는 사람이 없는 것은 오직 책일 것이다."

중국 송나라 때의 학자이며 문장가인 동파(東坡) 소식(蘇軾, 1036-1101)은 이런 말로 책의 중요성을 강조했다. 책의 중요성을 말한 사람이 소동파 혼자가 아닐 것이다. 다만 소동파는 이다음에 이렇게 중요한 책을 이웃과 나눈 사람의 사례를 기록해 놓음으로써 중국의 역대 명문을 모아서 편찬한 『고문진보(古文眞寶)』의 후집(後集)에 뽑히게 되었다. 그것이 바로 '이군산방기(李君山房記)'라는 글이다.

"진(秦), 한(漢) 이래로 책을 쓰는 사람들이 많아지고 종이와 글자 획이 날로 더욱 간편해지면서 세상 어느 곳에도 책이 없는 곳이 없게 되었다. 그런데 학자들이 더욱 구차히 간략함을 찾는 것은 어이 된 일인가? 전에 늙은 선비 한 분을 뵌 적이 있는데 그분이 젊었을 때는 사기나 한서를 구하고자 해도 구하기 어려웠고 다행히 그것을 구하게 되면 모두 손으로 스스로 베끼어 밤낮으로 읽고 외우면서 오직 제대로 공부를 이루지 못할까 두려워하기만 했었다고 한다. 근세에는 시중의 사람들이 서로 돌려가며 옛 책을 그대로 각인하여 제자백가의 책들도 하루 만 쪽이나 전해지게 되었으니 학자들에게 책이 많아지고 구하기 쉽게 되었고 그러니 그들의 문장과 학문은 마땅히 옛사람들과 비교하여 열 배 이상이 되어야 할 터인데도 후세에 들어 선비나 과거 공부하는 사람들은 모두 책을 묶어둔 채 보지는 않고 근거 없이 이 말 저 말 하고 있으니 그것은 또 어째서인가?"

이처럼 예전에는 책을 구하기가 어려워 그만큼 공부도 힘들었지만, 점점 세상에서 책이 많아지게 되니 그만큼 공부를 많이 한 사람들도 늘어나야 할 것인데 왜 그리 안 되는가 하고 세태(世態)를 걱정한다. 그러면서 자신이 모은 책으로 열심히 공부한 것은 물론 그 책을 세상 사람들이 모두 보도록 한 친구의 사례를 제시한다.

"내 친구 공택(公擇) 이상(李常, 1027-1090)은 젊었을 때 여산(廬山) 오로봉(五老峰) 밑의 백석암(白石菴)이란 암자에서 공부했었는데 이 공이 그곳을 떠난 뒤에도 산속의 사람들은 그를 생각하고 그가 거처하던 집을 '이씨산방(李氏山房)'이라 부르게 되었고 그곳의 장서는 구천여 권이나 되었다. 그 친구는 여러 학파의 책을 공부하고 그 근원을 탐구해서 그 꽃과 열매를 채취하고 기름진 맛을 씹어 자기 것으로 만든 뒤에 그것을 글로 써내기도 하고 일하는 데 쓰기도 하여 지금 세상에 이름이 나게 되었다.

그런데 거기 있는 책들은 여전히 남아서 조금도 손상되지 않았기에 그것들은 뒷사람들에게 남겨져 뒷사람들이 언제든 필요할 때 그들의 재능과 분수에 따라 얻을 수 있는 바를 얻게끔 해주었다. 이것은 책을 자기 집으로 가져가지 않고 옛날 거처하던 절에 두었기에 가능한 것이니 이것이 어진 사람의 마음씨인 것이다."

이렇게, 귀한 책들을 자기만 보고 마는 것이 아니라 나중 사람들이 다 볼 수 있게 한 것, 그것이 곧 현대로 말하면 도서관일 것이고. 아무나 와서 보도록 한 것은 곧 공공도서관이 되는 것이다. 책이 귀한 우리나라 사람들이 소동파의 글을 통해 이런 소식을 듣고 그러한 도서관을 마련해준 이상(李常)이란 사람을 칭송하는 것은 어찌 보면 당연하다고 하겠다. 그런 미담이 중국에만 있는 것은 아니었다. 허균이 쓴 『성소복부고(惺所覆瓿藁)』라는 책에 그 사례가 나온다.

강릉 부사 유인길이 임기를 마치자 명삼(明蔘) 32냥을 내게 넘겨주며 말하였다.

"이것은 공물로 바치고 남은 것입니다. 서울로 돌아가는 보따리를 번
거롭게 하고 싶지 않으니, 그대가 약용으로 쓰십시오." 나는 "감히 사사로
이 쓸 수는 없으니, 이 고을의 학자들과 같이 쓰고 싶소."라고 말하고, 상
자에 담아 서울로 돌아왔다.

내가 마침 명나라 사신으로 갈 일이 있어 그것으로 육경(六經), 사서
(四書)를 비롯해 『성리대전』『좌전』『국어』『사기』『문선』과 이백·두보·한
유·구양수의 문집, 그리고 사류변려문, 『통감』 등의 책을 연경에서 구해
왔다. 이 책들을 바리바리 실어 강릉 향교로 보냈는데, 향교의 선비들은
논의를 거치지 않았다 하여 사양하였다. 나는 경포호숫가에 있는 별장으
로 가서 누각 하나를 비워 그곳에 책을 수장하였다. 고을의 선비들이 빌
려 읽고자 하면 읽게 하였으며, 다 읽으면 반납하도록 하였다. 이렇게 하
여 공택산방(公擇山房)의 고사(故事)와 같게 되었으니 유인길 부사가 학
문을 일으키고 인재를 양성하려는 뜻을 이루었다고 할 수 있다. 만약 의
관과 문필을 갖춘 선비들이 이곳을 찾아 숲속 나무들처럼 줄을 이어 옛날
융성하던 시절처럼만 된다면 나도 기여한 공로가 있지 않을까. 이 어찌
행운이 아니겠는가?

···허균(許筠, 1569-1618), 『성소복부고(惺所覆瓿稿)』 권6

「호서장서각기(湖墅藏書閣記)」

허균은 1614년과 1615년 두 차례에 걸쳐 명나라를 다녀오면서
수많은 책을 사서 귀국하였다. 책을 사게 된 것은 당시 사람들로
서는 당연한 욕심이었겠지만 유인길이 그에게 갖다 준 명삼(明
蔘) 32냥을 돈으로 바꾸어 샀을 것인데 명삼 32냥은 중국에서는

큰돈이었기에 그렇게 많은 책을 살 수 있었을 것이다. 유인길이 준 명삼은 공물로 바치고 남은 것이라고는 하나 뇌물의 성격도 있었다고 보이지만, 여기서는 그게 중요한 것은 아니고 다만 허균은 그것으로 책을 산 것이 중요하다. 그리고는 그 책을 강릉 호숫가, 곧 경포호 옆의 어느 집에 비치해놓고는 고을의 선비 누구나 와서 빌려보고 반납하도록 했다고 한다. 말하자면 도서관의 역할을 하도록 한 것이고 그러한 발상을 하게 된 것은 소동파의 글을 읽고 그 의미를 높이 평가하고 그러한 생각을 실천하고 싶었기 때문일 것이다.

우리나라에서 '도서관' 명칭이 공식적으로 사용된 것은 1906년 대한도서관이 설립될 무렵이라고 한다. 그러나 고려 때 국자감에 설치된 문고(文庫)나 조선 성종 때 성균관에 세운 존경각(尊經閣)은 명칭은 다르지만 모두 도서관이라고 본다. 또 합천 해인사의 장경각(藏經閣)은 세계최대 규모의 불교 전문 도서관이란다.

허균은 그가 지은 홍길동전이란 소설에서 보듯[40] 모두가 잘사는 이상향을 꿈꾸었고 그러한 이상향으로 가는 과정에서 지식의 나눔이 중요함을 깨달았던 것 같다. 그가 역적의 누명을 쓰고 처형을 당함으로써 그가 꿈꾸었던 이상향도 허공 속으로 사라진 것은 우리가 아는 바이지만 그가 다르게 꿈꾸었던 지식의 나눔터로서의 도서관도 같이 사라지는 비극을 맞이했다. 그것으로, 아주 좁은 분야라고도 하겠지만 근대사회로의 진입이 그만큼 늦어졌

---

40 최근에는 『홍길동전』의 저자가 허균이 아니라는 설도 나왔다. 참고: '홍길동전'의 작자는 허균이 아니다/이윤석 지음/한뼘책방

고 우리들의 인문학 세계, 지식 세계에도 손실이 왔다고 하지 않을 수 없다.

집에 책이 없잖아요

책 이야기를 하고 있는 필자도 사실은 부끄러운 게 있다. 대학 다닐 때 책을 별반 많이 읽지 않았다는 점이다. 여유가 없어서라는 말은 핑계이지만 사실은 사실이다. 그때는 정말 어려워서 먹는 것은 고사하고 겨울에서 봄이 될 때도 입고 다닐 옷이 없어 더운 바람이 불 때까지 겨울에 입었던 두툼한 외투로 몸을 가렸고 봄옷은 없이 곧바로 여름의 반팔로 넘어가면서 옷의 빈곤을 해결했던 때였다. 그러니 대학교의 교재를 넘어서서 교양서적을 일부러 구매하는 것은 매우 어려운 일이었다. 그러다 보니 직장에 나가서 생활에 조금 여유가 생기기 전까지 책을 구매한 것이 손가락에 꼽을 정도였다고 할 수 있고, 그런 만큼 집안에 장서라 할 만한 것이 없었다. 물론 아버님이 구매하신 것이 있기는 하지만 아버님도 박봉에 3남 2녀를 장성시키는 데 너무 힘이 들어 원하시는 만큼 책을 구매해 보시기가 어려웠다.

이런 이야기를 하는 것은, 그처럼 어려운 시기였기에 책을 사면 소중하게 잘 지켜야만 하는 것으로 알았고 절대로 책을 남을 주거나 버리는 법이 없었다는 것이다. 이 말은 집 안에 있는 책들의 수량은 곧 그동안 각각 개인들이 구매한 책의 수량과 일치한다는 것이다.

우리나라 사람들은 집에 책을 얼마나 두고 있을까? 2011-2015년 사이에 경제협력개발기구(OECD)가 31개국 성인 16만 명을 대상으로 수행한 국제성인역량조사(PIAAC)의 질문 중 하나가 '당신이 16세였을 때, 집에 책이 몇 권 있었나요? 신문, 잡지, 교과서/참고서는 제외한 책을 대상으로 답해주세요'였다. 최근 조애나 시코라 등 국립오스트레일리아대학(ANU)과 미국 네바다대학의 경제학자들이 이것을 분석하였다. ('공부하는 문화: 청소년기 책의 노출은 언어능력, 수리능력 및 기술문제 해결능력에 얼마나 영향을 미치는가?', 〈소셜사이언스 리서치〉) 이 연구조사에 따르면, 에스토니아가 가구당 평균 218권으로 최고였고, 그외에 노르웨이, 스웨덴, 체코가 200권 이상이었다. 반면 터키가 27권으로 가장 낮았고 한국은 아쉽게도 91권으로 책을 적게 가지고 있는 여섯째 국가였다. 전체 평균은 115권이었다. 2015년까지의 조사이니 지금은 좀 늘었겠지만, 우리 대부분이 작은 아파트에 살고 있는 현실에서는 가구당 책 보유량을 더 많이 늘어나는 것을 기대하기는 쉽지 않다.

그렇다면 책을 읽는 것은 어떤가?

문화체육관광부 출판인쇄독서진흥과에서 재단법인 한국출판연구소에 의뢰해 실시한 2017년 국민 독서실태 조사결과가 있다. 전국의 성인 6천 명과 학생 3329명을 대상으로 2016년 10월부터 2017년 9월까지 1년 동안 독서 활동을 조사한 것이다. 조사에 따르면 일반도서(종이책)를 읽은 전국의 만 19세 이상 성인 인구는 59.9%, 초중고 학생의 연간 독서율(일반도서 기준)은 91.7%로 조사되었는데, 이와 같은 독서율은 2년 전 조사(2015년)에 비해 성인은 5.4%P(포인트) 감소하고, 초중고 학생은 3.2%P 감소한 것이다. 종이책과 전자책을 합한 종합 독서율에서도 성인 62.3%, 학생 93.2%로 2년 전 대비 성인은 -5.1%P, 학생은 -2.5%P를 기록했다.

특히 성인 독서율은 2013년 조사 이래 4년 사이에 -11.5%P(종이책+전자책 독서율 기준으로는 -9.9%P)라는 큰 폭의 감소세를 나타내고 있다. 한국인의 독서율 수준을 경제협력개발기구(OECD) 국가 국민과 비교해보면(2013년 기준), OECD 평균 독서율(76.5%)과 비슷한 수준(74.4%)인데, 공공도서관 이용률을 유럽연합(EU) 국가들과 비교해보면(2013년 기준) EU 평균치(31%)와 거의 비슷하지만 최상위권 독서 선진국들과는 격차가 있는 것으로 나타났다고 한다.

한편, '책을 많이 갖고 있거나 많이 읽은 사람들이 경제적으로 더 윤택할 수 있을까?'라는 의문에 대한 연구결과도 있다. 이탈리아 파도바대학의 경제학자 조르조 브루넬로 등은 유럽 국가들을 대상으로 책 보유량과 소득에 관한 분석을 시도했는데('책은 영원하다: 어린 시절 생활조건, 교육 및 평생소득', 〈이코노믹 저널〉, 2016), 1920-1950년 사이에 유럽에서 태어난 남성 노인 6천 명을 대상으로 살펴본 결과 학교 교육을 받은 기간이 1년 늘어날 때 평생 소득이 9% 늘어나는 것이 발견되었고, 여기에 흥미로운 현상이 있더라는 것이다. 즉, 청소년기에 집에 책이 전혀 없었던 그룹(10권 이하)의 경우 소득 상승효과는 5%에 불과했지만, 그보다 책이 많은 가정에서 자라는 그룹(11~200권)의 경우에는 이 효과가 21%에 이르렀다는 조사결과를 얻었다는 것이다.[41] 책을 많이 읽으면 그만큼 자신의 생활도 좋아질 수 있다는 것을 증명하는 흔치 않은 연구조사가 아닐까 한다.

여기서 제기되는 문제는 이런 것이다.

* 우리의 독서방법, 독서목적이 혹 문제가 있는 것은 아닌가?
* 책을 읽는 즐거움을 우리가 모르는 것은 아닌가?

미국에 가서 살다 온 사람 중에는 미국에서 놀란 것이 있다고 털어놓기도 한다. 거기 사람들은 책을 온전히 즐거움을 얻기 위해서 읽는 경우가 많다는 것이다. 예를 들어 '비치 리딩(Beach reading)', 즉 바닷가에서 하는 독서라는 말이 있다. 여름휴가를 가면서 책을 싸 가서 바닷가에 누워 읽는 것이다. 당연히 즐거움을 위해 읽는 것이니 대체로 흥미로운 소설류를 선택하는 경우가 많다. 그렇다 보니 여름휴가용 대중소설이 잔뜩 쏟아져 나오고 여름은 출판계의 대목이 된다. 여름을 비수기로 치는 한국과는 대조적이라는 것이다.

이렇게 텔레비전이나 영화를 보듯이 오락의 수단으로 책을 읽다 보니 미국인들은 자연스럽게 독서 습관이 정착된 것 같다고 그는 분석한다. 그리고 주위 사람들과 이야기를 해보면 책에 관

---

41 신현호, 「책과 아이의 미래」 〈한겨레신문〉 2018년 11월 17일자

심이 많고 의외로 독서량이 많다는 데 놀라게 된다고 고백한다. 공부하듯이, 숙제하듯이 책을 읽어 내리는 한국인보다 책을 더 많이 읽을 수밖에 없다는 것이다. 이분은 나아가서 미국인들이 이런 식으로 즐거움을 위해 독서를 하는 습관을 어떻게 갖게 됐는지가 궁금해서 잘 살펴보니 아이들이 초등학교나 중학교에서 읽을 수 있는 흥미 있는 책들이 매우 넘쳐나더라는 것이다. 해리 포터 시리즈를 비롯해 퍼시 잭슨의 모험 시리즈 등 한번 맛을 들이면 계속 읽도록 만드는 시리즈물이 많이 나와 있는 것이 눈에 띄었다고 한다. 또 학교에서도 어린이들이 일찍부터 독서 습관을 갖도록 좋은 책을 나눠주고 내용에 관해 토론을 시키면서 흥미를 갖도록 유도하는 독서 지도가 중요하게 다뤄지고 있더라는 것이다. 또한, 미국 곳곳에는 이런 책을 쉽게 빌려 볼 수 있는 지역도서관이 많다고 한다.

책 읽는 즐거움, 그것을 어릴 때부터 습관이 되도록 유도하는 것이다. 이렇게 해서 아이들이 책의 세계에 빠지다 보면 아이들 사이에서도 인기소설이 나오면 화제가 되고, 그러다 보니 대화에 끼려면 더 열심히 책을 읽어야 한다. 그런데 그 학생이 한국에 오면 이런 독서 분위기는 언제 있었냐는 듯 다 잊어버린다고 그분은 한숨을 쉰다. 미국에서는 책벌레이던 아이가 한국으로 돌아오자 언제 그랬느냐는 듯 바뀌었다는 것이다. 한국 학교에서는 내신의 압박에 책 읽을 시간을 낼 수가 없는 데다 아이들 사이에도 인기 책 시리즈를 읽고 공동의 기쁨을 나누는 문화도 없다는 것이다. 친구와 이야깃거리가 되지 않으니 혼자 읽기가 재미없어 책을 더 안 읽게 되더란다.

책을 안 읽더라도 집에 책을 많이 보유하고 있는 것은 확실히 자라나는 세대들에게 긍정적인 영향을 끼칠 것은 분명하다고 하겠다. 아이들은 책에 노출되는 것만으로도 인지능력이 개선되고 성인이 된 뒤의 소득이 높아진다는 연구결과도 나온 바가 있다. 조선조 말 고종 때 문신인 이유원은 "책을 대하는 것이 가장 즐거운 일이다. 책을 항상 책상에 놓아두면, 눈은 비록 책을 보지 않는다고 하더라도 마음은 항상 책에 있게 된다."라고 그가 쓴 지식백과전서인 『임하필기(林下筆記)』에서 말한다. 어디서건 책을 가까이해야 한다는 말이다.

따라서 우리 국민의 도서보유량이 그리 높지 않고, 또 대부분 가정이 아파트화하면서 책을 쌓아 둘 공간도 마땅치 않아 더욱 책을 많이 갖고 있지 않게 된다면 그것을 보완하는 방법으로 공공도서관을 더욱 확충해야 한다는 결론에 이른다. 다시 문화체육관광부의 〈2017년 국민독서실태조사〉에 의하면, 책과 관련한 모든 지표에서 대도시나 중소도시보다도 읍면이 좋지 않은데, 특히나 공공도서관 이용률이나 공공도서관이 중심이 되는 독서프로그램 참가율은 특히 열악한 것으로 나타난다. 공공도서관의 확충 방향을 어떻게 잡아야 할지를 알려주는 조사결과라 하겠다.

도서관이 책을 버려요

2018년은 '책의 해'였다. 아니 '책의 해'였단다. 과거형을 쓰는 것은 책에 관심이 없지 않은 나 같은 사람도 2018년이 책의 해였는지를 모르고 지났기 때문이다. 그럴 정도로 정부가 책의 해를 지정해 예산을 투입하고 각종 행사도 펼쳤지만, 일반 시민들과 책과의 거리는 좁혀지지 않았다는 뜻이 된다.

'책의 해' 집행위원장을 맡은 어느 분도 지난해 연말에 2018년이 책의 해였는지를 모르는 사람이 꽤 많더라고 실토한 데서 보듯(경향신문 2018년 12월 27일) 일반인들의 책에 관한 관심은 그만큼 멀어져 있고, 반짝 행사로는 쉽게 극복이 되지 않겠다는 사실이 더 확인된 것 같다. 그것은 2018년을 '책의 해'로 지정을 하고 예산도 20억 원, 기금예산 15억 원을 책정해 놓았으나 그 전해 초부터 출판계에 블랙리스트 파도가 밀려오면서 이른바 '블랙리스트'를 만든 사람들에 대한 책임을 묻는 데에 출판계가 정신을 뺏긴 탓에 출범식도 3월 중순 이후에나 열리는 등 사업의 발진이 늦어진 데 따른 필연적인 현상이었을 것이다.

'2018 책의 해' 사업은 문화체육관광부 도종환 장관과 대한출판문화협회 윤철호 회장이 공동조직위원장을 맡고 23개 단체장의 조직위원회가 구성되었고 10여 명의 집행위원과 함께 10개월 동안 17차의 전체 회의와 50여 차례의 분과 운영위원회 회의를 통해 모든 사업을 공유하고 점검하고 실행했다고 하는데, 생각보다는 회의를 많이 했지만, 피부에 와 닿지 않았다는 뜻이 된다. '2018 책의 해' 목표는 '함께 읽기'였다. 슬로건은 '#무슨 책 읽어?'였다. 슬로건에 해시태그를 붙인 이유는 개인적인 독서 촉구 캠페인은 낡은 것이고 이제 사회적인 독서, 함께 읽는 것이 중요하다는 인식 아래 온라인에서도 오프라인에서도 책으로 연결돼 안부 인사처럼 책 이야기가 퍼져나가도록 하자는 것이었다고 설명한다. 아무튼, 정부 예산 20억 원, 네이버 기금 15억 원, 이 안에서 4개 카테고리 28개 사업은 계획대로 무사히 시행됐다고 한다. '대국민 공모, 함께 읽기 사업'은 모두 10개였다. 〈나도 북튜버〉〈위드북〉〈우리 고전 다시 쓰기 백일장〉〈북스피치〉 등은 상금을 걸고 공모하는 행사였다. 또 누구나 현장에서 신청해 참여하는 행사로는 〈하루 10분 함께 읽기〉〈심야책방의 날〉〈캣왕성 유랑책방〉〈북캠핑〉〈책 읽는 가족 한마당〉 등이 진행됐다.

행사 중에는 '책 생태계 비전 포럼'이 있어서 3월부터 12월까지 매달 열렸다고 한다. 책의 생태계를 돌아보고, 또 내다보는 일이었다고 하며 주제들은 〈책 생태계의 오늘을 말하다〉〈책의 새로운 얼굴〉〈저자의 탄생〉〈서점, 독자를 만나다〉〈도서관, 내일을 말하다〉〈북 큐레이션의 힘〉〈책의 해 결산과 출판 미래 비전 2030〉 등 여러 가지이다. 이 포럼은 정부가 2019년부터 시행하는 제3차 독서문화진흥 기본계획의 밑그림을 제시하는 역할을 할 것이라고 한다. 한편 네이버 기금으로는 '라이프'와 '라이브러리'의 합성어로 '삶의 도서관'을 뜻하는 '라이프러리' 운동을 펼쳤단다. 부산과 제주도, 서울숲과 광화문광장에서 네 차례에 걸쳐 4000권의 선별된 책들과 작가, 뮤지션이 독자들을 만났다. 책 이야기와 음악을 통해 국민과 소통하는 대규모 책 축제였다. 집행위원회 측은 민관 합동으로 '함께 읽기'를 실현하려 새로운 매체를 활용했고, 젊은 독자들을 만났으며, 전국 단위의 다원적 참여 행사를 벌이고 지방자치단체들의 행정 네트워크를 구축하는 시발점을 이루었다고 자평했다. 그러나 수많은 제목과 행사에서 보듯 이런 것들은 모두 1회성이라는 것이 근본적인 문제로 지적되고 있다. 지속해서 사업을 수행할 조직 체계를 확보하지 못한 점, 국민에게 알려 참여를 유도할 재원이 절실하게 부족했던 점 등이 그것이다. 요는 책 읽기 문제는 이렇게 무조건 책과 가까이하자는 구호만으로는 해결될 수 없는 상황이라는 것이다.

가장 큰 문제는 전국의 도서관이 책을 담는 역할을 더는 하지 못하고 있다는 것이다. 서울의 한 교육위원이 2013년 초에 서울시교육청에 관련 자료를 요구하여 분석해 보니, 서울시립으로 운영되는 22개 시립도서관에서 지난 5년간 약 141억 원의 도서구매비로 154만 8313권의 장서를 구매했지만, 이 기간 증가한 도서관의 장서 수는 고작 43만 9350권에 불과한 것으로 나타났다. 구매한 장서 수만큼 도서관의 장서 수가 증가해야 하지만 1/3도 안되는 28%의 장서만 늘어나는 데 그친 것은, 새 책을 구매한 수량의 2/3에 해당하는 115만 권의 책이 폐기됐기 때문이다. 폐기된 이유는 책을 보관할 장소가 없기 때문이었다.

서울만이 아니라 전국 모든 공공도서관이 장소가 좁아 매년 엄청난 양의 책을 폐기하는 실정이다. 지난 1901년 개관해 부산에서 가장 많은 소장 권수를 자랑하는 부산시민도서관 관계자 역시 "2012년 9월 현재 시민도서관의 보존공간 부족률이 39%에 달하는 등 부산 전체 공공도서관의 부족률이 평균 19%에 이르렀다." 라고 말한다. 문체부가 2012년 10월 대구대학교 산학협력단에 의뢰한 '지역 단위 공동보존서고 건립 타당성 연구'에 따르면 이미 2013년에 전국 모든 시도의 공공도서관 서고 용량이 가득 차는 것으로 분석됐다. 특히 울산과 대구, 부산의 경우 벌써 부족률이 각각 -49.7%, -28.6%, -21.3%로 나타나 사안의 심각성을 보여주었다. 수장공간 부족률이 -49.7%라는 것은 울산 지역 전체 도서관이 보관 가능한 책 수가 100권이지만, 신규 구매 도서 또는 구매 예정도서를 포함해 현실적으로 도서관이 보관해야 할 책이 149.7권, 즉 150권으로 나머지 49.7권(50권)은 폐기 처분할 수밖에 없다는 의미다. 이 자료는 2012년 수치이다. 이미 6년이 더 지난 2019년 현재의 부족률은 이미 -100%를 넘을 것으로 추정되고 있다.

이와 같은 사실을 알 리 없는 서울시민이나 국민은 왜 도서관에 꼭 있어야 하는 책이 없느냐며 자신이 원하는 책 한 권을 빌리기 위해 자치구를 넘나들며 이 도서관 저 도서관으로 발품을 파는 현상이 계속되고 있다. 많은 이들은 자료구매비를 증액하라고만 요구하고 있다. 의회 의원들도 자료구매에 더 많은 예산을 배당해야 한다고 주장한다. 당연히 자료구매비가 많으면 더 많은 책을 살 수 있지만 늘어난 책만큼의 장서를 고스란히 버려야 한다는 사실은 놓치고 있다.

한국교육학술정보원에 따르면 2013년 전국 각 대학도서관은 평균 3000여 권을 버렸다. 다 합치면 총 67만 1653권이다. 서울 남산도서관 소장 도서(47만 6244권)의 1.4배나 되는 규모다. 462만여 권을 소장한 서울대가 9359권을 폐기했고, 213만여 권을 보유한 연세대는 1만 6704권을 처분했다. 이화여대(1만 3828권)·경희대(1만 8374권)도 1만 권 이상을 버렸다. 대학도서관 관계자는 "도서관 신·증축이 쉽지 않은 상황에서 책을 쌓아만 두면 효율적인 도서 이용이 어렵고 건물 안전도 위협할 수 있다."라고 말했다. 일부 교수는 "신성한 책을 내다 버린다."라며 반발하지만, 대학도서관들은 "대안이 없다."라고 말한다.

문제는 이런 현상이 제2차 도서관발전종합계획(2014-2018) 계획 수립을 앞두고 조사됐지만, 이 기간에 이런 도서소장공간의 확충은 전혀 대책을 세우지 못해, 결국 지난해까지 공간 부족이 더욱 심화했다는 것이다. 그러니 책을 열심히 쓰고 그것을 많이 사주고 싶어도 이제는 보관할 공간이 없어 더 책을 받아주지 못하는 때가 된 것이다.

도서관의 존재 이유는 자료의 수집과 제공, 보존에 있다. 양질의 자료를 수집하고, 시민들에게 제공하며 먼 훗날에도 유용할 지적 유산을 가급적 오래도록 보존하여 언제든지 이용할 수 있게 하는 것이다. 그런데 불과 15년도 안 돼 전체 장서가 물갈이되는 도서관이 무려 16개 관에 이르렀다. 15년 이전에 출간된 책을 보려면 국립중앙도서관이나 국회도서관을 방문해야 한다. 물론 이곳의 장서들은 대출이 되지 않는다.

　도서관은 공부방이 아닌 한 나라의 독서문화를 떠받치는 지식 창고이다. 도서관은 집에서 구하기 힘든 책을 빌려보기 위해 가는 곳이고, 따라서 어지간한 책은 다 있어야 한다. 그런데도, 있어야 할 책이 없어 시민들은 이 도서관 저 도서관을 헤매고 있다. 이제는 새 책을 무조건 많이 구매하라고만 할 것이 아니라 책을 꽂아놓을 장소를 마련해야 한다. 장서 공간이 부족하여 가치 있는 멀쩡한 책들을 버려야 한다는 것은 말이 안 된다. 이는 결국 책을 버리는 것이 아니라 국민의 혈세를 버리는 것이다. 어쩔 수 없이 책을 버려야 할 경우, 기준이 명확해야 하고, 폐기처분을 하기보다는 가급적 재활용 차원에서 작은 도서관이나 학교 등 책을 필요로 하는 곳으로 보내는 것도 한 방법이 될 것이다.

　우리나라의 공공도서관 이용실태는 여전히 선진국과 차이가 크다. 공공도서관 인프라도 선진국에는 못 미친다. 2016년 말 기준 공공도서관 장서량은 국민 1인당 2.0권 수준으로 일본 3.4권, 미국 2.7권 등에 비해 적었다. 우리나라 공공도서관 수는 1010개 관으로 전년 대비 32개 관 증가했다. 그러나 1개 관이 봉사해야 하는 시민 수는 5만 1184명으로 집계됐다. 독일 1만 595명의 5배 규모로 열악했다. 구체적으로 일본과 견주어 보자. 서울은 인구가 1052만 명이고 일본 도쿄의 인구는 1308만 명이다. 공공도서관 수를 보면 서울이 101개(복지관 부설 도서관 제외)이고 도쿄에는 380개의 공공도서관이 있다. 1개 관 당 인구수로는 서울이 10만 4245명이고 도쿄가 3만 4441명이다. 장서 수를 보면 서울이 870만 권인데 도쿄는 4632만 권이다. 연간 자료 대출은 서울이 1996만 권이고 도쿄는 1억 1501만 권 대출되고 있다. 1인당 연간 대출 수를 보면 서울이 1.9권인 반면 동경이 8.8권이다. 인구로 보면 일본 동경이 서울보다 조금 더 많다. 그러나 모든 면에서 서울은 일본을 따라가지 못하고 있다. 일본 도서관의 통계를 보면 서울만이 아니라 우리나라의 도서관이 무엇을 개선해야 하는지를 알 수 있게 한다.

문체부는 올해 향후 5년간의 독서정책 방향과 주요 사업을 책정하는 제3차 '독서문화진흥기본계획(2019-2023)'을 수립, 발표한다. 문체부는 "세계적인 수준의 공공도서관 보유율을 확보하려면 앞으로도 5배 정도 도서관을 증설해야 한다는 뜻"이라고 설명한다. 공공도서관을 더 많이 짓는 것도 중요하다. 그러나 더 중요한 것은 도서구매비를 늘리는 것은 물론 도서를 보관할 수 있는 공간을 확충하는 계획을 꼭 마련해 도서가 많이 갖춰지도록 하는 일이다. 책을 쓰는 저자들과 책을 내는 출판사가 끊이지 않지만 새 책을 구매해주는 곳도, 그 책을 보관해줄 공간이 없다면 우리들의 지식 창출과 보다 넓은 활용을 위한 도서관의 역할, 아니 근본적으로 책의 역할은 더욱 줄어들 것이다.

서울시청에 마련된 시민도서관에 가면 우리들의 손길이 미치지 않는 높은 곳에 책을 진열해 놓은 것을 볼 수 있다. 사진으로나 실제로 가서 보거나 멋이 있어 보인다. 그 서가 밑으로는 계단이 있고 책을 좋아하는 사람들이 거기에 앉아서 책을 읽는 모습은 시각적으로는 멋진 작품일 수 있다. 다만 손길이 닿지 않는 곳에 있는 책은 책이 아니라 일종의 장식용 벽돌에 다름이 없다고 하겠다. 책은 그 내용을 열어보라고 있는 것인데 손길이 닿지 않는 곳에 멋지게 쌓아 두는 것은 책이 아니라 건축 장식, 실내장식용 소도구에 지나지 않으므로 벽돌과 무슨 차이가 있겠는가?

체코 프라하의 시립도서관 입구에도 책을 벽돌처럼 활용해 둥글게 탑을 쌓아 올린 모습을 관광객들의 사진을 통해서 볼 수 있다. 아마도 폐기되는 책을 활용한 사례라고 할 수는 있지만, 책이 그런 식으로 장식용 재료나 소도구로 쓰이는 것은 책이 더는 책이 아니라는 이야기이다. 이것이 곧 책의 위기를 상징적으로 보여주고 있는 게 아닐까?

책으로 만든 터널들(사진 위, 아래). '지식의 통로'를 형상화했다지만 정작 책들은 벽돌처럼 오브제로 사용되고 있다.

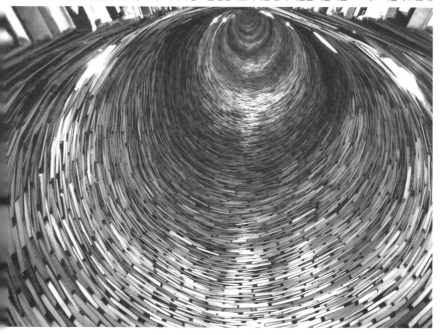

이사 간 뒤 후회하는

10년째 살던 문래동을 벗어나서 공기가 좋다는 은평 뉴타운 쪽으로 이사를 하기로 하니 마음이 들뜨면서고 고민이 커졌다. 바로 35년 기자 생활에서 모아놓은 방송 관련 자료와 책들이다. 젊을 때는 나중에 언젠가 보겠지 하고는 국내에서도, 가끔 나가는 해외취재 때에도, 그리고 북경과 런던이라는 두 번의 해외특파원 때에도 꽤 자료를 모으고 책을 샀고, 방송기자를 하면서 남들보다 많이 만든 다큐멘터리 관련 참고자료나 서적들도 꽤 많이 구하고 받기도 했는데, 일단 이사를 해야 하니 그것을 다 들고 갈 수가 없어서 추려내야 하는데 그게 고민인 것이다. 무엇을 가져가고 무엇을 버릴 것인가?

최근 그런 정리작업 중에 한쪽 구석으로 밀쳐놓았던 상자를 여는 순간 누런 종이의 한 문서가 나왔다. 먼지를 털고 들여다보니 1984년 문화부 기자 때 당시 부장이던 이태행 선배 주도로 만든 '제야의 종 홍릉의 종소리'라는 프로그램 기획서였다. 경주 박물관 마당에 있는 성덕대왕신종을 새해가 오기 전 제야의 종으로

울리면서 종소리 사이에서 민족과 국가의 발전, 국민의 평안을 비는 짧은 클립을 넣어주는 형식으로서, 기획서에는 당시 제작된 방송원고도 실려있었다. 사실, 이 프로그램은 내가 기획한 것이 아니어서 군이 내가 보관할 이유가 없었는데, 2003년 이곳으로 이사 오면서 버릴까 말까 고민하다가 그래도 초창기 기획서라서 나중에 자료가 되겠다고 해서 백남준 관련 자료 속에 끼워 넣어두고 있었던 것인데. 그동안 까맣게 잊고 있던 것이 문득 홀연히 나타난 것이다. 최근 백남준 기념사업을 위해 자주 뵙는 이 선배께 자료를 드리니 깜짝 놀라며 마치 죽은 자식이 살아 돌아온 것처럼 반가워하신다. 이런 자료가 남아있을 줄 생각도 못 했다는 것이다. 젊을 때(1984년 말이면 이 선배는 마흔으로 달려가시는 때) 열정을 바쳐 제작한 프로그램을 그동안 까맣게 잊고 있다가 그때 그 프로그램을 성사시키기 위해 여러 군데 정신없이 뛰어다닌 생각이 다시 나는 모양이다. 왜냐하면, 국보인 성덕대왕 신종을 어찌 방송을 위해서 칠 수 있겠는가? 문화재 위원들의 우려와 반대가 있었지만, 국민에게 이 종의 진정한 소리를 들려주고 민족의 미래를 위한 기원을 올려야 한다는 호소에 동의가 나온 것인데, 그만큼 힘이 많이 든 프로그램이었다. 그러니 정말로 잃어버린 자식을 다시 찾은 기분이 아니었을까? 그러나 그것은 개인의 기록만이 아니라 곧 우리나라 방송의 역사의 한 페이지이다. 그게 다시 나왔으니 말이지, 그렇지 않았으면 그냥 그때 그런 방송이 있었지 하는 제목만 남아있을 뻔한 프로그램의 소중한 증언이었다.

필자도 KBS를 떠나 방송기자로서의 경력을 마감했는데, 회갑

이라는 시점을 잡아 그동안 기자로서 어떤 활동을 했는지 정리를
해서 남겨놓는 것이 우리나라 방송사에 조금이라도 기여할 것 같
아서 예전 원고를 찾고 그것을 컴퓨터 블로그에 쳐올리고 하는
일을 열심히 했다. 그 과정에서 중간중간에 중요한 자료들이 빠
진 게 너무도 많다는 것을 알게 되었다. 필자가 문화부나 기획보
도실에서 특별 프로그램을 할 때는 방송의 영역이 넓어질 때여서
여러 가지 다양한 프로그램을 많이 시도하고 제작하곤 했는데,
그러다 보니 매 편이 다 나름대로 의미가 있다는 생각에 모두의
기획서나 원고를 컴퓨터에 올리려고 하니 없는 것이 너무 많은
것이다. 백남준 선생님과 관련된 것도, 1984년 첫 방송 이후 여
러 번 방송했는데 1992년 회갑 특집 프로그램 제작 이후에는 더
는 백 선생님과 인연이 없을 것으로 생각돼 방송원고 상당 부분
을 버린 것이 지금 다시 새롭다. 그동안 몇 번 이사하면서 백남준
관련 자료도 상당히 분량이 많아 지킬까 버릴까 고민을 하다가

당시 미국에서 한 영문 큐시
트가 있는 관계로 국내에서
의 진행큐시트는 눈을 찍 감
고 버렸는데, 이번에 혹시나
있을까 하고 눈을 아무리 씻
고 봐도 없으니 후회막급이
다. 힘들더라도 조금만 더
갖고 있었으면 요즈음 얼마
나 귀중한 자료가 되었을 것
인가?

1927년 2월 16일에 첫 전파가 발사돼 어언 90년을 넘어선 우리나라의 방송사를 후대에 정리해서 보여주기 위해서 방송자료들을 열심히 보존하고 이를 박물관에 기증해야 하지만 우리나라는 제대로 된 방송박물관도 없고, 박물관을 만들어야 한다는 관심도 낮다 보니 지상파 방송사들도 열성을 보이지 않는 것 같다. 문제는 선배들이 어려운 환경에서 수행한 많은 방송의 자료들이 사무실이나 집에 어느 정도 보관돼 있었을 것이지만 아파트 생활을 하다 보니 이사 갈 때마다 줄이고 버려서 이제는 별반 남지 않았다는 것이다. 필자는 그나마도 자료를 모은 편이어서 1987년 국산차를 타고 나가 북미대륙을 넉 달 동안 달린 후에 1시간짜리 9편으로 방송된 '세계를 달린다' 관련 자료도 엄청 많고 곳곳에서 사용된 귀중한 지도들도 많다. 기획서만도 A4 용지로 몇 권 분량은 되어 그것을 묶어서 책으로 복사해 나눠 갖기도 했는데, 그런 것들을 다 보관할 수 없어서 하나둘씩 버린 것이 결국 이제는 관련 자료가 별반 남지 않게 된 것이다. 방송자료도 그렇고 방송원고 작성에 필요한 도서자료들도 시간이 가면서 점점 주체할 수 없게 되었다. 사실 나는 그동안 남들보다 넓은 평수의 집을 구해 살아왔는데, 가장 중요한 이유가 이런 방송자료나 책을 보관하기 위한 것이었다 그러나 마냥 집을 늘릴 수가 없고 이번에 자녀를 다 출가시키고 둘이 남았으니 집을 줄여야 하지만, 그래도 왕창 줄이지 못한 것은 결국은 방송자료나 책 때문이었다. 그런 가운데 용기를 내어 중복되거나 오래된 책과 자료 수백 권 분량을 버리고 일부는 도서실에 기증하곤 하는데 그것으로 마치 수족이 잘려나가는 듯 아픔이 온다.

내 경우 가장 큰 고민은 백과사전류. 이제는 인터넷으로 다 해결되니 부피가 나가는 사전류야말로 정말 애물단지다. 집에 있는 브리태니커, 중국대백과, 각종 어학 관련 사전류, 교양 사전류 등을 어이하랴? 보관하기 어렵다고 한두 권씩 버리다 보면 그것들이 폐지로 처리돼 없어지니 우리들의 귀중한 지적 자산이 모두 사라지는 것이 된다. 인터넷이 영원하다고 하겠지만 만약에 전쟁이라도 나서 인터넷망 자체가 붕괴한다면 그야말로 인류의 지적인 자산은 모두 없어지는 것 아니겠는가? 아무리 사이버공간에 자료를 많이 쌓아놓아도 열어보지 못하면 없는 것만도 못하게 되니, 아파트마다 쓰레기장에 나오는 도서나 인쇄물 자료들을 볼 때마다 내 살이 떨어져 나가는 아픔에 남의 일 같지가 않다. 이사 준비를 하면서 혹시라도 필요한 사람이 있을까 마음을 써보지만 찾아낼 방법도 없고 해서 쓰레기더미에 같이 버리는데, 돌아오면서 마치 나이든 부모를 고려장하고 오는 심정이라고나 할까?

예전에는 책을 보고 공부나 연구를 하거나 각종 자료를 보관하는 사람들은 어느 정도 집이 넓고 방도 있어 보관하기가 용이했다. 옛사람들이 특히 중요시한 것이 편지. 수많은 편지를 주고받으며 편지를 보낼 때에 미리 사본으로 써놓고, 혹 사후가 되면 상대편에서 받은 편지들을 고이 접어서 되돌려 보냄으로써 수많은 생각의 교류들이 그대로 전해지는데, 이제는 그런 문화가 없어지고 나니 우리가 죽고 나면 우리가 무슨 생각을 하고 살았는지 아무도 알 수가 없다. 모두 작은 아파트에 살다 보니 책이나 자료를 다 보관, 보존하는 것은 개인으로서는 거의 불가능하다. 더 이상 큰 집을 살 형편이 안 되니 줄이고 버릴 수밖에 없다. 그렇다면 사회적으로 책이나 자료를 모아주고 지켜주는 시스템이 갖춰져야 하는데, 그게 안 되니 지식의 멸실이 심각한 사회문제로 대두되고 있다. 그런데도 우리는 이런 문제를 잘 모른다. 그런 문제를 선배들과 의논하는 과정에서 파리를 다녀오신 선배가 프랑스의 경우 큰 동네에 도서관이나 책을 맡아줄 시설들이 있어서 그 동네에 사는 중요한 분들이 책을 내놓으면 그것을 보관하고 지역민들이 이용할 수 있게 한다고 한다. 부러운 이야기가 아닐 수 없다.

몇 년 전 회사 입사 동기들의 모임에 회장이란 자리를 맡았을 때 공사 1기 선배들의 사례를 따라서 입사 30년을 기념하는 책을 내자고 자료를 수집해 보니 정말 별것이 다 나온다. 1977년 1월에 신입사원을 모집하는 요강이 나오지를 않나, 첫 월급봉투에서부터 당시의 제복과 명찰, 방송자료와 기술, 행정자료, 사진들도 나온다. 그러니 사실 집집에 보관해 온 자료들을 공공에서 흡수해 준다면 여러 가지 수많은 자료가 모여지고 보존될 수 있을 것이고 그렇지 않으면 하나둘씩 모두 없어질 뿐이다.

흔히 이사는 그동안 질질 끌고 다녔던 자신의 인생의 무거운 짐을 정리하는 기회라고 한다. 퇴임 이후 자녀도 출가하고 두 내외가 사는데 무슨 큰 집이 필요하냐며 과감히 버리고 줄이라는 권유를 많이 받는다. 그렇지만 줄이고 줄이다 보니 집집에 있는 자료들이 엄청나게 빠른 속도로 멸실 될 것인데, 이 상황을 그냥 지나쳐 볼 일인가? 우리의 과거가 모두 사라지려고 하는데 말이다. 방송 분야만 하더라도 방송박물관을 금방 세우기 어렵다면 방송사료관이든 자료관이든 그런 것을 준비하고 각 회사, 선후배들의 귀중한 방송자료들, 방송기록들을 지금이라도 모아야 하지 않겠는가? 우리가 많이 느끼면서도 그 방법을 못 찾는다. 어떻게 해야 할 것인가? 더 큰 문제는 이제 오래된 책들을 받아주는 공간이 절대적으로 부족하다는 것이다.

제가 책을 죽였어요

"책이 없는 방은 영혼이 없는 육체와 같다."

이 말은 시저(100-44 BC)와 같은 시기에 로마를 살았던 정치가이자 철학자이자 명연설가인 키케로(106-43 BC)가 한 말이다. 키케로는 수사학(언어를 통해 자신을 표현하는 것)의 이론과 실제를 겸비한 인물로 "사람의 멋이 정신이라면, 정신의 빛은 말솜씨"라는 명구를 남기기도 했는데 평소에 독서로 다져진 지성으  로 사람들을 매료시켰다고 한다. 그 독서의 밑바탕은 자신의 집에 있던 큰 서재였을 것이다. 그런데 영국의 한 작가는 스스로 서재를 파괴했다고 자신이 쓴 책에서 고백했다. 그 책의 이름은 "나는 서재를 죽였다(I Murdered My Library)"이다.

저자는 린다 그랜트(Linda Grant). 논픽션을 쓰는 저널리스트로 시작해 영국을 대표하는 소설가가 되었다. 그녀의 소설『내가 모던 타임스를 살았을 때(WHEN I LIVED IN MODERN TIMES)』는 2000년에 오렌지상(賞)(the Orange Prize)의 픽션 부문 수상작이 되었고,『그들 등 뒤의 의상(THE CLOTHES ON THEIR BACKS)』은 2008년 부커상의 후보작으로 거론되었다. 그러한 여성이 2014년 5월에 발표한 일종의 자전적인 고백서가 바로 이 책이다. 린다는 자신이 예전에 살던 집은 높은 천정에 몇 층으로 올라간 서재가 있어서 많은 책을 소장할 수 있었는데 새집으로 이사를 할 수밖에 없는 상황에서 서재가 좁아서 도저히 소장하고 있던 책을 다 수용할 수 없어서 책을 대량으로 폐기할 수밖에 없었다는 것을 실토하였다. 어릴 때 책이 좋아 모은 책들, 서재에서 차곡차곡 소장이 늘면서 늘 자신의 친구로 수십 년을 같이 살던 책들을 버린 것이 곧 자신의 서재를 살해한, 죽인 것이 되므로 그렇게 자극적인 제목으로 책을 낸 것인데 실은 전자책 단행본이다. 다만 책 제목과 내용이 현대를 사는 지식인 모두에게 해당하는 문제이기에 곧 인기도서가 되었다.

2014년 5월 17일 영국의 신문〈가디언(The Guardian)〉은 이 전자책에 대해 크게 소개를 하고 있다. 그녀가 이 신문의 전직 기자였기 때문이기도 하다. 린다의 말을 들어보자.

나는 이사를 한다. 19년 동안 살았던 넓은 아파트였다. 모퉁이 집인데 매우 밝고 창문이 많았고 계단과 난간과 통로가 있는, 그 층에서는 닮은 곳이 없는 특별한 집을 떠나는 것이다. 거기엔 언제나 책을 받아줄 공간이 있었다. 책장을 새로 몇 개나 만들어 넣을 수가 있었다. 이사 올 때는 목수에게 말해서 새로 추가하기도 했다… 부동산업자가 내 아파트를 보러왔을 때 나의 책들을 보더니 인상을 썼다. 그가 본 것은 무엇인가? 어수선함이다. 그 업자는 책이 집안을 멋지게 장식한다고 보지 않고 방을 어지럽힌다고 생각한다. 당신 집에는 양말을 넣은 서랍장을 열어놓거나 화장실에 얼굴 크림이랑 감기약 이런 것을 다 보이도록 늘어놓지 않잖아요. 그런데 왜 집 보러오는 사람에게 당신의 문학적 취향을 보여주어 집을 사지 못하게 하려는 겁니까? 이 집을 팔려면 책들을 잘라내야 합니다. 아주 최소한도로 해서 여기 책장들이 담을 수 있는 것을 넘어서서는 안 됩니다. 그렇게 해서 책의 학살이 시작되었다…

그런데 린다의 책 학살의 계기는 그렇게 단순하지만은 않다. 자기 집을 바닥에서 천정까지 꽉 채운 책들을 언제 다시 보고, 그것들을 자신의 조카들에게 물려준 들 그들이 볼 것인지, 결국은 이 책들의 의미가 자신으로만 한정되고 말 것이란 걱정도 작용했다.

내가 다음 세대들에게 이런 많은 책의 유산을 전해주겠다고 생각한 것은 내 일생 최대의 잘못이었다. 내 조카와 조카며느리한테 물려준다고 하면 그것은 나중에 책을 치우는 수고만을 물려줄 뿐이 아닌가?

린다가 젊었을 때는 서재에 남자 친구들을 데리고 와서 자신의 문학적인 소양의 깊이를 자랑하는 역할도 했다고 한다. 그렇지만 이제 그럴 필요도 없는 나이이다. 그런저런 고민이 책을 학살하도록 했는데, 결과는 어땠는가?

나는 이제 남성 방문자들에게 나의 독서의 깊이로 감동을 줄 필요가 없어졌다. 그럼 이 서재의 성격은 무엇이고 그저 책을 늘어놓았다는 것 외에 무슨 기능을 할 수 있나? 문화적인 비평에서 흔히 쓰는 말을 사용하면, 그게 나에 대해서 어떤 말을 해주고 있으며 누구에게 이런 메시지를 주고 있는가? 건축업자나 식료품 배달업자들이 서재에 들어올 때 흔히 묻는다 "아주머니 이 책들을 다 읽으셨어요?" 친구들 집에 가서도 그들의 문학적인 취향을 조사하는 것은 더 안 한다. 왜냐면 우리 모두 거의 비슷하게 다 읽었기 때문이다. 이제 내 호기심은 책을 어떻게 쌓았고 어떻게 보여주는가 정도이다. 한 신문의 문학 담당 편집자를 지낸 사람은 자기는 벌써 오래전부터 자신의 책을 보관비를 주고 보관시킨다고 한다. 내 생각도 자기 책에 접근도 할 수 없다면 책이 없는 것이나 마찬가지라고 생각한다.

새집 책장 페인트칠을 마치고 새 책장에 책들이 일단 아무렇게나 집어넣어지고 보니 이제야 잘못이 눈에 들어온다. 새집에 책을 넣을 공간이 부족할 것이라는 생각에 책을 너무 많이 죽인 것이다. 진실을 말하면 책장이 비어있게 되었다. 내 서재는 벌거벗겨졌고 전혀 서재 같지가 않다. 책을 읽는 사람이 사는 집 같기는 하지만 책이 모든 것인 사람의 집으로는 보이지 않는다….

이번 이사한 일은 통째로 잘못되고 모든 게 맹목적이었다. 당장 글이 써지지 않는다. 집중이 안 된다. 그래서 이런 전자책 글을 쓰고 있는 것이다. 모든 게 잘못되었고, 비정상적이다. 내가 컴퓨터로 글을 쓰기 시작했을 때, 타자기를 버렸을 때 나는 뒤돌아보지를 않았다. 오디오 턴테이블이나 카세트 플레이어가 아쉽지도 않다. 나는 신기술반대자가 아니다. 나는 현대식 사람이다. 그런데 내 땅의 일부가 바다로 떨어져 버렸다. 여기엔 충분한 책이 없다. 책장들을 보기만 해도 부끄럽다. 내가 무슨 짓을 한 거지?

이 글을 읽어보면 다들 이해할 것이지만, 이사한다고 책을 미리 많이 버린 사람의 후회로는 아주 생생하다. 나의 경우도 이사하면서 책을 좀 정리한 편이지만 이 여성 작가는 아마도 그 이상으로 책을 버린 모양이다. 이 여성의 경우 책은 자신의 문학적인 소양과 선택, 정신적인 자양분을 의미하는 것인데 너무 많이 버리다 보니 갑자기 자신이 벌거벗은 느낌이 된 것으로 보인다. 그야말로 전편에 내가 쓴 글 제목처럼 "이사하면서 후회하는 것들"이다. 책이 자신의 분신이었음을 모르고 그냥 귀찮기만 하다며 마구 버리다 보니 자신의 팔다리가 잘려나간 셈이 되었다는 자조론이다.

그런데 우리가 주목할 것은, 우리의 여성 작가 린다가 이렇게 책을 버리고 죽일 마음을 갖게 된 배경이다. 그것은 아마존에서 나온 킨들(Kindle)이란 전자책 때문이다. 문학 작품들을 마치 책을 펴보듯 페이지를 한 장 한 장 넘기면서 읽어볼 수 있는 전자책 애플이 나왔기 때문이다. 킨들(Kindle)은 아마존닷컴이 2007년 11월 19일에 공개한 전자책(e-book) 서비스와 서비스를 사용하기 위한 기기를 뜻한다. 전자 종이 디스플레이를 사용하며, 독자적인 킨들(AZW) 포맷을 사용한다. 콘텐츠는 스프린트의 EVDO 네트워크를 이용해 아마존의 위스퍼넷에서 다운로드할 수 있다. 위스퍼넷에 접속하는 비용은 없다. 가격은 359달러이다. 첫 판매 개시 후 5시간 30분 만에 매진될 만큼 높은 관심을 모았다. 2009

년 3월에는 아이폰과 아이팟 터치에서 사용할 수 있는 '킨들' 애플리케이션이 공개됐다. 이 애플리케이션을 설치하면 아이폰과 아이팟 터치에서도 킨들 콘텐츠를 읽을 수 있고, '위스퍼싱크'로 명명된 기술을 사용하면 킨들 하드웨어와 다른 모바일 기기 간의 정보를 동기화할 수 있다. 쉽게 말하면 집에서건 거리에서건 어느 문학작품이든 손쉽게 접근해서 읽어볼 수 있는 시대가 된 것이다. 아마존 킨들의 내장 메모리는 200개의 일러스트가 없는 출판물을 담을 수 있다. 사용자는 킨들 스토어를 통해서도 콘텐츠를 다운로드할 수 있다. 신간과 뉴욕타임스 베스트셀러 목록에 나열된 책들은 대략 $10 정도, 고전은 $1.99에 판매되는 것을 비롯하여 각 책의 첫 챕터는 무료 샘플로 제공된다. 신문을 구독하려는 사용자를 위해 매달 $5.99 그리고 $14.99 사이에 구독료를 받을 예정이며, 잡지는 매달 $1.25 그리고 $3.49 사이, 그리고 블로그는 매달 $0.99를 받을 예정이다. 킨들에는 뉴 옥스퍼드 아메

리칸 딕셔너리라는 대형 사전이 포함되어 있다.[42]

알게 모르게 우리는 전자시대에 접어들어 있어 종이책이 전자로 대체되는 시대 속에서 종이책의 효용을 잃어버리고 있다. 현대 사회에서는 새로운 인간형을 일컫는 말로 호모 모빌리쿠스(Homo mobilicus)란 말이 사용된다. 모빌리쿠스는 인류가 지금까지 편리한 도구로 개발해 사용해온 매체들인 문자, 인쇄술, TV, 인터넷 중 최단기간에 가장 빠른 속도로 확산하며 우리 일상의 생활필수품으로 자리하고 있는 휴대전화인 모바일 폰(Mobile phone)에서 유래한 신조어이다. 지혜로운 사람을 의미하는 호모 사피엔스(Homo sapiens)가 "나는 생각한다, 고로 나는 존재한다."라는 의미를 담고 있다면, 호모 모빌리쿠스에는 "나는 접속한다, 고로 나는 존재한다."라는 논리가 적용될 수 있다. 호모 모빌리쿠스 시대에 서재를 채웠던 책들의 존재 이유가 없어지고 있는 것이다.

그리고 상대적으로 점점 우리들의 사는 공간도 축소되고 있다. 린다가 자신의 책을 살해할 수밖에 없었다는 이야기. 그것으로 자신의 삶과 몸 일부가 떨어져 나간 것 같다는 이 이야기는 저택을 갖지 못하고 점점 작은 아파트 안 작은 공간에 자신의 삶을 맞추어야 하는 현대 도시인들의 생생한 자기 고백이 아닐 수 없다. 자신의 팔다리를 잃은 심정을 린다는 마지막으로 이렇게 고백하고 있다.

42 『위키백과』「아마존 킨들」

책장에 가시적인 것이 별로 없다 보니 킨들 전자책도 공허해 보인다. 척추가 갈라지는 듯한 아픔을 만족시킬 동등한 대체물은 없다. 다음 세대에게 물려줄 것도 없고 다른 사람의 서재로 팔려가서 새로운 삶을 살만한 것도 없다. 다만 그저 밀려 들어오던 책의 물결은 줄어들었고 계단을 오르내릴 정도의 공간이 생긴 것은 다행이다. 그 지긋지긋한 책에서 해방되기는 했다.

린다의 책 『나는 서재를 죽였다』는 영국의 이야기가 아니라 바로 오늘 우리 한국의 문제이기도 하다. 그렇게 해서 개인 개인의 책이 없어지는 것만이 아니라 우리 모두의 소중한 공동의 자산이 파괴되고 태워지고 없어지는 것이다. 정말로 책이 너무 많아서 귀찮아진 시대에 세계 곳곳에서 닥치는, 그래서 없애버리고 싶은 유혹에 빠지고 실제로 없애버리는 이런 세태에서 우리 모두 좋은 책을 어떻게 잘 보존하고 이를 후세에 전해야 할지 그 해결책을 찾아야 할 문제라 하겠다.

풍입송도 죽었다

해지는 가을 서쪽 고개 솔바람 소리	西嶺松聲落日秋
가지마다 잎마다 바람 소리 스르르	千枝萬葉風颼飀
미인이 거문고 당겨 곡을 연주하니	美人援琴弄成曲
소나무 사이 소리가 달려온다	寫得松間聲斷續
그 소리에 내 혼도 맑아지니	聲斷續, 清我魂
그 물결에 언덕이 무너지는 듯	流波壞陵安足論
미인이 밝은 달 속에 밤새 앉아	美人夜坐月明里
商(상)음을 하는데 맑은 徵(치)소리	含少商兮照清徵
바람은 어찌 이리 서늘하게 불어오나	風何凄兮飄飀

어느 가을 저녁 소나무 밑에 자리하고 앉아 미인이 연주하는 거문고 소리를 듣는데 바람이 얼마나 시원한지 몸도 마음도 시원하구나…라는 기분을 묘사한 이 가사는 중국 당나라의 교연(皎

然)이라는 사람이 지은 것으로[43], 거문고 곡에 맞춰 부르는, 요즈음 말로 하면 가곡 가사이다. 이 노래의 제목은 '풍입송(風入松)' 곧 '소나무 사이로 바람이 불어오다'이다.

우리나라도 고려 이후 '풍입송'이란 이름의 곡이 불리어 조선 시대까지 계속 불렸거니와 이때는 가사가 아니라 그 이름만 중국에서 딴 것으로 보인다. 우리나라 가사 문학의 최고봉인 송강 정철은 25살이 되었을 때, 그의 처가가 있던 담양에 서하당과 식영정이라는 정자를 세우고 그 완공을 기념해 지은 '성산별곡'이란 가사를 지어 불렀는데, 그 속에 이런 구절이 나온다.

세상사는 구름이라 험하기도 험하구나
엊그제 빚은 술이 얼마나 익었느냐?
술잔을 잡거니 권하거니 실컷 기울이니
마음에 맺힌 시름이 조금이나마 덜어지는구나.
거문고 줄을 얹어 風入松을 타자구나.
손님인지 주인인지 다 잊어버렸도다.

이 글을 보면 당시 '풍입송'이란 곡이 거문고 반주곡으로 있어 사람들이 즐겨 노래를 부르고 연주했음을 알 수 있다. 또 이보다 앞서 성종 때에 만든『용재총화』에도 남녀 간에 풍입송을 부르고 들으며 사랑을 나누는 장면이 나온다. 아무튼, 중국의 노래 가사

---

43 『琴集(금집)』이라는 책에서는 풍입송을 혜강이 지은 것이라 하고 있다.『風入松』, 魏嵇康所作也.

도 그렇고 우리의 가사를 봐도 풍입송은 상당히 낭만적인, 음악과 사랑이 만나는 멋진 공간임을 짐작할 수 있다.

필자가 이런 멋진 이름의 연유는 모른 채로 풍입송이란 이름만을 알게 된 것은 20여 년 전인 1996년 봄으로 거슬러 올라간다. 중국 북경의 특파원 시절, 북경대에 취재차 지나가는 길에 '風入松'이란 예사롭지 않은 이름이 눈에 들어온다. 자세히 보니 서점 이름이다. 그 주말에 시간을 내어 북경대 앞으로 가서 그 책방에 들어가 보니 인문학 위주의 제법 큰 서점이다. 이 책방은 원래 그 전해인 1995년 10월에 문을 열었다. 서점을 연 사람은 북경대 왕위(王煒) 교수를 비롯한 북경대 교수들. 개혁개방과 시장경제의 정착에 따라 학문, 그 가운데서도 인문학을 부흥시켜보자는 취지로 돈을 모아 문을 연 것. 그동안 북경에는 대형이라고 하면 신화서점(新華書店), 중화서국(中華書局) 등 국영의 책방들만 있었고 나머지는 아주 작은 서점들이었는데, 갑자기 1200평방미터, 우리의 옛날 평수로 따지면 360평에 이르는 넓은 매장으로 문을 열었고 그 안에 모아놓은 책의 내용도 과거 정부가 운영하는 서점과는 비교가 되지 않을 정도로 중국뿐 아니라 홍콩이나 대만에서 나온 책들도 진열해 놓았으니 그때 북경의 문화인들이 얼마나 환호를 했던가? 서점이 위치한 북경대 인근의 대학생뿐 아니라 우리 같은 특파원, 주재원들에게도 서점은 높은 인기가 있었다. 실제로 북경 대 근처에는 북경대뿐 아니라 청화대, 인민대, 사범대, 외국어학원 등 10여 개의 대학이 포진해 있고 중국과학원, 군사과학원, 농업과학원 등의 고등 연구기관, 그리고 중국의 실리콘밸리로 유명한 중관촌 등이 인접해 있어서 수많은 사람의 발길이 찾아들었다. 필자도 연합뉴스의 이돈관 북경 지국장과 함께 가끔 이곳에 들려 중국에 관련된 책들 많이 사곤 했다. 그 뒤 풍입송 서점은 중국의 국학, 곧 우리로 치면 한국학의 열기에 힘입어 북경의 문화명품으로 대내외에 자랑하는 정도까지 올라섰다.

그러던 풍입송 서점이 2011년 6월에 문을 잠깐 닫더니 몇 달 뒤에 아예 서점을 철시해버렸다. 원래 한 달쯤 예정으로 이사 갈 곳을 물색한다고 하더니 이사 갈 곳도 정하지 못하고 문을 아예 닫아버린 것이다. 중국 언론들이 난리가 났다. 예로부터 책을 좋아하는 중국인들의 긴 역사를 반영해 중국 문화인들의 자존심이었던 풍입송 서점이 기약도 없이 문을 닫아버리다니? 도대체 무슨 일이 있었던 것인가 하며 난리를 쳤다. 서점 측의 표면적인 설명으로는 점점 치솟는 임대료가 감당이 불감당이란다. 최근의 임대료는 중국 돈으로 월 5만 원(元), 우리 돈으로는 8백만 원에 이르는 큰돈이다. 도저히 책 몇 권 팔아서는 감당이 안 된단다. 그리고 속사정을 보면 중국의 인터넷이 발달하면서 학생들이 책을 사보기보다는 인터넷으로 검색해서 정보를 얻으니 책이 팔리지 않는단다. 그리고 또 하나의 이유는 그동안에는 북경대 등에 이 서점에서 책을 납품해 왔는데, 경쟁이 치열해지면서 대학에서 직접 출판사로부터 납품을 받게 되니까 여기서 나오는 이익이 없어져 정말로 수익이 뚝 떨어졌다는 것이다.

그렇다면 이런 상황에서 풍입송 서점의 선택은 무엇일까? 아니 중국 사회의 선택은 무엇일까? 풍입송 서점의 대표는 영원히 문 닫는 것이 아니라 다른 공동출자자를 모색하고 있어 그런 작업이 끝나면 다른 곳에서 더 크게 문을 열 것이라고 밝히고 있지만, 일단 현재의 위치가 아니라는 점은 분명하다. 중국 언론들이 개탄하는 것은, 어찌 됐든 중국 출판문화의 자랑거리가 없어진다는 점, 곧 현재의 위치에서 사라진다는 점이다.

그러나 그렇다고 해서 언론이나 일부 문화인들의 자존심을 세우기 위해서 손해를 보면서 현재의 위치를 고수할 방법은 없다고 하겠다. 인터넷의 보급에 따라 대형서점이 문을 닫는 것은 중국만이 아니다. 우리나라는 이미 그런 현상이 지나가서 어느 정도 정리 정돈이 된 상태라고 할 수 있다. 미국이나 일본의 경우에는 여전히 출판문화가 인터넷의 후폭풍을 딛고 나름대로 버티고 있다. 중국이 선택할 일은, "풍입송 서점이 왜 옮겨야 하는가?" 하는 자조적인 질문보다도, 그렇다면 어떻게 하면 이런 서점이 살아남을 수 있는가, 그 방법을 모색해주는 일이어야 한다. 그것은 정부가 예전처럼 이런 개인서점에 대해서 많은 돈을 지원해줄 수는 없는 상황이고 보니, 학생들이나 문화인들이 모두 이곳에 몰려가서 더 많은 책을 사주는 방법밖에는 없을 것이다. 그렇지만 그것이 불가능하다는 것은 우리가 다 아는 바이다. 그러므로 시대가 바뀌면서 영업이라든가 사업의 방식이 바뀔 수밖에 없음을 인식하고 다른 데서 돈을 많이 벌어 이곳에 투자하거나, 아니면 아예 다른 임대료가 싼 곳으로 옮기거나, 다른 업종으로 전환하는 것이다. 그리고 매점과 매장의 임대료 부담이 적은 인터넷 서점으로 전환하는 것이다. 이미 우리나라가 그렇게 되지 않았던가?

중국에서 이 서점이 만들어진 지 얼마 되지 않아 이 서점 개업에 환호하는 목소리를 뒤로하고 북경을 나온 필자로서는, 그 사이에 벌써 저런 서점이 영업환경이 나빠 옮기거나 문을 닫는다는 소식을 들어야 하는 지경이 되었다. 20년 사이에 벌어진 일이다.

중국의 변화, 그것은 책 문화, 서점 문화, 도서관 문화를 바꾸고 있다. 앞으로 또 어떻게 바뀔 것인가? 그 대책은 있는가? 우리는 그저 손만 놓고 있으면서 이 책과 관련된 문화들이 타락하고 멸실이 되는 것을 바라만 보고 있을 것인가?

종이 없는 사회

세계적인 언론사인 미국 뉴욕타임스와 영국 가디언 등이 종이신문의 발행 중단을 검토하기 시작한 것이 이미 2010년대 초반이다. 2008년에는 미국 전국지인 크리스천 사이언스 모니터가 창간 100년째에 종이신문 발행을 중단했다. 현재는 웹사이트를 중심으로 운영하면서 심층 기사 위주 주간지를 발행하고 있다. 이밖에도 미국의 많은 중소 신문사들이 발행을 중단하고 온라인과 주간지에 주력하고 있다.

이런 현상을 20세기의 우리는 생각이나 상상을 할 수 있었을까? 그런데 그것을 상상한 사람이 있다. 바로 한국이 낳은 비디오 예술가이며 문명예언가인 백남준이다.

우리는 백남준을 비디오 예술가로만 알고 있지만 사실 그는 미래사회를 미리 읽고 그 의미를 알려준 예언가 겸 문명비평가였다. 그러한 면모를 보여주는 중요한 역사적인 글이 바로 아래에 인용하는 글이다. 1974년에 쓴 글이니 얼마나 이른 시기에 21세기로 이어지는 문명의 흐름을 예상하고 예측했을까? 그것은 곧 책의 미래와도 관련된 것이었고 그것은 요즈음 더욱 현실이 되고 있다. 마침 책의 운명을 다루는 이 같은 책 속에서 함께 읽어보고 그를 제대로 이해하고 평가하는 것도 중요하다고 생각한다.

후기산업사회를 위한 미디어 계획—
21세기는 겨우 26년 남았다

우리는 지금 역사에서 서로 다른 지점에 서 있다. 통학버스를 통해 흑인과 백인 아동들을 함께 다니게 하려는 노력은 빗나갔다. 인종차별철폐 정책은 효과가 의심스러워졌다. 그러나 텔레비전의 힘은 통합과 이해의 달성을 도울 수 있으며, 그것이 공중으로 전달되기 때문에 오염된, 이 복잡한 지구로부터 방해받지 않는다. 취학 전 아동들의 보호센터 두 곳— 하나는 흑인지구, 하나는 백인지구—에 있는 아동들이 서로 쌍방향 텔레비전 수상기를 통해 듣고 볼 수 있고, 스트레스를 많이 받는 버스 여행과 그것으로 인한 부작용을 없애려 애쓰는 대신에, 서로 다른 문화의 아이들이 공중전파를 통해 서로 게임을 할 수 있다면, 그때 어떤 일이 일어날까 난 참 궁금하다.

이러한 회피식 방법이 단순한 망상일까? 아니면 인종 문제에 대한 긴 안목에서의 치유를 시작하는 초동대처법이 될까? 어떤 이벤트를 하든 간에 기술은 존재하는 것이고, 그것이 실제 사용될 날을 기다리고 있는 것인데 사용이 되면 통합버스로 아이들을 데려오는 것보다도 훨씬 싸게 먹힐 것이다.

화상전화, 팩스기계, 상호 간의 쌍방향 텔레비전(쇼핑이나 도서검색, 여론조사, 건강 체크, 생체 치료, 사무실에서 다른 사무실로의 데이터 전송)과 다른 많은 관련 기술들이 텔레비전 수상기를 우리의 일상생활에서의 필요만이 아니라 수천 가지의 고상한 목적에 쓰이는 '확장된 미디어' 전화시스템으로 바꾸어놓아 우리들의 삶의 질을 풍부하게 할 것이다.

이런 〈소형 중형의 텔레비전〉(르네 버거 교수의 표현)은 다른 많은 종이 없는 정보전달수단—오디오 카세트, 텔렉스, 데이터 공동사용, 대륙 간 위성통신, 마이크로 카드, 개인 마이크로웨이브, 그리고 궁극적으로는 광섬유와 레이저주파수에 이르는 그 모든 전달수단—과 같은 등급이 될 것이다. 이 모든 것들은 정보와 사회발전을 위한 새로운 종류의 핵에너지를 구성할 것이다. 나는 이것을 시험적으로 "브로드밴드 통신네트워크"라고 부르고 싶다. 지역적인 케이블 회사들의 위축으로 해서 이 새로운 핵에너지의 도래가 상당히 늦어졌다. 최근 뉴욕타임스의 기사는 이런 게 있다. "케이블 텔레비전이 독립적인 미디어가 될 것을 의심하는 사람은 없었다. 유일한 문제는 그게 언제냐는 것이다. 낙관주의자들은 1980년대에 일어날 것이라고 하고 비관론자들은 더 긴 시간이 걸린다고 하고 어떤 사람들은 21세기 전에는 실현되지 않을 거로 생각한다."(1974년 3월 10일자) 우리가 가장 비관적인 예측을 받아들인다고 해도 21세기는 겨우 26년 남았다. 극초단파 주파수 지구국과 교육적인 공공텔레비전과 관련된 딜레마가 26년 전 잘못된 계획에 의한 직접적인 결과라고 하는 사실은 우리에게 분명하게 브로드밴드 통신혁명은 지금, 그것도 당장에 시작되어야 한다는 점을 보여주고 있다.

종합결론

1930년대 대공황은 TVA(테네시협곡계획), WPA(일자리증진시책), 그리고 고속도로의 건설과 같은 사회적인 정책의 용감한 추진과 자본 투자로 극복되었다. 특별히 미국의 주와 주 사이 고속도로 건설은 지난 40년간 경제적인 성장의 근간이었다. 두 차례의 에너지 가격 폭등의 충격과 생태계 혼란, 산업사회에서 후기 산업사회에로의 이전을 가져오는 역사적인 필연성에 의한 경제의 새로운 전환은 인종의 구별 없이 평등하고도 급격한 해결책을 요구하고 있다. 경제에도 가치 있는 일이 될 새로운 사회 투자가 필요하다. 새로 취해질 조처들은 경제의 인프라 구조를 현대화하고 국제적인 경쟁력을 높이며 후기산업사회의 번영을 지속시키는데 공헌해야 한다.

강력한 송신범위를 갖는 통신 네트워크를 위한 거대하고도 새로운 산업체계야말로 가장 시급하게 필요한 자극제이다. 그것은 비어있는 케이블 텔레비전 채널들을 채우기 위한 수많은 새로운 비디오 프로그램의 수요를 창출할 것이다. 비디오디스크나 비디오카세트 등의 복합, 결합은 다가오는 세대들에게 미래에 대한 몰입을 지속적으로 유도할 것이다. 바이오 프로그램은 자동화되는 일은 없을 것이기에 특별히 숙련된 전문일꾼들을 많이 고용하는 일이 거의 무제한의 시간 동안 이어질 것이다.

똑같은 징표이지만 과거 지나간 자동화의 시대를 상징하는 컨베이어벨트에서의 지루한 직업들이 줄어들고, 많은 사람이 그들의 일에서 즐거움을 계속적으로 찾을 것이다. 현재의 외국에서의 비디오 장비의 수입은 그리 긴 시간 동안 무역 적자로 이어지지는 않을 것이다. 왜냐면 미국은 지난 반세기 동안 영화와 대중음악의 거대한 수출국이었던 것처럼 비디오에서도 그렇게 될 것으로 이미 정해져 있다. 미국은 경제적으로뿐만 아니라 사회적으로도 정치적으로도 아주 중요하다. 1930년대에 내가 한국의 서울에서 자라나는 어린이였을 때에 셜리 템플이란 이름은 어떤 다른 한국인 또는 아시아인의 이름, 심지어는 우리 아버지의 이름보다도 먼저, 처음으로 듣고 기억하는 이름이다. 수천 편의 오래된 할리우드 영화를 번역하고 비디오를 다시 포장하는 것은 새로운 산업을 일궈내는 일이 될 것이다.

새로운 전자초고속도로의 건설은 더 거대한 사업이 될 것이다. 우리가 뉴욕과 로스앤젤레스를 강력한 송출영역으로 운영되는 전자 텔레콤 네트워크로, 그리고 대륙 간 통신위성, 도파관(導波管), 동축케이블망, 레이저 광통신망 등으로 연결한다고 가정해보면, 경비는 사람을 달에 내려놓는 것만큼 들겠지만 그것으로 생겨나는 부산물에 의한 혜택은 구보다 훨씬 클 것이다.

서로 다른 지역에 있는 사람들 사이를 컬러 화상 전화로 연결하는 회의도 상업적으로 전망이 있을 것이다. 에너지를 사용하지 않는(애초의 설치를 위한 구릿값은 들겠지만) 원거리 화상회의는 항공기 여행과 도시 거리 사이에 혼란스럽게 왕복하는 공항버스를 아주 영원히 획기적으로 줄일 것이다. 효율적인 통신은 어디에서나 사회적인 낭비와 모든 종류의 사고들을 감소시킬 것이다. 그 소득은 환경상으로나 에너지 분야의 현명함으로 보나 엄청날 것이다. 그리고 종국적으로는 텔레콤이 사회를 돌아가게 하는 유일한 윤활제이자 보충제라는 역할을 다하고 새롭고 놀라운 인간들의 노력을 만들어 내는 발판이 될 것이다.

백여 년 전에 소로우는 궁금해했다: "전화회사들이 메인주 사람들과 테네시주 사람들을 연결하는 데 성공한다고 해도 그들은 서로 무슨 말을 할까?" 그 뒤는 이미 역사가 말해주고 있다. 프랑스의 인류학자 클로드 레비스트로는 말했다: "문화는 소통의 네트워크이다." 미국의 인류학자 베이트슨과 심리분석가 루쉬는 더 나아간다; "메시지의 해석이 이슈가 될 때 선호하는 소통 채널이 뭔가 하는 단순한 것이 가치를 결정한다. 소통 이론, 가치 이론, 문화에 대한 인류학적인 선언들 사이에서 그 이상 더 명확한 구분은 있을 수 없다. 우리 모두는 이런 요소들의 조합으로 구성된 미디어(소통수단)를 다루고 있는 것이다. 그래서 우리는 그것을 사회의 기본 구조라고 하는 것이다" (Bateson / Ruesch 1952)

이상이 백남준이 쓴 글이다. 1974년 봄 백남준은 록펠러재단의 예술프로그램 디렉터인 하워드 클라인의 상담역으로 일했다. 이 글에서 백남준은 록펠러재단에 '전자초고속도로'를 제안했고 그것으로 1만 2000달러를 받았다. 이 아이디어는 1976년 독일 쾰른에서 열린 '백남준 작품 1946-1976. 음악-플럭서스-비디오 展' 카탈로그에 독일어로 출판됐다. 영어로 된 원본의 발췌본이 1994년에 '전자초고속도로, 백남준과의 여행'이란 제목으로 뉴욕의 홀리 솔로몬 갤러리, 한국의 현대 갤러리, 포트 로더데일 미술관에서 출판되었다. 원논문 대부분은 미국 텔레비전과 통신시스템을 세부적으로 분석한 것이고 다시 나온 발췌본은 예언적인 측면—빌 클린턴 대통령이 이 전자초고속도로를 정치적인 이슈로 하기 20년 전에—에 주로 집중하고 있다. 필자가 성심껏 번역한 것이다. 백남준의 예상처럼 종이가 필요 없는 사회가 곧 올 것인가? 아직 종이책이 대종을 이루고 있고 종이에 정보를 실어나르는 신문들도 버티고는 있다. 그런데 종이 없는 사회로 진행은 무척 빠른 것이 사실이다. 그런 사회가 너무 빨리 올까 봐 다들 걱정하고 있는 게 아닌가?

우리가 모르고 있던 문명의 흐름을 내다 본 백남준, 이미 돌아가신 지가 10년이 훌쩍 넘었다. 만약 그분이 아직도 살아있다면 우리들의 책의 미래를 그는 또 어떻게 내다보았을까? 궁금해지기도 하고 아쉽기도 하다. 백남준이 그리운 이유다.

책은 왜 있는가?

일석 이희승 선생이 가을을 맞아 쓴 수필 가운데 '독서'라는 작은
제목으로 쓴 글을 우리는 교과서로 배웠다.

"'서중자유천종록(書中自有千鍾祿)'이란, 실리주의(實利主義)에 밝은
중국 사람에게 있을 법한 설법(說法)이렷다. 그러나, '속대발광욕대규(束
帶發狂欲大叫)'한 형용이 한 푼의 에누리도 없는 삼복더위에, 만종록(萬
鍾祿)이 당장 무릎 위에 떨어진다 하기로서니, 독서삼매(讀書三昧)에 들
어갈 그런 목석연(木石然)한 사람이 있을라고."

라는 글이 그것이다. 이희승 선생 시대에는 이렇게 한자와 한문
을 섞어 쓰는 것이 당연한 것으로 된 세상이었기에 요즈음 보기
에는 좀 어려운데, 쉬운 말로 풀어보면,

"'책 속에서 천 종(鍾)이나 되는 많은 녹(祿)이 나온다'는 말은 실리주의
에 밝은 중국 사람들에게 어울리는 화법인데, 한여름에 정장을 입고 있으

러니 큰소리나 질러야 할 정도로 미칠 지경이라는 말이 조금도 틀림이 없
는 이 삼복더위에 당장에 돈이 억만금이 떨어진다고 하더라도 어찌 더위
를 잊고 오로지 독서만 할 수 있는 그런 무감각한 사람이 어디 있겠느냐?"

는 것이다. 종(鍾)은 곡(斛) 4두(斗)에 해당한다.

어쩌면 이러한 글이 곧 이희승 선생이 권하는 독서의 목적이라
고 생각한다면 그것은 아마도 중국의 장태염(張太炎)[44]이 생각한
독서의 목적과 통할 것이다. 장태염은 일본에 있을 때 중국 유학
생들에게 강연하면서 재미있는 두 가지 비유를 했다.

첫 번째로는 본전과 이자의 비유이다. "대개 전 사람이 쓴 책을
보면 돈을 빌리는 것과 흡사해서, 빌려 오면 매매를 해서 많은 이
윤을 남길 수 있다. 본전은 빌린 사람에게 돌려주어야 하지만 이
자는 자기의 것이다. 만약 장사를 못 한다면 빌려 온 돈은 항아리
속에 묻어두어 죽이는 것이 된다. 뒤에 주인에게 돌려주면 자기

---

44 장태염(1869-1936). 본명은 병린(炳麟), 자(字)는 매숙(枚叔). 고염무(顧炎武)와
    황종희(黃宗羲)를 추앙해 호(號)를 태염(太炎)이라 했다. 절강성 창전(浙江省 曾
    前) 사람이다. 중국의 근대 민주 혁명가이자 사상가이며 국학 태조(國學太師)라
    일컬어진다.

는 남는 것이 없다. 그렇다면 천 년 전의 학문, 천 년의 가르침, 천 년의 견해를 구해서 일천 년 전과 똑같이 돌려준다면 종국에는 다른 사람에게서 빌려 오기만 했을 뿐, 하등 자기 것은 남는 게 없는 셈이 된다."

두 번째로 편지를 쓰는 사람과 보내는 사람의 비유이다. "학문이 있는 사람은 편지를 쓰는 사람에 비유된다. 이 사람에게서 학문을 구하면 즉 내가 수신인이 된다. 수신인이 배움을 이룬 후에는 또 다른 사람에게 지식을 전수해주게 되면 이번에는 그 사람이 편지를 쓰는 사람이 된다. 학문을 연구하는 경우에는 응당 편지를 써 보내는 사람이 되도록 노력할 일이지 언제까지나 받기만 하는 사람 역할만 하고 있어서는 안 될 일이다."

장태염의 이 두 비유의 큰 뜻은 대체로 다른 사람의 지식을 공부해서 생각을 많이 하고 소화 흡수해서 자기의 사상 양분으로 삼아 그중에서 새로운 생각을 자라게 해서 세상과 사람들에게 유익하게 해야 한다는 말이라 하겠다. 물론 독서를 하든 학문을 하든 가장 관건이 되는 것은 독창적인 사고이고 여러 지식을 융합 관통해서 새로운 것을 만들어 내는 것이다. 그렇지 않으면 독서를 수없이 해도 결국은 죽은 독서에 지나지 않으며, 죽은 독서를 한다면 학문이 다시 깊고 넓다고 해도 중고품을 다시 팔아먹는 것에 지나지 않는다.

독일의 철학자 아르투르 쇼펜하우어는 사람이 바보가 되려면 책을 계속 쉬지 않고 읽는 것이 가장 좋은 방법이라고 했다. 그는 「열심히 책 읽기와 책」이란 글에서 "만약 어떤 사람이 며칠 동안 종일 내내 책만 많이 읽는다면, 쉬는 동안에 뇌의 다른 근육 부분이 작동하는 것인데 이렇게 되면 점점 자신이 혼자 독립적으로 생각하는 능력이 없어지게 되어, 계속 말만 타면 길을 걷는 능력을 잃어버리는 것과 같은 것이 된다. 많은 학자가 이런 상황을 맞게 되니까 그들은 사실 자기를 바보로 만드는 것이다."라고 했다. 쇼펜하우어의 본뜻은 독서를 반대하는 것이 아니라 독서만 해서 뇌를 움직이지 않아 다른 근육이 퇴화하는 것을 말하는 것이다. 독서만 해서 뇌 근육을 쓰지 않는다면 점점 더 독서 바보가 되는 것을 면할 수 없을 것이다.

이희승 선생의 앞의 글의 본뜻도 독서를 생활화하라는 것이다. 가을이 되니 독서를 하기에 얼마나 좋으냐는 것이다. "먼 산이 불려 나온 듯이 다가서더니, 아침저녁으로 제법 산들산들한 맛이 베적삼 소매 속으로 기어든다. 벌레가, 달이, 이슬이, 창공이 유난스럽게 바빠할 때, 이 무딘 마음에도 먼지 앉은 책상 사이로 기어가는 부지런히 부풀어 오름을 금할 수 없다."라는 표현에서 자신도 모르게 책속으로 들어가고 싶어진다는 것을 은유적으로 표현한 것이다.

이 독서라는 글은 맑은 가을을 맞아서 쓴 몇 편의 수필이라는 뜻의 「청추수제(淸秋數題)」라는 글 중에 나온다. 그 글에 이어서 「독서와 인생」이란 글을 보면 선생의 뜻이 명확해진다.

'사람은 생각하는 갈대다'라는 말이 있다. 여기서 '갈대'라고 한 것은 아마 약하다는 뜻을 나타낸 것이 아닌가 한다. 갈대는 웬만한 바람일지라도, 이리 흔들리고 저리 흔들리고 저리 쏠리고 한다. 그러나 사람은 이와 같은 약한 존재이면서, 생각하는 작용을 한다. 이 '생각한다'는 일, 이것이 사람을 다른 동물과 구별하는 중요한 조건 중의 한 가지가 되는 것이 아닌가 한다. 사람을 만물의 영장이라 이르는 것도, 이 생각하는 작용을 가졌기 때문일 것이다.

생각은 그만큼 놀랍고 위대한 것이다. 인간이 다른 동물과는 달리 문화를 창조하여 내려왔고, 또 그것을 흐뭇하게 누리고 있는 것은 온전히 사고작용의 덕분이라 할 수 있으며, 오늘날 우리 세계를 생각하는 힘을 가졌기 때문이다….

사고작용을 활발하고 왕성하게 하기 위하여 서적이 필요한 이유는 무엇일까?

우리는 피차간에 가진 생각을 서로 교환하는 수단으로 언어라는 것을 사용한다. 그런데, 언어는 이것을 이용하기에 힘이 안 들어 용이하고, 또 돈이 안 들어 경제적으로도 유리하지마는 표출하는 순간에 사라지고 말아서 보존하여 두고 되풀이하여 들을 수가 없고, 또 사람의 성량은 한도가 있어서, 먼 곳에까지 들릴 수가 없다. 따라서 아무리 목소리가 큰 웅변가라 할지라도, 그의 이야기를 듣는 사람의 수효는 무한정 많을 수가 없다.

이러한 것을 언어는 시간적 공간적으로 제한을 받는다고 이른다. 이 제한을 어떻게 제거할 수 있느냐 하면, 그것은 곧 자기의 하고 싶은 말을 글자를 써서 기록으로 바꾸어놓으면 된다. 그러면, 이 기록을 두고두고 볼 수도 있고, 또 먼 거리에 보낼 수도 있게 된다. 그리고 여러 사람이 돌려볼 수도 있다. 사람이 기록을 만들 필요를 이런 일에서 절실히 느끼었고, 따라서 문자를 발명하여 낸 이유도 여기에 있는 것이다. 그뿐 아니라, 사람끼리 서로 만나서 회화를 교환하게 되면, 서로 전달하고 싶은 생각을 곡진하게 철저하게 할 수 있는 편리가 있는 반면에, 그 말로서의 표현은 처음부터 끝까지 질서가 잡히고 조리가 밝을 수는 없다. 대개는 그 표현이 산만하고 중복이 있고 군더더기가 붙어서 간결하고 세련된 표현이 되기 어렵다. 이러한 폐단을 제거할 수 있는 방법이 곧 자기의 생각을 정돈하여 기록에 옮기는 일이다. 이러한 정돈된 생각을 정돈하여 기록에 옮기는 일이다. 이러한 정돈된 생각을 조리를 따져 가며 체계를 이루어 기록하여 내면, 그것이 곧 책으로 되는 것이다. 그러므로 대개의 경우에 있어서는 무용 유해한 생각을 서적의 형태를 빌려서 만들어 내는 일은 없고, 반드시 다른 사람에게까지 필요하리라 생각되는 바를 질서 있게 체계 있게, 그리고 조리가 밝게 기록하게 된다. 그렇기 때문에, 서적은 사색의 결과요 지식의 창고인 동시에, 사색의 기록이 되며, 지식의 원천이 된다고 할 수 있다."

…이희승, 「독서와 인생」에서

검색에서 사색으로!

2011년 9월 독서의 달을 맞아 문화체육관광부는 이런 슬로건을 내걸었다. 정병국 전 장관이 퇴임하기 얼마 전에 제안해서 채택된 슬로건이란다. 인터넷 시대는 검색의 시대다. 검색에만 몰두하다 보면 과부하 탓에 우리 뇌의 구조 자체가 바뀐다고 한다. 검색을 줄이자는 말은 무작정 인터넷에 매달리지 말자는 말이다. 그 시간에 책을 읽고 사색을 하자는 것이다. 물론 인터넷의 검색을 안 할 도리는 없다. 인터넷을 끊을 수도 없을 것이다. 다만 인터넷에 매달리지 말고 책을 읽어 사색을 병행하자는 말이다. 책향기가 아름답다는 도쿄의 진보초가 아니더라도 도서관에서건 책방에서건 책의 향기는 맡을 수 있다. 그런데 가장 향기가 많은 곳은 역시 옛 책방, 고서점이다. 거기에서는 시간에 따라 익은 향이 다르다. 그런 각각의 다른 향들이 책 사이에서 흘러나오며 우리들의 뇌를 기분 좋게 한다. 책 향기야말로 우리 뇌를 위한 마취제가 아닐 수 없다. 그런 의미에서 어느 신문 칼럼에서는 TV와 컴퓨터에 맡겨 놓은 우리들의 사색 기능을 되살리는 현상과 방법을 제시해놓았다.

[만물상] 불황 속 독서

수정입력 : 2005. 12. 15 02:38

　아이슬란드 국영 TV는 목요일마다 먹통이 된다. 국민이 TV에서 벗어나 독서를 즐기고 가족과 지내라는 배려다. 곽재구는 '깡통'에서 아이슬란드를 부러워하며 우리 TV를 한탄한다. '이제 갓 열여덟 소녀 가수가/ 선정적 율동으로 오늘 밤을 노래하는데… 끝없이 황홀하게 이어지는데… 주말 연속극에 넋 팔고 있으면/ 아아 언젠가 우리는/ 깡통이 될지도 몰라/ 함부로 짓밟히고 발길에 채여도/ 아무말 못하고 허공으로 날아가는.'

　▶미디어학자 닐 포스트먼은 "우리 아이들은 18세가 될 때까지 50만 개의 TV 광고를 본다."라고 걱정했다. 세상의 모든 가치 있는 일들은 노력을 요구하지만 TV는 아무것도 요구하지 않는다. 사람들은 TV를 보는 동안 사고하고 반응할 필요가 없다. 그저 폭격을 당하듯 TV가 쏟아내는 것들에 내맡긴다. 포스트먼은 반면 인쇄 매체는 인간에게 논리, 순서, 역사, 설명, 객관성, 중립, 규칙 같은 가치를 전한다고 했다.

　▶옛일과 먼 곳 일도 알게 해주는 책을 가리켜 춘추시대 '관자(管子)'는 '멀리 보는 눈, 나는 귀(長目飛耳)'라고 썼다. 책은 여러 인생을 살아보게 해준다. 터키 작가 오르한 파묵은 '하얀 성'에서 '편도 마차 승차권으론 한 번 여행이 끝나면 다시는 삶이라는 마차에 오를 수 없다. 그러나 책을 들고 있다면 얘기가 다르다'고 했다. '그 책이 아무리 어렵고 복잡해도 언제든 처음으로 돌아가 다시 읽어 인생을 이해하게 된다.'

　▶지난해 우리 여가생활에서 1위가 'TV 시청'(19.8%), 2위가 인터넷(10.9%)이었다. 감성과 감각만 자극하는 영상 시대를 이성과 논리로 다

스리는 해독제, 독서는 5.9%로 6위까지 추락했다. 이 지적(知的) 불황의 시대에 모처럼 책이 많이 팔렸다는 소식이다. 국내 최대 서점 교보문고의 매출이 지난해보다 20% 늘었다고 한다. 출판계가 체감하는 한기(寒氣)와는 다소 거리가 있다는 얘기가 없진 않아도 반가운 뉴스임에 틀림없다.

▶눈길이 가는 대목은 교보문고가 운영하는 인터넷 서점의 판매가 50%나 늘었다는 것이다. 독서와 상극(相剋)이려니 싶은 인터넷이 매출 증가를 이끌었다는 게 역설적이다. 물건을 면전에서 살피고 만져보지 않고도 사기에 가장 알맞은 온라인 상품이 책인지도 모른다. '먹물 뚝뚝/ 떨어지는 저녁 길에/ 달을 따 안듯/ 한 권의 책을 샀다'(유안진 '책방에서'). 서점 특유의 향기가 갈수록 옅어질지라도 책 읽는 이만 는다면 아쉬움이 덜하겠다.

(오태진 수석논설위원 tjoh@chosun.com)

윗글에서 인용한 현상도 벌써 14년 전 이야기이다. 그 사이 책을 보는 인수, 사는 인구가 많이 변했음은 지금까지 알아본 그대로이다. 그래도 책이고, 책의 효용은 다양하며, 책의 바다는 광대무변하다. 그렇지만 책을 보려고 하지 않고, 책에서 재미를 느끼지 않으면 책바다의 바닷물이 말라버릴 수도 있다. "설마 태평양의 바닷물이 다 말라버릴까?"라고 안심하다가는 어느새 말라버리는 바닷물 때문에 물고기들이 숨을 쉬지 못하고 죽어 나갈 수도 있다는 것이다.

책은 빌려서라도

예전에는 책이 무척 귀했습니다. 그래서 책을 보기 위해 책을 빌리지 않을 수 없었습니다. 그런데 빌려주는 측에서 보면 책이 돌아오지 않는 경우가 많아서 빌려준 후 곧바로 후회하고, 안 돌아오면 다시 후회하며 빌려준 자신을 바보라고 자책하게 됩니다.

그래서 옛말에도 책을 빌려주는 것은 어리석은 일이요, 빌린 책을 돌려주는 것도 어리석은 일이라는 '이치(二痴)'란 말이 있었습니다. 이 말은 당나라 단성식(段成式)이 쓴 『유양잡조酉陽雜俎』라는 책에 나오는 것인데, 송나라로 내려가면 '사치(四痴)'로 늘어납니다. 송나라 방작(方勺)의 『박택편泊宅編』에 나오는 것인데, "借一痴, 惜之二痴, 索三痴, 還四痴", 곧 "책을 빌려주는 것도 어리석고 그 책을 아까워하는 것도 어리석은 것이며, 책을 찾는 것도 어리석은 것이고, 책을 돌려주는 것도 어리석은 것이다."라고 했다는 것입니다.

그런데 속설은 잘못 전해질 수 있는 모양입니다. 송나라 주휘(周輝)가 쓴 『청파잡지(清波雜志)』라는 책에는 바보라는 뜻의

치(痴)는 원래 글자가 웃는다는 뜻의 '치(嗤)', 또는 술 단지를 뜻하는 '치(㽅+瓦)'여서 원래 뜻은 "책을 빌려주며 웃고 돌려받으며 웃는다.", 혹은 "빌릴 때 술 한 단지를 사고 돌려줄 때도 한 단지를 산다."라는 뜻이라고 하네요. 책을 빌려주고 돌려주는 일이 그만큼 좋은 일이고, 그래서 서로 술로 기쁨을 나눈다는 뜻이죠. 그것이 발음이 같은 '치(痴)'로 전이되면서 책을 빌려주거나 돌려주는 사람 모두 바보라는 뜻이 되어버렸다는 것입니다.

실제로 우리나라에서도 책을 빌릴 때는 술을 사는 관습이 있었던 모양입니다. 서거정(徐居正, 1420~1488)은 북경에 가서 많은 책을 사 온 김이수에게 책을 빌리기 위해서 시를 지었는데,

한 병 술 마련하여 그대 집에 보내는 건	解辨君家送
좋은 책 있음을 알고 자주 빌리려는 걸세	知有奇書得得來

라고 하고 있습니다. 또 송나라의 여희철(呂希哲)은,

나에게는 책 빌려 오고 술 사는 일뿐	除却借書沽酒外
공사 간에 시끄러운 일이라곤 없네	更無一事擾公私

라고 하였다고 허균이 그의 책 『성소부부고(惺所覆瓿藁)』에서 밝히고 있습니다.

사실 옛사람들이 얼마나 책을 아꼈는가 하면 당나라의 두섬(杜暹)이란 사람이 자기 집에 있는 책 끝에다 스스로 쓰기를 "녹봉을 받아서 책을 사다가 손수 교정하여 두니, 자손이 읽으면 성인

의 도리를 알 것이며, 책을 팔거나 남을 빌려주면 불효가 될 것이다."라고 할 정도였습니다. 이런저런 사연 때문에 책이란 빌려주지 않는 것이란 인식이 우리 사회에 형성되어 있습니다.

그런데 그런 생각을 바꾸라고 옛사람은 말하고 있습니다. 당경(唐庚)이란 사람은 아끼던 다기(茶器)를 잃어버리고는 속을 끓이다가 하인들에게 잃어버린 것을 "찾지 말아라. 그것을 훔쳐 간 사람은 필연적으로 그 다기를 좋아하는 사람일 터이니까 얼마나 좋아하며 이용할 것이니 그 다기는 보물이 되지 않겠는가?"라고 했다는데, 책이란 것도 결국은 그것을 가지고 가서 돌려주지 않는 사람에게는 아주 귀중한 것이 될 것인 만큼 빌려 가서 돌려주지 않는다고 그리 애통할 이유가 없다는 것이죠.

실제로는 수만 권의 책을 모았다고 해도, 자신만 욕심을 내고 갖고 있다가 사후에 흩어지는 일도 비일비재합니다. 이규경은 『오주연문장전산고』에서,

"금화(金華)의 우참정(虞參政) 집에는 수만 권의 책을 장서(藏書)하였는데 누각(樓閣) 한 채를 연못 중앙에 지어 책을 쌓아 두고, 조그만 나무로 다리를 놓고 밤에는 그 다리를 걷어치웠다. 그리고 그 문에 써 붙이기를 '이 누각에는 손님도 받아들이지 않고, 서책도 남을 빌려주지 않는다.' 하였으나, 그가 죽은 지 얼마 안 되어 그 자손이 이 책을 지키지 못하였다. 호원서[胡元瑞, 원서는 호응린(胡應麟)의 자]가 비싼 값으로 그 책을 사겠다고 속여 우씨 집에 있는 책을 모두 실어 오게 하자 두어 척의 큰 배에다 실어 왔는데, 돈이 없어서 못 사겠다고 핑계하며 다시 실어가라고 하니 우씨의 아들은 도리어 친분 있는 사람의 소개를 통하여 이를 다시 헐

값으로 호씨(胡氏)에게 팔아넘겼다. 이에 호씨는 그 많은 책을 가지고 국내에서 내로라하고 뽐내었으나, 끝내 그 책을 책답게 간수하지 못하고 죽었다. 나는 일찍이 이 일로 호씨를 못마땅하게 여겼다. 사람을 속여서 싼 값으로 취득하는 것이 어찌 사대부가 할 일이겠는가?"

라고 책을 지나치게 아끼다가 허망해진 사례를 전해주고 있습니다. 오히려 광평(廣平) 신함광(申涵光) 같은 이는 평소에 말하기를 "좋은 서책이 있으면 가난한 친구로서 배우려 하는 뜻있는 사람에게 빌려준다."라고 하였다며,

> "대저 책은 천하 고금의 제일가는 보배이기에 쌓아 둔 지 오래되면 반드시 흩어지는 것은 당연한 이치이다. 그러므로 옛적부터 책에 액운이 있어 화재를 당하거나 침수되는 일이 있기는 하였으나 나는 화재나 침수만이 액운이 아니라고 본다. 이보다 더 심한 것이 있으니 깊이깊이 감추어 두며 모으기만 하고 내놓지 않을 뿐만 아니라, 몇 해가 지나도록 읽지도 않는 까닭에 썩거나 해지거나 좀먹거나 쥐가 쏠기 때문에 좋은 물건을 단번에 못 쓰게 만드는 것이 바로 이것이니, 그런 사람은 무슨 심정인지 모르겠다."

라고 하면서 좋은 책이 있으면 사람들에게 빌려주어 널리 읽히도록 하는 것이 군자다운 일이라고 말합니다.

가을. 특히 10월이 되면 책을 읽어야 한다는 강박관념이나 사회적 압박이 매우 높습니다. 누가 꼭 강요해서가 아니라 10월이 독서의 계절이라고 어려서부터 배워왔기 때문이겠죠. 그런데 인

터넷이 보급되면서 책을 사 읽지도 않고 인터넷의 요약문으로 대신하니 책이 필요할 이유가 없습니다. 그래서 공짜로 주는 책도 받지 않으려는 것이 요즈음의 세태가 아니던가요?

요즈음에는 옛사람처럼 굳이 책을 빌리려고 애를 쓸 바보가 없습니다. 도서관에 가면 되는 것이죠. (물론 도서관이 충분 것은 아니고, 또 도서관의 책들도 보관이 어려워 책을 대량으로 폐기하는 시대이긴 합니다만) 아니, 그렇지 않더라도 자신이 필요한 책은, 원한다면 구매할 수 있을 정도로 책이 많아졌고 또 경제적으로도 여유가 생겼습니다. 이제는 책이 없어서 문제가 아니라 책을 읽으려는 마음이 없는 것이 문제입니다.

그러다 보니 도서관은 입사시험 공부방으로 변했고, 책이 팔리지 않으니까 점점 책을 찍어내려고 하지도 않습니다. 우리가 보다 많은 사고를 하고 그것을 기록해 남에게 전해주는 문명의 도구, 인생의 동반자로서의 책이 점점 다양성을 잃고 그 존재가치가 점점 희미해지고 있고, 그만큼 우리들의 생활도 외곬이고 무미건조해지고 있는 것이 요즈음입니다.

앞으로 책을 빌리는 사람, 빌려주는 사람을 바보라고 하지 맙시다! 빌려달라고 하는 사람에 관해서는 고마움을 느낄 일인지도 모르겠습니다. 아니 (빌리든 사든 간에) 제발 책을 더 많이 봐달라고 부탁이나 합시다!

서울책보고

여의도의 벚꽃은 활짝 피어 사람들에게 큰 기쁨을 주고는 서서히 자신의 임무를 다른 꽃나무에 넘기려는 즈음이었다. 4월의 둘째 주 주말, 2호선이 한강을 건너는 잠실철교를 따라 한강을 불어오는 바람을 맞으며 잔뜩 호기를 부렸던 우리 집안 청년 4명이 현대 아산병원 쪽 뚝방길에서 그때 막 활짝 핀 벚꽃들을 발견하고 잠시 황홀해 하다가 잠실나루역으로 가기 위해 경사길을 내려왔는데, 전에 보이지 않던 회색의 긴 단층건물이 눈에 들어왔다.

"이게 뭐지? 전에 이런 것이 없었는데?"

라며 건물을 따라 가보니 정면 쪽에 작은 유리문이 있고 그 위에는 이렇게 쓰여 있다.

'서울책보고'

가만있어 보자. 이게 무슨 말인가? 한글로 쓰여 있으니 글자 그대로 생각하면 '서울에서 책을 보고…'인가? 아니면 '서울의 귀중한 책을 담은 보물창고'인가? 그 둘 중의 하나이거나 아니면 두 가지 뜻을 다 담았는지도 모르겠다. '서울책보고'에 보물창고를 뜻하는 한자 보고(寶庫)를 굳이 병기해 놓지 않고 있으니 그 두 가지로 다 풀 수가 있을 것 같다. 한자 시대를 넘어선 한글 시대의 멋진 발명품이다.

들어가 보니 사람들이 주말을 맞아 가족 단위로 어린이들과 함께 많이 와 있는데 왼쪽으로 길게 터널이 보인다. 아치형 통로를 가운데로 길면서 약간은 구부러지게 뚫어놓았는데 벌레 형상이

니 이곳에 들어와 책벌레가 되라는 뜻인가? 그 옆으로는 길빗살처럼 서가를 세웠고 서가에는 책들이 꽉 차 있다. 서가가 약간 높기는 하지만 다 1층 이어서 손이 닿을 수 있고 모두 쓰던 책들이다. 새로 생긴 책의 보물창고인 셈인데 왜 책들이 새 책이 아닐까?

여기가 국내 최초 공공 옛 책방이다. 지난 3월 27일에 문을 열었단다. 얘기를 들어보니 원래 이곳은 비어있는 대형 창고가 있던 곳인데 이 창고를 서울시가 리모델링을 해서 큰 책방으로 만들고 그 안에 청계천 옛 책방 거리를 지켜온 동아서점, 동신서림 등 25개 책방이 참여해 소장한 책들을 서점별로 모았단다. 키 큰 서가를 빼곡하게 채운 책들은 대략 12만여 권에 이르고 있다고 한다. 이곳저곳 돌아다니면서 서가를 보니 한쪽에는 어린 시절 추억이 담긴 옛 동화책이 있고 다른 쪽에는 유명 문학작품의 초판본, 국내에서 찾기 어려운 희귀한 책까지 전시되어 있어 그야말로 책의 역사를 만날 수 있다.

매장의 크기는 1465㎡이고 지상 1층으로만 되어있다. 그만큼 길고 넓다. 아직도 미터법으로 보면 크기가 잘 짐작이 되지 않는데, 옛날식으로 말하면 400평이 조금 넘는 면적이다. 개관 특별 전시로 1950년대 교과서가 진열되어 있다. 그 시절이라면 나도 보지 못하던, 나의 전 세대 교과서들이다. 당시의 인쇄 출판의 사정을 반영한 듯 종이의 질이나 채색의 농도나 선명도 등이 요즈음과는 당연히 비교되지만, 거기에 우리의 어려웠던 역사와 세월이 들어있지 않은가? 보면서 옛날을 다시 생각하게 된다.

'서울책보고'는 단순한 헌책 판매처가 아닌, 영세 헌책방들과

연대해 기존 헌책방과 독자를 연결하는 '헌책방 홍보·구매 플랫폼' 역할을 하겠다고 내세우고 있다. 25개 헌책방들이 수십 년의 헌책방 운영 노하우를 그대로 옮겨오기 위해 헌책방별로 서가를 꾸몄다. 이곳에서 위탁 판매될 헌책 종류와 가격은 모두 각 헌책방 운영자의 의견을 최대한 반영해 확정됐다고 하는데 시중 대형 중고서점보다 낮은 10%대의 수수료(카드·위탁)를 제외하고, 나머지는 헌책방에 돌아간다. 말하자면 청계천 변에 먼지 가득한 거리를 뚫고 들어가지 않고도 헌책들을 만날 수 있고 구매도 할 수 있는 것이다. 청계천과 다른 점이 있다면 당연히 넓고 깨끗하고 아무 데서나 책을 편하게 찾아볼 수 있는 점이다. 부모의 손을 잡고 찾아온 어린이들이 곳곳 책 골목에 앉아서 책을 보고 있다. 다만 책들을 누구나 빼서 볼 수 있으니 책이 원래 그 자리에 돌아와 있지 않게 되고 그러다 보니 중앙 데스크 옆에 있는 도서 검색대에서 원하는 책이 있는지 찾을 수는 있지만, 서가에서 책을 찾는 게 쉽진 않았다는 글이 인터넷에 올라오고 있다.

명사의 기증도서 공간에서는 한상진 서울대 명예교수와 심영

희 한양대 석좌교수 부부가 서울도서관에 기증한 여성학, 사회문제, 범죄학 등에 관한 전문도서 1만 600여 권의 도서를 만날 수 있다. 나는 이런 명사 축에는 끼지 못하지만, 우리 사회의 지식인들, 명사들의 책이 없어지지 않고 한데 모일 수 있는 공간이 마련된 것만으로도 기쁜 일이다. 이 공간은 앞으로도 작가, 아티스트, 학자 등 다양한 명사들의 기증도서를 전시·열람하는 공간으로 꾸며지며, 기증자의 책을 활용한 토크콘서트, 강연 같은 다양한 이벤트도 열린다고 하니 심심치 않게 책 문화를 명사들과 가까이에서 나누고 접할 수 있다. 아카데미 공간은 '책'을 기반으로 한 다양한 문화 프로그램, 지역 주민들을 위한 지역연계 프로그램, 개인·가족 단위 독서프로그램이 연중 열리는 시민참여형 공간으로 활용된다.

이곳의 특징으로는 독립출판물 열람공간이다. 이미 절판된 도서부터 최신 도서까지 총 2130여 권의 독립출판물을 자유롭게 열람할 수 있는 '서울 유일의 독립출판물 도서관'이다.

개인이나 소수가 기획부터 판매까지 직접 하는 독립출판물 특성상 재발행을 하지 않는 경우가 많아 기존 도서관에서 접하기

어려운 책들이라고 한다. 이 '서울책보고'를 운영하는 주체인 서울시는 독립서점들과 협업해 매년 400여 권의 책을 추가로 구매해, 규모를 지속해서 확대해나갈 계획이라고 밝힌다.

'서울책보고'는 서울시 헌책방의 헌책방들을 위해 그들의 책을 위탁판매하는 곳이기에, 개인의 헌책을 받아주지는 않는다. 매장 데스크에 이런 안내 문구가 이미 걸려 있다. 여기서 개인이 책을 기증하거나 책을 판매하지 못한다는 말이다. 대신 앞으로 개인이 셀러로 등록하여 책을 판매하는 '한 평 시민 책 시장' 프로그램을 운영할 예정이라고 하니 책을 소장하신 분들이 관심을 가질 만하다.

청계천에서 매장을 갖고 크게 운영하는 헌책방들이 있기는 하지만 많은 책방이 대형서점과 온라인 중고서점의 등장으로 점차 설 곳을 잃어가고 있는 것이 현실이다. 이들 영세 헌책방들과 연대해 기존 헌책방과 독자를 연결하는 '헌책방 홍보, 구매 플랫폼' 역할을 하겠다는 것이 이 '서울책보고'이다. 좁은 서가 사이에서 책을 찾아보기도 어려운 헌책방의 문제점이 이곳에는 없다. 여러 헌책방의 소장도서를 한 곳에서 보고 구매할 수 있으니 나 같은 헌책 마니아들에게는 가장 반가운 공간이 되고 있다. 더구나 접근성도 좋아 지하철 2호선 잠실나루역 1번 출구로 나가면 바로 그 앞이다. 앞으로 시간이 나면 자주 찾을 수 있을 것 같다.

아쉬운 것은 오랜 책을 헌책이라고 하는 것이다. 나는 그것을 옛 책이라고 했으면 좋겠다. 아무튼, 이런 좋은 현대식 옛 책방이 생겼지만 나는 청계천 책방을 가는 발걸음을 멈추지 않을 것이다. '서울책보고'가 옛 책방으로서보다도 어린이들이 찾는 도서관으로 역할을 점점 하게 될 경우 조용히 나의 책을 찾아보고 읽어볼 공간적 환경이 되지 못할 것이다. 많은 옛 책 애호가들은 좁은 공간 속에서 먼지 속에서 책을 찾아내고 책장을 펼쳐보면서 그 속에 담긴 글자, 단어, 문장을 읽어가는 과정에서 새로운 정보도 얻고 새 보물을 만나게 된다. 말하자면 신식의 초현대식의 멋진 옛 책방은 우리의 꿈이긴 하지만 동시에 우리의 오랜 멋과 맛이 없어지는, 그래서 대형식당에서 줄 서서 타 먹는 배급 음식의 느낌이 없을 수 없다. 어머니와 할머니의 손맛이 묻어나는 맛있는 집밥을 먹고 싶은 마음, 식단에 의해 조리대 위에서 빨리빨리 만들어지는 반찬 대신에 시간과 정성을 갖고 만들어진 요모조모의 반찬들, 그런 밥상을 여전히 받고 싶은 것이다. 왜 옛 책방을 가느냐, 거기엔 세월과 시간과 인간의 먼지가 있기 때문이 아니겠는가?

며칠 전에는 2015년 덕수궁 현대미술관에서 열린 야나기 무네요시(柳宗悦) 전시 도록을 청계천 〈헌책백화점〉에서 발견하고 정가 3만 5000원짜리 도록을 1만 5000원에 샀다. 전에 전시장에 갔을 때는 아직 공부가 덜 되어 굳이 도록까지 살 이유가 없었는데 요즈음 문화재 공부를 하다 보니 도록 속에 실린 글들이 엄청 귀한 자료가 된다. 기쁜 마음에 도록을 사고는 다른 연구자들에게도 책의 존재를 알렸다. 집에 옛 책이 쌓이고 이 책들의 보관과 보존문제가 점점 심각해지고 있지만 그대로 좋은 책을 만나면 사야 하는 이 마음, 이것이야말로 우리가 지식을 찾아가는 길에서 영원히 젊을 수 있는 비결이 아니겠는가?

조국과 민족, 그리고……

해마다 5월에 관악산 자락에서는 내가 졸업한 영어교육과의 체육대회가 열린다. 동문이 얼굴 보고 마음을 터놓고 쉬는 자리이다. 2013년 5월 11일 서울대 교수회관 옆 솔밭식당에서 열린 영어교육과 체육대회를 마친 나는 버스를 타고 시내 쪽으로 나오다가 삼각지 로터리에서 내렸다. 여기 로터리 대구탕 골목 끝에 내가 자주 가던 옛 책방이 있다. 마침 모임에서 기념품인 우산을 두 개를 받아왔기에 하나를 드리고 싶었다. 찾아가니 주인 양반이 아직도 그대로 계신다. 빽빽하게 들어서서 몸 돌릴 틈도 없는 공간 사이에 잠깐 누워계시다가 내 인사를 받고 그렇게 좋아하신다. 이 책방을 안 지가 40년 가까이 된다. 여기는 삼각지 미군 부대에서 흘러나오는 책들이 많았다. 그래서 여기서 영어로 된, 이른바 원서를 싸게 살 수 있었다. 다 보지는 못했지만 필요할 때에 꺼내 보며 나의 얄팍한 학문 욕구를 땜질 처방했다. 1986년에 산 브리태니커 83년 판 전 30권은 나중에 내가 영국 런던에 특파원으로 나갈 때 갖고 나가서, 마침 대학을 시작한 우리 큰애가 열심히 보고 그 자료로 숙제인 에세이를 썼다. 본전을 충분한 한 것이다.

언젠가 맨 처음 여기를 갔을 때, 그때는 지금의 장소가 아니라 훨씬 입구, 곧 로터리 쪽이었는데 서울신문에 계시다가 국회의원도 하신 남재희 선배가 책을 한참 찾으시다가 한 권을 들고 가시는 것을 본 기억이 난다. 그분도 독서를 많이 하셨고, 그 밑에 계셨던 서울신문의 이 모 국장님도 책을 좋아해서 수만 권을 소장하셨다는데 얼마 전에 돌아가셨다고 전해주신다. 이 국장님의 책들은 다 어떻게 되었을까 궁금해진다. 그처럼 책을 좋아하는 사람들이 이런 옛 책방을 찾았다.

인터넷 때문에 요즈음에는 천덕꾸러기가 된 책들, 그래도 그 속의 글과 향기, 그 글에 담긴 노력과 생각이 좋아서 옛 책방을 그래도 들리게 된다. 주인장은 내가 갖다 드린 우산이 그리 좋으셨던 모양이다. 사실 그 우산에는 학교 마크도 있으니 일종의 역사적인 기념물이 될 수도 있다. 그 기쁜 마음에서 책을 한 권 권해주시는 것이 1977년 일요신문사에서 나온 『조국과 민족, 그리고…』라는 에세이집이다. 이 책의 첫머리 첫 글이 노산 이은상 선생의 글이다. 아울러 도올 김용옥의 청계천 이야기도 한 권 집었다. 주인어른은 둘 다 가져가란다. 돈을 드릴 수도 있었지만 나한테 호의를 베풀고 싶어 하는 마음을 읽고는 그냥 받아왔다. 돈으로 살 수 없는 마음의 교감이었다고 생각한다.

노산 이은상 선생의 글을 읽고서는 35년 전 선생의 생각이 이리 깊고도 넓었구나 하며 감탄을 하지 않을 수 없었다. 그래 그 글을 여기에 다 쳐서 올려본다. 1977년이면 내가 기자 생활을 막 시작한 해. 그 해에 이 글을 읽었더라면 나의 삶이 달라질 수 있었을

것이란 아쉬움을 곁들여 노산 이은상 선생의 글을 어러분께 올려
드린다. 같이 보고 다시 조국을 생각하자는 의미에서…

조국과 민족, 그리고 理想(이상)

노산 이은상

　사람은 누구나 내일을 생각하며 내일을 바라보면서 산다. 내일이 없다
면 모든 계획과 경륜과 설계가 무너져버리고 말기 때문이다. 비록 어제
는 실패로 돌아갔고 또 오늘마저 불만족스럽다 할지라도 그 모든 것을 내
일의 시간에 가서 메울 수 있으리라는 희망에서 사는 것이 인생이다.

　그러나 다시 생각해보면 어제와 오늘과 내일이라는 세 시간 중에서 가
장 중요하다고 생각하는 시간은 실상 어제도 내일도 아닌 '오늘'인 것이다.

　어제는 돌이킬 수 없이 이미 지나가 버린 시간이요, 또 내일은 아직 닥
쳐오지 아니한, 그리고 예측과 계획이 꼭 그대로 들어맞으리라고 보장할
길 없는 미지의 시간인 대신 가장 정확하고 또 당장 손아귀에 쥐고 있고,
두 발로 분명히 듣고 있는 시간이야말로 어제도 내일도 아닌 오늘이기 때
문이다.

　오늘이 병들면 역사도 병들고, 오늘이 전진하면 역사도 전진한다. 어
제의 결과를 오늘에서 보듯이 오늘의 결과가 내일일 것이 분명할수록 오
늘이란 시간을 높이 평가하지 않으면 안 된다.

　늙은 세대에 속한 사람들은 하루종일 이야기하는 것이 과거에 있었던
회고적인 내용이다. 그들이 가지고 있는 인생의 지식이다. 이야기할 수

있는 자료란 지난날의 경험뿐이라 그럴 수밖에 없는 일이다.

그러나 젊은 세대들은 내일을 이야기하기를 좋아한다. 그것은 짧은 과거를 살아왔기 때문에 내용이 빈약한 반면, 비록 미지의 시간일망정 긴 미래를 가진 만큼 시간이 넉넉하고 또 거기 따라 풍부한 설계를 세울 수 있기 때문이다. 아닌 게 아니라 오늘이 비록 소중하다 할지라도 내일이 없다면 그 오늘은 하루살이의 값없는 오늘에 지나지 않을 것이요, 내일을 생각하고 내일을 바라보며 내일을 위한 오늘이라야 그 오늘이 값있는 오늘이 될 것이다. 7백 년 전 고려 시대 보조(普照)국사의 어록 속에 "因地而倒者 因地而起(인지이도자 인지이기)"라는 글귀가 있다. 쉽게 풀어보면 "이 땅에서 넘어진 사람, 이 땅 짚고 일어난다."라는 것이다. 우리 민족은 글자 그대로 이 땅에서 넘어졌던 민족이다. 그러나 이 땅을 짚고 일어섰다. 넘어졌던 역사를 딛고 일어섰다. 어제의 실패를 털고 일어섰다.

그러나 다만 여기에서 생각해야 할 것 한 가지가 있다. 그것은 우리가 지난날 왜 넘어졌던가 하는 그것이다. 왜 우리가 역사의 쓴잔을 들지 않으면 안 되었던가 하는 그것이다.

일제 36년 동안의 역사가 우리에게 가르쳐 준 것은 무엇이었던가? 내가 옥 속에서 절실히 느낀 것 한마디가 있다. "나라가 없으면 죽는다."라는 그것이었다.

우리는 다행하게도 잃었던 나라를 되찾았다. 그러나 5년이 겨우 지나 공산도당들의 남침을 입어 또 한 번 큰 곤욕을 당했었다. 수많은 생명들을 잃어버렸고 수많은 사람들이 끌려갔고 국토의 소중한 곳이 폐허가 되도록 수많은 재산이 불타버리는 데까지 갔다. 왜 그랬던가? 나라를 되찾으면 사는 줄만 알았는데 나라를 찾았는데 왜 그랬던가? 나는 6·25 동란 중에서 또 한 번 절실히 깨달은 것이 있었다. "힘이 없으면 죽는다."는 그것이었다.

우리에게는 이 두 마디가 귀중한 표어가 아닐 수 없다. 나라가 없으면 죽는 것을 체험했고, 힘이 없으면 죽는 것도 체험했기 때문에 "나라 있어야 살고 힘이 있어야 산다."는 것으로 표어를 삼자는 것이다.

아닌 게 아니라 지금 우리들이 하고 있는 일이 무엇인가? 그것은 나라가 있어야 살기 때문에 "나라 지키는 일"이요, 힘이 있어야 살기 때문에 "힘을 기르는 일"이다. 우리는 그 때문에 땀을 흘린다. 정성을 다해 일하는 것이다.

그러나 우리는 아직도 우리가 원하는 곳에까지 도달하지 못하고 있다. 어제는 분명히 실패했었다. 그리고 오늘은 아직 미완성이다. 모든 것은 내일에 있다. 그렇기 때문에 내일을 생각하고 내일을 바라보는 것이다. 그렇기 때문에 내일의 시간을 가지고 있는 젊은 세대들에게 맡겨진 사명이기도 하다.

젊은 세대들은 내일을 생각하고 내일을 바라보며 내일의 시간을 경륜하는 세대들이다. 그렇기에 멀리 보다 코앞에 있는 현실에만 사로잡혀 사는 용렬한 사람들이 되지 말고 멀리 내다보며 사는 사람들이 되어야 한다.

열 자밖에 안 되는 담 밑에 코를 대고 서서 쳐다보라. 그 담이 겨우 열자밖에 안 되건만 위가 안 보이기 때문에 천길 절벽처럼 무섭게 보일지도 모른다. 그러나 산 위에 높이 올라가 멀리 내려다보라. 비록 천길 절벽이라도 손을 내밀어 한두 뼘으로 재어볼 수 있을 것이다.

거기서 꿈을 키우고 경륜을 어루만지고 용기와 힘을 기르라. 반드시 우리가 원하는 그곳에 도달할 날이 있을 것이다.

노산 이은상이 우리 젊은이들에게 제시한 길을 가기 위해서는

책을 끼고 가야 한다. 가면서 수시로 책을 꺼내어 보아야 한다. 책이 모자라면 어디서든 구해야 한다. 그 책을 구하는 것은 꼭 새 책방만이 아니라 헌책방, 옛 책방도 마찬가지이다. 그 책은 꼭 새 책이어야 할 이유는 없다. 헌책, 옛 책, 고서 모두 다 된다.

책의 바다에 빠져보면

여러분 중에 만약 책 좋아하냐고 물어보는데 싫어한다고 대답하는 분이 많지 않을 것입니다. 어릴 때부터 우리는 책을 많이 읽고 공부를 열심히 해서 훌륭한 사람이 되라는 가르침을 귀에 못이 박이도록 듣고 자랐고 책을 싫어한다고 말하면 천하에 불상놈이란 비난을 받을 우려가 많기 때문에 그렇습니다.

책을 좋아한다, 책을 좋아하는 척한다는 것은 책을 읽는 것을 전제로 합니다. 그럼 우리는 왜 책을 읽어야 하나요? 우리가 중학교인가 고등학교 국어 시간에 읽은 것이고 아마도 부모님이나 할아버지 할머니로부터 책을 읽어야 훌륭한 사람이 되고 그래야 큰 재물이 생긴다, 다른 말로 하면 출세해서 큰돈을 벌 수 있다고 못이 박이도록 듣고 자란 때문일 것입니다. 그런데 과연 책을 읽는 것은 출세해서 돈을 벌기 위해서만 인가요? 옛날이라면 과거시험에 나올 만한, 오늘날로 치면 고시에 나올 만한 시험문제를 풀기 위해서 책을 들여다보고 문제를 읽고 그 답을 읽고 외우고 해서 자기 것으로 만들어야 한다는 것일 텐데 그것만이 독서의 이유입니까? 돌아가신 수필가이신 안병욱 선생이 그에 대한 다른 답을 하셨습니다.

"왜 우리는 책을 읽어야 하는가? 만나기 위해서다. 누구를? 인류의 위대한 스승들을. 독서는 인생의 깊은 만남이다. 우리는 매일 가족을 만나고 친구를 만나고 스승을 만나고 동료를 만나고 또 이웃을 만난다. 만남이 없이는 인생이 있을 수 없다. 인생은 끊임없는 조우요, 부단한 해후다. 우리는 같은 시대의 사람을 만나는 동시에 옛사람들과 만나야 한다. 옛사람을 어떻게 만나는가? 책을 통하는 길밖에 없다."

인간들의 교류가 각종 전자기기와 전자매체의 도움으로 역사
상 가장 왕성해진 21세기이지만 우리들의 실제적인 만남은 극히
제한되어 있습니다. 일상이라는 굴레 속에서 만나고 대화하고
지식을 나눌 사람들은 거의 없다고 해도 지나치지 않습니다. 살
아있는 분들과의 만남이 그럴진대 이미 돌아가신 분들과의 만남
은 어떻게 하겠습니까? 결국에는 책밖에는 다른 방법이 없다는
것이겠지요. 사람만이 아닙니다. 새로운 세상을 만날 수 있습니
다. 우리나라만이 아니라 국경을 넘은 세상도 만나고 볼 수 있습
니다.

"책을 읽는다, 책을 읽는 것이 여행, 바로 옆에 있는 사람도 눈치챌 수
없는 시간과 공간의 여행이라면 특히나 오래전, 외국에서 외국어로 쓰인
책을 읽는 것은 최대한 멀리, 멀리 떠나는 여행이 아닐까. 먼 거리, 긴 시
간을 건너 나오게 온, 내가 이해할 수 없는 원래의 언어를 지금 읽는 단어
들 아래 감춘 후에야 마주할 수 있는 책. 분명하게 이해할 수 없는 관습
들을 상상하고 나에게는 아무런 풍경도, 어떤 구체적인 골목이나 그 안의
사람들도 떠올려지지 않는, 무심하게 쓰인 지명과 기억하기도 어려운 이
름 같은 고유명사들을 지나면서 나는 알 수 없는 곳을 혼자 헤매는 여행
의 흥분을 느낀다."

…『퇴근길엔 카프카를』 중에서

저는 그동안 고리타분한 이야기를 했습니다. 썰렁한 이야기이

기도 했습니다. 책방과 책 이야기, 그것도 상당 부분은 옛 책방과 옛 책 이야기였습니다.

창덕궁 비원에 가면 가장 유명한 공간이 바로 주합루입니다. 주합루가 무슨 뜻인지 혹시 아시나요? 한자로는 宙合樓여서 주(宙)가 만나 하나가 되는(合) 곳일 터입니다. 宙라는 글자는 우주(宇宙)라는 글자의 쓰임에서 보듯 '아주 큰 집'이란 뜻입니다만 무슨 집일까? 우(宇)는 공간을 뜻하고 주(宙)는 시간을 의미한답니다. 곧 주합루는 우주의 앞과 뒤의 수많은 시간이 만나 하나가 되는 곳입니다. 정조 대왕이 이곳에 규장각을 설치하고 이 이름을 붙여주셨는데, 곧 아득한 과거에서부터 현재로 이어지는 긴 시간이 서로 만나는 곳이 됩니다. 그 시간은 물리적인 시간만이 아니라 지나간 모든 사람, 그들의 생각, 그들의 역사가 담겨 있는 시간입니다.

지나간 옛 책을 만나서 펴본다는 것은, 주합루의 경우처럼 지나간 옛사람을 만난다는 것이고 그들의 정신, 그들의 사상과 만나는 것입니다. 그러한 만남을 통해서 나의 지식이 늘어나고 자아가 심화하고, 나의 인격이 성장하고, 나의 영혼이 각성하고, 새로운 정신에 눈이 뜨입니다. 새로운 자아 발견과 자기 심화는 커다란 기쁨을 줍니다. 즉 책을 읽는 것만큼 재미있고 의미 있는 일이 없다는 뜻이 됩니다.

그런데 이 바쁜 세상에 돈 벌고 출세할 목적도 없이 책을 읽는다는 것이 가당키나 한 일인가요? 더구나 하루에도 수십 권, 일년이면 수천 권이 쏟아져 나오고 도서관이나 가정에 들어갔다가 폐기되는 상황, 사람들이 작은 아파트에 살다가 평생 사 모은 책들을 어찌할 수 없어 폐기해버리는 세상, 도서관도 비좁다고 책을 버리는 세상, 이런 세상에서 책 이야기, 그것도 옛 책과 옛 책방 이야기를 한다는 것은 정말로 세상을 모르는 고리타분한 이야기가 아닐 수 없습니다. 그렇지만 그래도 책 이야기를 했습니다. 저에게는 그게 의미가 있는 일이라고 생각되었기 때문입니다. 그래서 뒤늦게 다시 양해를 구하는 것입니다.

다시 안병욱 선생님의 말씀으로 고리타분한 이야기를 한 속뜻을 드러내 볼까 합니다.

"우리는 책을 읽으면서 옛 어른들과 무언의 깊은 대화를 나눈다. 그는 나에게 말하고 또 묻는다. 나는 생각하고 또 대답한다. 그들은 우리에게 인생의 깊은 물음, 근본적인 물음을 던진다. 인간은 묻고 대답하는 존재다. 물음 없이 대답이 없고 대답 없이 물음이 없다. 나와 너와의 깊은 정신적 만남과 대화가 없이는 나는 성장할 수 없고 발전할 수 없다. 책이 우리를 부르고 있다. 나와 만나서 깊은 대화를 나누자고 손짓을 하고 있다."

발문,

책은 어떻게 살아남을 수 있을까?

사람에 있어서 두 눈처럼 중요한 것이 없다. 눈이야말로 세상으로 들어가는 출입구 또는 문이기 때문이다. 눈이 있어도 세상에 책이 없다면 생각하는 존재로서의 인간이 없고 먹고 자는 동물로서의 사람이 있을 뿐이다. 사람을 인간답게 기르고 키우고 일으키는 것이 곧 책이다.

인류에 있어서 책은 언제부터 만들어졌을까? 아마도 문자가 형성된 이후이겠기에 인간의 정신과 같은 길이의 역사를 갖고 있을 것이다. 처음 나무나 돌에 새기다가 그것이 몇 개가 합쳐지면 첩(帖)이 되고 더 많아지면 책(冊)이 되어, 그 속에 많은 정보와 지식과 교양이 담기기 시작했을 것이다. 그러한, 적어도 반만년 이상 된 책의 역사, 우리 사람을 인간으로 만들어준 그 책들이 이제 전자시대를 맞아 자칫 설 자리를 잃어버릴 위기에 처해 있다. 텔레비전과 전자기기들이 책을 대신하고 있고 가상공간이란 존재가 인간들의 뇌를 대신하면서 책 속에 있던 모든 정보도 자기들이 가져가려고 한다.

그렇다면 이제 책은 필요 없는가? 이제 책은 다 폐품처리장이나 장작 불쏘시개로 가야 하는가? 전자시대, 인터넷 시대 책은 어떻게 살아남을 수 있을까? 여기 한 대답이 있다. 책은 유익하고 재미있기 때문에 절대로 없어질 수 없는 존재이며, 오히려 전자문명 시대에 사람을 인간으로 남게 하는 절대적인 존재라고 한 언론인은 말한다.

　전자두뇌가 정보를 담아간다고 해도 책 속에 담긴 인간의 사랑과 고민과 연민과 땀, 눈물을 보여줄 수는 없다. 그 책을 쓰기 위해, 쓰고 편집하고 출간하는 과정에 잠겨 있는 인간의 가치는 결코 무시되거나 날아가거나 없어질 수 없다.

　다만 그 인간의 가치는 우리가 그것을 찾아가고 발견하고 깨닫자는 노력이 있어야 가능하다. 그냥 입을 벌리고 알밤이 입안으로 들어오기만을 기다리다가는 밤 가시가 대신 들어올지도 모르겠다. 인간이 다듬어 갖고 있고 쌓아 올린 생각과 감성과 지성, 사랑을 기르는 법과 눈물을 해소하는 법, 이웃과 대화를 나누고 기쁨과 슬픔을 공유하는 법, 이런 것들을 우리 인류가 책 속에 담고 기록한 것인데. 그것을 얻으려 뛰어들어야 그 즐거움과 기쁨이 올 것이다. 스스로 찾는 자에게만 가능한 복이다.

우리 텔레비전 방송의 황금 시기인 80년대에서 90년대에 걸쳐 KBS-TV를 통해 누구보다도 많은 문화 관련 보도와 제작을 했고 그 기간 20여 권의 저서를 통해 세상을 보는 눈을 공유해 온 이동식 씨가 바로 이렇게 책 속에 있는 기쁨과 열락의 세계를 열어 보여주고 있다. 그 세계는 본인이 걸어오고 들어가 본 세계이다. 그 세계에 들어가면 정신이 맑아지고 눈앞이 환해진다. 거기에는 맑은 샘물(活水)이 솟아오르고 있어 그 샘물로 우리의 정신이 치유되고 새로운 힘이 된다. 이 시대 책이 필요한 이유이고 책이야 말로 지켜야 할 소중한 문화유산이기 때문이다. 우리 출판인들 뿐 아니라 우리 젊은 세대, 나이 든 분들, 앞으로 올 세대들이 책 속에서 재미와 기쁨을 찾아서 우리들의 삶의 양식이자 정신의 받침대가 되는 책을 버리지 않고 더욱 가까이서 잘 지켜나갈 결심을 이 책을 통해서라도 같이 나누었으면 한다.

김종규
문화유산국민신탁 이사장, 전 삼성출판사 회장

책바다 무작정 헤엄치기

—

초판 1쇄 2019. 10. 23.
초판 2쇄 2019. 10. 30.

지 은 이 이동식
펴 낸 곳 휴먼필드
출판등록 제406-2014-000089
주   소 경기도 파주시 탄현면 장릉로 124-15
전화번호 031-943-3920 **팩스번호** 0505-115-3920
전자우편 minbook2000@hanmail.net

※ 이 책은 저작권법에 의해 보호를 받는 저작물이므로 저자와 출판사의 동의 없이 무단 전재와 복제를 금합니다.
※ 잘못된 책은 구매하신 곳에서 바꿔드립니다.
※ 값은 표지에 있습니다.

—

ISBN 979-11-955110-9-9 03810

—

ⓒ 이동식, 2019

—

이 도서의 국립중앙도서관 출판예정도서목록(CIP)은 서지정보유통지원시스템 홈페이지(http://seoji.nl.go.kr)와 국가자료종합목록시스템(http://www.nl.go.kr/kolisnet)에서 이용하실 수 있습니다. (CIP제어번호 : CIP2019040977)